Research Series on
Modern Chinese Literary
Genealogy

中国现当代文学谱系研究丛书

主编 / 刘勇 李怡 李浴洋

从王国维到京派：

中国现代文学批评的"人文"谱系

刘旭东 / 著

文化艺术出版社
Culture and Art Publishing House

图书在版编目（CIP）数据

从王国维到京派：中国现代文学批评的"人文"谱系 / 刘旭东著. —
北京：文化艺术出版社，2023.11
ISBN 978-7-5039-7490-8

Ⅰ.①从…　Ⅱ.①刘…　Ⅲ.①中国文学—现代文学—
文学评论—研究　Ⅳ.①I206.6

中国国家版本馆CIP数据核字（2023）第163278号

从王国维到京派：中国现代文学批评的"人文"谱系

著　　者	刘旭东	
责任编辑	廖小芳	
责任校对	董　斌	
书籍设计	李　响	
出版发行	文化艺术出版社	
地　　址	北京市东城区东四八条52号（100700）	
网　　址	www.caaph.com	
电子邮箱	s@caaph.com	
电　　话	（010）84057666（总编室）　84057667（办公室） 　　　　　84057696—84057699（发行部）	
传　　真	（010）84057660（总编室）　84057670（办公室） 　　　　　84057690（发行部）	
经　　销	新华书店	
印　　刷	国英印务有限公司	
版　　次	2023年12月第1版	
印　　次	2023年12月第1次印刷	
开　　本	710毫米×1000毫米　1 / 16	
印　　张	18	
字　　数	232千字	
书　　号	ISBN 978-7-5039-7490-8	
定　　价	68.00元	

"中国现当代文学谱系研究丛书"
总序

　　1928 年，时任清华大学中国文学系主任杨振声发表了题为《新文学的将来》的演说。他在演说中提出——

　　　　文学是代表国家、民族的情感、思想、生活的内容。史家所记，不过是表面的现象，而文学家却有深入于生活内容的能力。文学家也不但能记述内容，并且能提高情感、思想、生活的内容。如坦特，如托尔斯泰，如歌德，他们都能改造一国的灵魂。所以一个民族的上进或衰落，文学家有很大的权衡。文学家能改变人性，能补天公的缺憾，就今日的中国说，文学家应当提高中国民族的情感、思想、生活，使她日即于光明。

　　此时距离"文学革命"，仅过去十年时光。作为"五四"一代作家，杨振声在演说中表达的是对于方兴未艾的"新文学"的殷切期待。如今，"新文学"已经走过百年历程。世纪回眸，陈独秀、胡适、鲁迅、周作人等前驱开辟的道路，早就在丰富的实践中成为一种"常识"。"新文学"的历史无负杨振声的嘱托。

　　当然，从最初的"尝试"走到今天的"常识"，其间的路途并不平坦，更非顺畅。此中既有"新文学"发生与发展本身必须跨越的关卡，也需要面对与"五四"之后的时代风云同频共振带来的挑战。在这一过程中,"新文学"的理想激扬过,也落寞过;曾经作为主流而显赫,也一度成为潜流而边缘;始终坚守自身的价值立场,但也或主动或被动地调整着前进的步伐。不过无论如何,"新文学"还是在百年风云中站稳了脚跟,竖起了旗帜,在"提高中国民族的情感、思想、生活,使她日即于光明"的征程中形成了与传统文化既有联结又有区别的现代文明的"新传统",与"国家、民族的情感、思想、生活的内容"打成一片。

"新文学"从历史中穿行而来的过程,便是"新文学"的种子落地生根的过程,也是其在观念、制度、风格与气象上不断自我建设的过程。"新文学"从来不是一成不变的,但其内核、本质、意涵与边界却也在探索与辩难中日益明确与积淀。

因此,看待、理解与研究"新文学",也就内在地要求一种历史的眼光、开放的精神、多元的视野与谱系的方法。而当杨振声演说《新文学的将来》时,他事实上也开启了更为自觉地从事"新文学"研究的传统。1929 年,为落实与杨振声一道确立的"注重新旧文学的贯通与中外文学的融会"的清华国文系建系方向,朱自清开设"中国新文学研究"课程。此举被王瑶先生认为是"最早用历史总结的态度来系统研究新文学的成果",影响深远。

回溯百年"新文学"研究史,也包括中国现当代文学学科史,正如王瑶先生所言,"如果我们用历史的观点看问题",朱自清的筚路蓝缕"显示着前驱者开拓的足迹"。而朱自清奠立的"用历史总结的态度来系统研究新文学"的方法,正是现当代文学研究最为重要的学术经验。此后一代又一代学人的前赴后继,便都是在杨振声与朱自清的延长线上展开工作。我们策划"中国现当代文学谱系研究丛书",也是如此。

当年,朱自清的"中国新文学研究"课程不仅在清华讲授,还曾经到北京师范大学与北平大学女子学院等校开设。而后两者都是今日北京师范大学的前身。"新文学"研究的传统在北师大百年的教育史与学术史上薪火相传，代不乏人。以北师大学人为主体的"中国现当代文学谱系研究丛书"致力于站在新的历史与学术起点上继往开来，守正出新。

丛书中的十卷著作尽管各有关怀，但也有相近的问题意识，那便是都关注"新文学"在"改造一国的灵魂"中发挥的作用，以及在这一过程中对于"新文学"的锻造。"新文学"的核心价值是从"立人"精神出发，追求"改造中国人及其社会"，以建立"人国"，并且寄托对于人类命运的终极关怀。因此，"新文学"确立了以"人的文学"为基础的价值谱系，启蒙、民主、科学、解放是其最为重要的理念。而"新文学"对于"人的解放"的要求又是与国家的独立和富强以及人类一切被压迫民族的解放关联在一起的。所以，"新文学"对于个体的承担不会导向"精致的利己主义"，"感时忧国"的精神也包含了对于民粹主义的反思。"新文学"是一种自信但不自大的文学，是一种稳健但不封闭的文学。开放与交流的"拿来主义"态度是"新文学"的立身之本，与"无穷的远方，无数的人们"的血肉联系则是"新文学"的源头活水。"新文学"是一种真正的"脚踏大地"同时"仰望星空"的文学。对于"新文学"价值谱系的清理，既是一项学术研究的课题，更是一种精神砥砺的需要。

而从"新文学"传统中生长出来的"新文学"研究，同样有其价值谱系。王瑶先生强调，"研究问题要有历史感"。严家炎先生也曾经指出，"中国现代文学史的研究，首先要尊重事实，从历史实际出发"。这是对于学科品质与独立品格的根本保证。历史的态度与谱系的方法是中国现当代文学研究的正道与前路，这是前辈学者留给我们的最为重要的经验。而对于"新文学"研究而言，不仅有价值谱系、知识谱系、方法谱系，更有思想谱系、文化谱系、精神谱系。樊骏先生就注意到，在以王瑶为代表的学科先辈身上，同时兼备"两个精神谱系"："一是西方传统中的'普罗米修斯—但丁—浮士德—马克思'，一是中国、东方传统中的'屈原—鲁迅'。"他们"都是这存在着内在联系的两大精神谱系，在现代中国学术界的自觉的继承人"。钱理群先生认为，"新文学"研究的传统正是"精神传统与学术传统"合而为一的。这也就决定了当我们以历史的态度与谱系的方法研究中国现当代文学时，不仅是在进行学术创造，也是在精神提升。而这显然是与"新文学"的价值立场一致的。我们可喜地看到，这也正是丛书中的各卷作者不约而同的选择。

北京师范大学文学院高度支持丛书的编辑出版。而从《中国现代文学编年史》开始，我们就与文化艺术出版社确立了良好的合作关系。"中国现当代文学谱系研究丛书"作为师大中国现当代文学学科与师大鲁迅研究中心的最新成果，期待得到学界同人的赐教指正。我们也希望有识之士可以和我们一道共同推进中国现当代文学研究的发展与繁荣。

刘勇　李怡　李浴洋

"中国现当代文学谱系研究丛书"编委会

2023 年 5 月 20 日

目　录

绪　论

中国现代文学批评的
"人文"谱系

自清末民初的发生期起，中国现代文学批评就存在两条不同的发展脉络，一条是以梁启超为起点、注重文学社会功用的科学批评谱系，一条是以王国维为起点、注重文学内部审美价值的人文批评谱系。在"救亡压倒启蒙"的中国现代化历史进程中，前者成为文学发展的主潮，而强调文学内部审美价值、试图与中国传统文论对接的人文批评谱系则在一定程度上被遮蔽，或者说其作为发展脉络的意义没有得到足够重视。我们把自王国维、周作人到梁实秋、苏雪林、林语堂，再到李健吾、沈从文、李长之等京派批评家纳入科学与人文对峙的历史文化语境中考察，以谱系学方法梳理他们的内在关联和个体差异，有助于我们跳出以"科学主义"精神和"进步话语"为主导建构起的中国现代文学批评主流话语圈定，重新发现现代文学批评发展的"多元"风景和现代"可能性"。

一、科学与人文对峙的文化语境

清末民初以来，随着中国的现代化进程逐步纳入世界性语境，科学与人文的对峙和嬗变便成为中国社会文化发展的题中之义。作为现代化进程的核心动力，科学极大地推动了西方的物质发展和社会进步，一百年就盖过了此前几千年走过的物质文明发展进程，但由此带来的后果也引发了人文思想界的反思，科学与人文的对峙成为世界性矛盾。同样的对峙也出现在中国，虽然学习西方先进的科学技术成为中国现代化进程中不可或缺的一环，但伴随的质疑之声也一直存在。无论是梁启超因目睹一战后欧洲的衰败所引发的对"科学万能"的反思，还是随后发生并使众多学者卷入其中的"科玄论战"，都在强化科学与人文对峙这一社会文化语境。文学批评作为中国文学现代转型过程中的重要力量，不可能不受科学与人文对峙的语境影响，俞兆平就直接指出，"科学与人文对峙的世界性历史语境的纳入"，是中国现代文论隐性生成语境的要质。①事实上，从中国现代文学批评发生的起点开始，就存在两条不同的发展脉络：一条是以梁启超为起点、注重文学社会功用的科学批评谱系，一条是以王国维为起点、注重文学内部审美价值的人文批评谱系。当然，生硬地把梁启超与王国维的差异对应为科学与人文的对峙，不无削足适履之嫌。但如果把王国维、周作人、梁实秋、苏雪林、林语堂、李健吾、沈从文、李长之这些批评家置入科学与人文的语境中考察，我们发现这些批评家身上不同程度地存在着对抗或反思批评科学性的因素和色彩。

如何在起点意义上认知不同发展路径的批评思潮，学界有不少成果。庄桂成认为中国文学批评转型主要通过三个路径发生：一是以梁启超为代表的"三界革命"，二是王国维等人的西体中用，三是以章太炎为代表的文学复古。而这三者的最终指向都是文学批评的科学化、人本化。②王济民则把晚清民初的文学批评分为两支，梁启超、陈独秀、周作人等的政治、思想批评属于人文主义倾向，而林纾、章太炎、王国维、鲁迅等从事的则是科学批评。③而台湾学者柯庆明认为，梁启超和王国维分别继承了中国文学中的"言志"传统

---

① 参见俞兆平《中国现代文论隐性生成语境的追溯》，《厦大中文学报》2021年第1期。

② 参见庄桂成《中国文学批评现代转型发生论：1897—1917年间的中国文学批评生态研究》，中国社会科学出版社2007年版，第90页。

③ 参见王济民《晚清民初的科学思潮和文学的科学批评》，中国社会科学出版社2004年版，第30—32页。

和"神韵"传统，并引入西方思潮加以改造，形成了后来文学批评中的两种典范："影响说"与"境界说"。①应该说，科学与人文的路径差异，同样成为上述学者研究中国现代文学批评的显性或隐性的参照话语。

从早期注重批评家的个案研究，到试图在文学发展的脉络里呈现批评家的意义，应该说，学术界对中国现代文学批评的研究是一个逐步深入的过程，这些研究成果对于厘清中国文学批评的现代发生和发展大有裨益。但问题依然存在，其一，许多论者认识到王国维对中国现代文学批评的发生学意义，但王国维与此后文学批评发展的关联与传承则较少被关注。要说王国维对其他的现代批评家有多大的实质影响，也许不是一个容易证实的命题，但他所开启的诸多话题在现代文学的发展过程中反复被提及和思考，却是不争的事实。其二，不少论者片面强调了西方因素对现代文学批评的横向影响，而较少考虑本土因素在其中所发挥的形塑作用。反倒是研究中国古代文论话语的学者对此有旁观者清的敏锐观察，李建中就曾撰文指出，在 20 世纪三四十年代的京派批评家中，如李长之的"传记体批评"，沈从文的"印象式批评"，李健吾的"随笔式批评"，表面上在植入现代西方的批评方式或话语，实质上创造性地承续了中国古代的文学批评文体，"他们的'西就'之路实为'东归'之途"②。其三，即在现有关注中国现代文学批评中的"传统"因素的少量研究中，对于"传统"的部分因子是如何嵌入现代文学批评中，其本身又发生了哪些异变等问题仍然缺乏系统而深入的研究。换句话说，"西就"如何变成"东归"，需要深入地探究和思考，比如梁实秋全面服膺美国人文主义批评家白璧德的理论话语，与重视中国儒家文化思想之间的逻辑关系；林语堂激

---

① 参见柯庆明《现代中国文学批评述论》，台湾大安出版社 1987 年版，第 7—24 页。

② 李建中：《古典批评文体的现代复活——以三位京派批评家为例》，《中山大学学报（社会科学版）》2008 年第 1 期。

赏西方表现主义文论，与全面梳理中国传统浪漫主义批评脉络之间的内在关联，都值得进一步深究和探索。其四，部分学者受科学主义的影响，过分重视和强调了科学批评（重视方法与系统）的现代建构及意义，而漠视或忽略了具有现代"人文"精神的文学批评的价值，凡此等等。

对此，笔者认为，一方面，中国现代文学批评的发生、发展明显受到西方文论话语的影响，这是不争的事实。但在中国文学批评朝向"现代"的进程中，本土的文学批评传统"先验"地存在着，必将在与西方文论话语的碰撞和交锋中发生置换、变形或融合，并进而在后来的"现代"文学批评中以或隐或现的状态持存。另一方面，正如梁启超、王国维等清末民初学者在对待文学之"用"的问题上考量各异一样，现代中国文人在面对中西文论传统时的复杂心态注定了"中国文学批评"的发展不会以"同一性"态势行进，因此使得中国现代文学及其批评呈现出"多源"与"多元"的格局。易言之，中国现代文学批评的发生、发展并非朝着一个固定目标一维性推进，而是存在各种"可能"和"现代性方案"。进一步说，中国文学批评的"现代化"，是在文学现代化场域中，多种力量共生互促的结果。此外，正如学界普遍认识到的，"京派"文学批评与"左翼"文学批评之间存在不少的分歧，但问题是，"京派"文学批评的形成，必然有其承袭和发展的历史轨迹可寻。承此追溯的话，王国维、周作人等人的文学批评观念值得我们注意，亦可由此梳理出中国文论现代化的另一路径。因此，以科学与人文对峙的思想文化语境为参照系，从王国维、周作人到梁实秋、苏雪林、林语堂，再到李健吾、沈从文、李长之等京派批评家的承续关系，或话语差异中的内在关联，会得到更清晰的彰显。

二、从"人的觉醒"到"文的觉醒"

夏中义在强调王国维的人文倾向时，把"人的觉醒"认为是"文的觉醒"赖以发生的内在动因，正因为王国维珍视人的生命价值，视人为"有血性、有灵气、不倦探询人生真髓的主体"，"王国维对宇宙人生的终极关怀即人本主义契之相连，或许比重在文学—政治批判的'五四'前驱，有更纯粹、更深挚，也更丰富的人学意蕴"。① 不仅是王国维，关注"人的觉醒"，重视人的主体意义，成为整个中国现代文学批评人文谱系的核心价值。

作为中国文学批评史上第一篇较为规范的学术批评论文，《〈红楼梦〉评论》开篇就谈文学如何解脱生活之欲的人生问题。王国维的文学批评不是纯学理性的，也不强调外在的社会功用，而是试图从生命层面找到文学与人生的关联。他重视康德关于人是目的的理论，指出哲学和美术之所以"最神圣"和"最尊贵"，也是因为这二者都是关于人的学科。"人间"一词在王国维的创作和批评中占有重要位置，很多学者对其由来和内涵进行了梳理，但无论哪种解读，其人本化倾向的色彩是不容置疑的。相比王国维，周作人对文学与人生的关系更自觉，认为"文学与人生两件事，关联的愈加密切，这也是新文学发达的一步"②。周作人也常用"人间"一词，他所谓的"人间性"，既包含了个体，也包含了人类，但根本还是以肯定个人生活的正当性为前提。新文学的产生，正是基于对"人间性"的发现，只有实现"人间"的自觉，才能产生人性的文学："人间的自觉，还是近来的事，所以人性的文学也是

---

① 夏中义：《王国维：世纪苦魂》，北京大学出版社 2006 年版，第 46 页。
② 周作人：《日本近三十年小说之发达——一九一八年四月十九日在北京大学文科研究所讲演》，载《艺术与生活》，北京十月文艺出版社 2011 年版，第 152 页。

百年内才见发达，到了现代可算是兴盛了。"①梁实秋推崇阿诺德这样的人文主义者，究其根本是因为他注重文学的人生的价值。人性是梁氏文学批评的核心概念，很多人都质疑他"不变的人性"的观点，其实他并不否定人性的复杂性，他承认人生有多宽广，人性就有多复杂。换句话说，人性的内涵和外延可能会随着时代的发展而变化，但文学是人性的论断本身不会更移。人生宽广，人性复杂，只有"沉静的观察人生，观察人生的全体"，才能对人性有正确的透视。李健吾指出，文学批评独立性的获得，不是因为它具备了多少"术语水准一类的零碎"，"而在具有一个富丽的人性的存在"。②正视作家和批评家都是人性的存在，正视文学的问题根本上是人生的问题："对象是文学作品，他以文学的尺度去衡量；这里的表现属于人生，他批评的根据也是人生。人生是浩瀚的，变化的，它的表现是无穷的；人容易在人海迷失，作家容易在经验中迷失，批评者同样容易在摸索中迷失。"③李长之文思敏捷，理论扎实，视文学批评为大道，心里装着文艺复兴和民族命运，但在文学与人生的关系上也是明了直截："文艺是批评的直接对象，因为文艺是表现人生的，所以人生是批评的间接对象了。"④凡此种种，从"人的觉醒"到"文的觉醒"，是人文批评一脉的核心理路。

　　因为对人的价值的重视，王国维、周作人们在处理文学与科学的关系上显得尤为谨慎。他们都承认科学对社会、对文学的影响不可避免，但如何

① 周作人：《新文学的要求——一九二〇年一月六日在北平少年学会讲演》，载《艺术与生活》，北京十月文艺出版社 2011 年版，第 22 页。
② 李健吾：《〈爱情三部曲〉——巴金先生作》，载《李健吾文集·文论卷 1》，北岳文艺出版社 2016 年版，第 34 页。
③ 李健吾：《〈咀华二集〉跋》，载《李健吾文集·文论卷 1》，北岳文艺出版社 2016 年版，第 4 页。
④ 李长之：《论文艺批评家所需要之学识》，载《李长之文集》（第三卷），河北教育出版社 2006 年版，第 34 页。

为科学设定发生影响的界限则成为一个问题。周作人认为，文学可以成为科学的研究，"但只是已往事实的综合与分析，不能作为未来的无限发展的轨范"①。科学思想也可以加入文艺，进而使文艺发生变化，但这是有限度的，"因为科学与艺术的领域是迥异的"②。针对批评，他更是在学术研究与文艺批评之间划出一道界限："科学式的批评，因为固信永久不变的准则，容易流入偏执如上文所说，便是最好的成绩，也是属于学问范围内的文艺研究，如文学理论考证史传等，与文艺性质的文艺批评不同。"③作为大学教授，周作人自然深谙学术研究的科学方法，但做起文学批评来看不出丝毫的科学色彩，而是一副讲常识、说印象的口吻，充满日常味。梁实秋则直接赋予文学对抗科学的使命，说"科学征服了宗教，征服了玄学，现在又有人用科学的名义来征服文学。但是文学抵抗了哲学，抵抗了宗教，现在又有抵抗科学的机会了"④。他看到了文学的危机，意识到面对科学的入侵，文学所能做的不是全盘接受，也不是消极应对，而是为科学限定发生作用的范畴。他对科学的文学批评有一个专门的思考，认为科学的批评只能尽"说明"的职责，只能成为批评方法上的一种贡献，并不能成为批评的一派，因为批评是要下"判断"的。批评可以以道德、功利或是美学为标准，"偏偏不能以科学的文学批评所阐发出来的唯物的说明为标准"⑤。如果说周作人是以文学批评的日常性来对抗科学批评的入侵，梁实秋则是为文学批评划定疆域，文学批评归根结底是价

①　周作人：《文艺上的宽容》，载《自己的园地》，北京十月文艺出版社 2011 年版，第 9 页。

②　周作人：《文艺上的异物》，载《自己的园地》，北京十月文艺出版社 2011 年版，第 36 页。

③　周作人：《文艺批评杂话》，载《谈龙集》，北京十月文艺出版社 2011 年版，第 5 页。

④　梁实秋：《科学时代中之文学心理》，载《梁实秋文集》编辑委员会编《梁实秋文集》（第 1 卷），鹭江出版社 2002 年版，第 393 页。

⑤　梁实秋：《文学批评的将来》，载《梁实秋文集》编辑委员会编《梁实秋文集》（第 1 卷），鹭江出版社 2002 年版，第 448 页。

值判断的工作，科学无法做到这一点。李长之对科学的态度更宽容，但在文学批评的终极追求上依然给科学划定了禁区。他非常强调文学批评的科学性，认为批评家对真相的寻求与自然科学家类似，唯有用化学家定性分析的手段检定一个作品的成分，用生物学家研究适应性的手段搜寻作家各方面的环境，对作品的把握才能接近真相。但进一步的工作则不是科学手段所能达到的，就是对价值的确定。批评是确定价值的工作，所以他对作家作品有面面俱到式的观察，设定了较高的理想标准，同时又强调情感的介入，甚至把"感情的型"作为批评的终极标准。换句话说，科学有助于批评，但最后的目的地要靠感情才能抵达。

此外，在如何对接中国文学批评的传统资源、建构本土性的批评话语这一问题上，本书所论的批评家中也有不少独特的思考。《〈红楼梦〉评论》之后，王国维很少再写这种逻辑结构严谨、类似论文的批评之作，兴趣转向中国传统诗话体例，以《人间词话》对五代、北宋词进行了一次重新清理和品评。但在一则则看似关联不大的词话后面，贯穿始终的理论基点是以"境界"为核心的批评概念。"境界"一词来自中国传统文论，王国维创造性地为其注入了现代批评的理论内涵，以旧瓶装新酒，成为东西方文论融通互见的典范。周作人的"辅仁八讲"，重新清理中国新文学的源流，接续五四新文学与明末公安竟陵的言志散文之间的关系。我们以往的研究过于重视新文学发生发展的外发性因素，而忽略了本土性因素在其中所起的形构作用。周作人有一个非常形象的比喻来形容中国散文如何承接传统因素的影响："现代的散文好象是一条湮没在沙土下的河水，多少年后又在下流被掘了出来；这是一条古河，却又是新的。"①林语堂则以公安竟陵的"性灵文学"传统为支点，全面梳理中

---

① 周作人：《杂拌儿跋》，载《永日集》，北京十月文艺出版社 2011 年版，第 82 页。

国文学的浪漫主义流脉，甚至把"性灵"文学主张于新文学中推而广之。在
林语堂看来，性灵于文学至关重要，不仅是晚近以来散文的命脉，而且足以
矫正当下文人空疏泛浮的弊端。他甚至认为"此二字将启现代散文之绪，得
之则生，不得则死"①。京派三大批评家，李健吾、沈从文、李长之，都从不同
层面汲取了西方文学理论资源，但他们在批评中呈现的鲜明主体意识，在行
文中自然流露的诗性特征，都与中国传统批评方式存在内在的关联，正如有
学者所论述的："他们重视批评的人格化，重视批评的艺术精神，都是古典批
评文体的人文传统在现代文学批评书写中的复活。"②借助西方理论是开启中国
文学批评现代化进程的必由之路，促使中国文学批评的系统化、科学化也无
可厚非，但如何承接本民族的文化资源，打造中国文学批评的民族性，是摆
在中国现代文化学者面前的一个难题。本书所论及的批评家，都不是理论上
的故步自封者，他们积极地汲取西方的思想文化理论，尽管所攫取的理论资
源不尽相同。其价值在于，没有从理论到理论，没有用西方理论全盘否定中
国的文化传统，而是试图把西方的新理论、新观念融入中国固有的传统之中，
力图建立别样的批评理论体系。

三、谱系作为方法

那到底何为中国现代文学批评的"人文"谱系？其内涵、外延、特质及
其在中国文学批评"现代化"过程中所扮演的重要角色，都需要我们做进一
步的研究。目前阶段，本书把"人文"谱系大致界定为中国现代文学批评史

---

① 林语堂：《论文》，载沈永宝编《林语堂批评文集》，珠海出版社 1998 年版，第 48 页。
② 李建中：《古典批评文体的现代复活——以三位京派批评家为例》，《中山大学学报（社会科学版）》2008 年第 1 期。

上与"科学"谱系相对的一种趋向，即秉有重视文学的审美价值、强调文学的人性表现、自觉与中国传统文论和批评对接等特点。在外延上，中国现代文学批评的"人文"谱系，我们大致圈定为，自王国维开始发生，周作人、林语堂等承接，由新月派（梁实秋、苏雪林等）继续发展，到京派（李健吾、沈从文、李长之等）深入并因国内政治形势变化而中止的一个过程。

当然，我们要强调的是，所谓"人文"谱系，并不是一个批评流派，而是指从王国维开始发生到京派结束的现代中国文学批评史上的一种倾向。正如阿伦·布洛克在《西方人文主义传统》一书中对人文主义的界定：

> 作为一种暂行的假设，我姑且不把人文主义当作一种思想流派或哲学学说，而是将其视为一种宽泛的倾向、一个思想与信念的维度，以及一场持续性的辩论。在这场辩论中，随时都会有各持己见，甚至针锋相对的观点出现。它们不是由一个统一的结构维系在一起的，而是由某些共同的假设以及对某些具有代表性的、因时而异的问题的共同关切维系在一起的。①

同样，中国现代文学批评的"人文"谱系既不是思潮，更不是一个流派，甚至同处"人文"谱系中的批评家，有可能是某一时期的论敌，或在某些理论命题上呈现截然相反的立场。比如，林语堂对表现主义的译介，是出于对梁实秋在国内提倡白璧德新人文主义的不满；李健吾对周作人、林语堂倡导"性灵文学"，尤其是对林语堂推行"语录体"颇为反感；梁实秋认为周作人缺乏个人的文学主张，而李长之不认同梁实秋把文学与道德捆绑得过于紧密。

---

① 〔英〕阿伦·布洛克：《西方人文主义传统》，董乐山译，群言出版社 2012 版，第 2 页。

另一方面，谱系也并非完全等同于倾向，作为一种方法，为重新梳理中国现代文学批评的发展提供了新的可能。从尼采到福柯的西方谱系学，强调要打破以往把历史发展看成具有某种本质和连续性的规律的认识，重视历史过程中的细枝末节和偶然性事件，注重历史背后的断裂和差异。而中国的谱系研究，"更加注重历史性、秩序性、考据性，通常是为了加固传统礼教、秩序和价值观，突出某种伦常观念和文化理念，使其更好地延续传承，强调文化上的一致性和连续性"①。比如周作人指出："阿 Q 这人是中国一切的'谱'——新名词称作'传统'——的结晶……"② 这里的"谱"强调的就是一致性和连续性。有学者进一步指出："抛开传统'谱系学'中那些僵化的礼教秩序和道统价值观，中国式的谱系学对于历史'变中有常'的认识依然具有明显的文学史建构价值：我们既要从传统的僵化理念中解放出来，不断发现新的历史细节，辨析各种的矛盾与偶然，同时，这一切的努力并不意味着我们就此放弃对包含其中的历史性质与历史方向的寻觅。"③ 循此思路，对中国现代文学批评"人文"谱系的研究，既是从一个个丰富的批评个案中发现新的历史细节，也是在不同个性的批评家之间找到内在关联。比如学界往往忽略同属新月派（泛新月派）的另一位批评家苏雪林，其实她和梁实秋在新人文主义立场上如出一辙。正如王国维认为大诗人应该在作品中书写"人类之情感"，梁、苏二人都认为"文艺的任务在于表现那永久的普遍的人性"。此外，受中国传统文化的影响，两人都重视文学的伦理批评，都强调理性对情感的节制。相比而

---

① 刘勇、李怡总主编，胡福君、陈晖本卷主编：《中国现代文学编年史（1895—1949）》第一卷（1895—1905），文化艺术出版社 2015 年版，第 8—10 页。

② 周作人：《〈阿 Q 正传〉》，载周作人著，陈子善、赵国忠编《周作人集外文》（一），上海人民出版社 2020 年版，第 415 页。

③ 刘勇、李怡总主编，胡福君、陈晖本卷主编：《中国现代文学编年史（1895—1949）》第一卷（1895—1905），文化艺术出版社 2015 年版，第 10 页。

言，梁实秋重在对批评理论的阐发，苏雪林重在批评实践，两人共同构成了
20 世纪 30 年代的新人文主义批评景观。

本书所采用的依然是一章一个批评家的体例，在我看来，批评史本质上
就是批评家的历史。温儒敏的《中国现代文学批评史》，刘锋杰的《中国现代
六大批评家》，都是在批评家个案研究的基础上而成书的。周海波的《文学的
秩序世界：中国现代文学批评新论》，虽然花了诸多篇幅来描述中国现代文学
批评的发展流变和内在秩序，但核心部分依然是经典批评家的个案研究。说
到底，如果把批评史完全呈现为史的描述和规律性分析，很容易泛化为文学
史或是思潮史。当然，以批评家个案研究为体例，并非想开棺重论，或者
在一个个命题上标新立异，正如周海波所说：“对中国现代文学批评的研究不
仅仅是对现代文学批评家做出定评，也不仅仅是梳理某些批评现象，而主要
是通过对个别现象和个别批评家的研究，重新建构中国现代文学的批评体系、
批评方法以及批评文体。”[1] 当然，努力在个案之间构建勾连，也在本书的目标
之列。

对现代文学批评“人文”谱系的梳理，有助于我们跳出以“科学主义”
精神和“进步话语”为主导建构起的中国现代文学批评主流话语圈定，重新
发现现代文学批评发展的“多元”风景和文学批评的现代“可能性”，从而更
为清晰、全面地观照中国现代文学批评的发生和发展，重构现代文学批评的
话语世界。梳理自清末以来王国维、周作人、梁实秋、苏雪林、林语堂、李
健吾、沈从文、李长之等人逐步建构起的“人文批评”图景，不仅有助于发
掘其对文学审美性的开掘、对人性表现的重视，以及对中国传统文论的承接
等文学批评内蕴和特质，而且有助于褐橥中国文学批评“现代化”过程中那

---

[1]　周海波：《文学的秩序世界：中国现代文学批评新论》，人民出版社 2013 年版，第 7 页。

些持存的文学观念和文学品格，从而将中国现代文学批评的研究引向深入，为中国现代文学研究和教学乃至当下中国文学创作的发展提供可资借鉴的经验。

第一章

王国维：中国现代
"人文批评"的发生

无论是放在中国现代文学批评的"人文"一脉中观照，还是放在整个中国现代文学批评的视域中审视，王国维都是具有起点意义的批评家。中国现代文学批评在王国维手里，既有发生学意义，又成为现代文学批评的高峰。王国维之于中国现代文学批评，正如鲁迅之于中国现代小说，中国现代文学批评既在他手里开始，又在他这里成熟。

一、作为"起点"意义的王国维

中国现代文学史的"起点"究竟在哪儿，是学术界的经典话题，虽然有诸多把"起点"往 1917 年之前追溯的努力，但 1917 年的"起点"还是获得了大多数学者的认可。其中的原因当然很复杂，白话文运动的开启，《文学改良刍议》《文学革命论》等标志性文献的发表，胡适的诗、鲁迅的小说等白话文创作实践，都使 1917 这个时间节点获得了强有力的支撑。所以，尽管很多研究表明五四新文学中的诸多观念在晚清民初已经发生，但学界把"起点"前溯的努力依然没得到广泛的认可。常见的表述是，晚清民初的诸多文学运动依然是中国传统文学内部的结构性调整，并没有实现根本性的突破。

有意思的是，中国现代文学批评史的写作却几乎都是把 20 世纪前后作为"起点"。似乎就文学批评而言，其现代转型更多与文学观念的革命有关，而与典范的现代白话文学创作无涉。在这样一个"起点"上，论及最多的自然是梁启超。通过"诗界革命""文界革命""小说界革命"的提倡，梁启超在文学思想界形成了巨大的影响力，尤其是其关于小说的论述，更广为人知。他在《论小说与群治之关系》中，把小说描绘为几乎无所不能："欲新一国之民，不可不先新一国之小说。故欲新道德，必新小说；欲新宗教，必新小说；欲新政治，必新小说；欲新风俗，必新小说；欲新学艺，必新小说；乃至欲新人心，欲新人格，必新小说。何以故？小说有不可思议之力支配人道故。"并赋予小说以四力：熏、浸、刺、提，"文家能得其一，则为文豪；能兼得其四，则为文圣"①。一方面，梁启超通过张扬文学的功用极大提高了文学的地位，后来的新文化运动把文学革命作为核心路径未尝与之无关；另一方面，当文学变成无所不能，其自身的独立性也就受到质疑。当然，这不是梁启超所关心的，从一开始他就没打算从文学的本体来提倡文学，正如他对新小说的提倡，是"专借小说家言，以发起国民政治思想，激励其爱国精神"②。

　　几乎是在同时，为了反拨以梁启超为代表的过分强调文学功利化的思潮，另一位具有"起点"意义的批评家王国维，则不遗余力地引进以生命美学为核心的西方美学观念，在文学批评实践中身体力行，意图把文学拉回审美本体。他认为天下最神圣、最尊贵但也最无用者是"哲学与美术"，这所谓的"无用"恰恰是哲学、美学的价值，以此而观，感慨中国文学史"美术之无独立之价值也久矣"③。

　　他对文学界的功利主义倾向非常警惕："又观近数年之文学，亦不重文学

<hr />

① 梁启超：《论小说与群治之关系》，载梁启超著，汤志钧、汤仁泽编《梁启超全集》（第四集），中国人民大学出版社 2018 年版，第 49—50 页。

② 梁启超：《中国唯一之文学报——〈新小说〉》，录自《新民丛报》第十四号，光绪二十八年七月十五日（1902 年 8 月 18 日），载梁启超著，汤志钧、汤仁泽编《梁启超全集》（第三集），中国人民大学出版社 2018 年版，第 588 页。

③ 王国维：《论哲学家与美术家之天职》，载周锡山编校《王国维集》（第 1 册），中国社会科学出版社 2008 年版，第 182 页。

自己之价值，而唯视为政治教育之手段，与哲学无异。如此者，其亵渎哲学与文学之神圣之罪，固不可逭，欲求其学说之有价值，安可得也！故欲学术之发达，必视学术为目的，而不视为手段而后可。"[1] 王国维意图提高文学地位的方式，不是强调文学之用，或如梁启超所言的文学无所不能，而是强调其独立性。有学者就借用启蒙现代性和美学现代性的对立观念来描述这种反拨："王国维的纯文学的文学观与梁启超的功利主义文学观构成了现代文学观内部的矛盾。梁启超的启蒙主义的现代文学观附属于启蒙现代性，其传播的过程是现代性知识在中国扩张的过程。然而，王国维的纯文学观属于美学现代性的范畴。美学现代性与现代资产阶级世俗现代性的推展形成了对照。美学现代性是对资产阶级世俗现代性的批判。"[2] 我们且不论这种观念的对照是否完全合理，至少学界充分认识到中国现代文学批评从一开始，就存在两种完全不同的发展流脉。

　　王国维作为批评家本身的价值历来被认可，如著名批评家李长之就说："就我们理想中的文艺批评家说，王国维实在不过是假若以百尺为标准中的几寸几分的光景，然而在中国，我们却不能不说他是数一数二的人物。截至现在，即使我们承认王国维是中国第一个批评家，也并不夸张。他仿佛是中国快要有像样的批评家的先导，我们不由得不对他施以最虔诚的敬礼。"[3] 这种致敬体现了李长之作为一个优秀批评家的独到眼光。但另一方面，王国维文学批评观念的 "起点" 意义还是没受到充分重视，换句话说，大家一方面承认

① 王国维：《论近年之学术界》，载周锡山编校《王国维集》（第 2 册），中国社会科学出版社 2008 年版，第 302 页。

② 旷新年：《现代文学观的发生与形成》，载杨春时、俞兆平主编《现代性与 20 世纪中国文学思潮》，广西师范大学出版社 2005 年版，第 241 页。

③ 李长之：《王国维文艺批评著作批判》，载伍杰、王鸿雁编《李长之书评》（肆），河北教育出版社 2006 年版，第 244 页。

无论是美学素养还是批评实践他都高于梁启超，另一方面却忽略其文学批评观念的源头价值和文学批评实践的范式意味，即把王国维当成现代文学批评史上一个特殊的个体（或者"天才"），至于其开创性和对此后文学批评家的影响，则极少有人关注。如下的判断并没有受到重视："假如日后有人叙述20世纪中国文学观念的历史转折，那么，我要说，该转折的第一源头即在王国维。"① 因此，从发生学的角度重新认识作为"人文批评"肇端的王国维有重要价值。把王国维的文学批评认定为"人文批评"的发生，这是一种区别于梁启超式"科学批评"的范式，其重视文学的审美价值、强调文学的人性表现、自觉与中国传统文论和批评对接的特点对此后的现代批评家产生了重要影响。叶嘉莹认为，中国文学批评的特色是印象的而不是思辨的，是直觉的而不是理论的，是诗歌的而不是散文的，是重点式的而不是整体式的。② 所以，引入西方的理论思潮促其"科学化"和"系统化"自有必要。但问题在于，在中国"救亡压倒启蒙"的特殊社会语境下，这种引入有可能变得单一或矫枉过正，即把文学（文学批评）当成社会革命、思想革命的附属物，其结果便是遮蔽文学批评发展的另一种走向或另一种可能。因此，王国维所开启的"人文批评"就显得尤为重要。

作为"起点"意义的王国维，至少体现在以下几个方面。

首先，第一次把文学放在独立的位置予以观照。在《〈红楼梦〉评论》中，王国维突破历来以"考证之眼"读小说的惯例，从悲剧角度肯定《红楼梦》的美学价值。在《文学小言》中，他开篇即指出，其他学问都可以通过功名利禄去推进，唯独哲学与文学不行，所谓"馂馅的文学，决非真正之文

---

① 夏中义：《王国维：世纪苦魂》，北京大学出版社 2006 年版，第 45 页。
② 参见叶嘉莹《王国维及其文学批评》，北京大学出版社 2008 年版，第 111 页。

学"，"文绣的文学"也不是真文学。[1] 王国维特别强调文学的游戏特征，强调文学不过是成人精神的游戏，是"高尚之嗜好"，甚至可以取代其他"卑劣之嗜好"，从"无用之用"的角度进一步肯定了文学的独立价值。夏中义特意分析叔本华和王国维在艺术"无用"上的区别，认为前者是从艺术本性的"无用"走向艺术功能的"无用"，后者则是从艺术本性的"无用"走向艺术功能的"无用之用"，于是"前者让宗教驱逐艺术，后者请艺术取代宗教"。[2] 换句话说，王国维的文学观念受叔本华影响颇深，但比叔本华更重视文学的审美价值。

其次，引进西方悲剧理论和审美话语，并身体力行地进行批评实践。王国维先修国学，后在日本求学期间，着力攻读康德、叔本华、尼采等西哲著作。1904 年，其《〈红楼梦〉评论》在《教育世界》杂志发表，第一次运用西方哲学思想对《红楼梦》进行文学价值衡定。该文的主要思想基础是叔本华的生命哲学，一开篇即引出叔本华关于欲望的钟摆之喻：生活的本质是被欲望充斥，欲望不足则痛苦，欲望得偿则厌倦，"故人生者，如钟表之摆，实往复于痛苦与倦厌之间者也，夫倦厌固可视为苦痛之一种"。[3] 在文中，也或隐或显地借鉴康德和亚里士多德的理论话语。虽然西方理论和文本的贴合仍有一定的生硬之处，但这毕竟是中国文学批评史上第一次纯粹地用一种西方文学理论方法进行文本解读，说其具有里程碑意义并不为过。用叶嘉莹的话说："从中国文学批评的历史来看，则在静安先生此文之前，在中国一向从没

---

[1]　参见王国维《文学小言》，载周锡山编校《王国维集》（第 1 册），中国社会科学出版社 2008 年版，第 22—23 页。

[2]　夏中义：《王国维：世纪苦魂》，北京大学出版社 2006 年版，第 22 页。

[3]　王国维：《〈红楼梦〉评论》，载周锡山编校《王国维集》（第 1 册），中国社会科学出版社 2008 年版，第 3—4 页。

有任何一个人曾使用这种理论和方法从事过任何一部文学著作的批评，所以静安先生此文在中国文学批评史上实在乃是一部开山创始之作。因此即使此文在见解方面仍有未尽成熟之处，可是以其写作之时代论，则仅是这种富有开创意味的精神和眼光，便足以在中国文学批评拓新的途径上占有不朽之地位了。"①

最后，融合西方美学理论，尝试建构具有现代色彩的中国式批评话语。《〈红楼梦〉评论》之后，王国维很少再写这种逻辑结构严谨、类似论文的批评之作，《人间词话》更是以中国传统诗话的体例，通过品评词史经典，使"境界"成为一个来自中国传统文论、却颇具现代理论内涵的批评概念。《〈红楼梦〉评论》与《人间词话》体例的不同，自然跟批评对象的特征不无关联，但核心的动力还是王国维试图融合西方美学理论，建构具有现代色彩的中国式批评话语。"古雅"批评概念的形成也跟上述努力有关。

所以，叶嘉莹强调，王国维的批评成就并不是局限在哪一篇文章，"而更重要的乃是在于他能够把西方新观念融入中国旧传统，为中国旧文学开拓了一条前无古人的新的批评途径"②。

二、新瓶旧酒的悲剧说

《〈红楼梦〉评论》是中国文学批评史上第一篇较为规范的学术批评论文，正式地引入了西方的悲剧理论，从而对中国文学史上的经典之作进行了价值甄别。需要说明的是，王国维的写作并不纯粹地出于学术目的，而是以具体

---

① 叶嘉莹：《王国维及其文学批评》，北京大学出版社 2008 年版，第 147 页。
② 叶嘉莹：《王国维及其文学批评》，北京大学出版社 2008 年版，第 106 页。

的生命体验为基础，这种生命体验在某种程度上化解了用西方美学术语直接解读中国传统经典的生硬。文章从"人生之患"开始谈起，认为生活的本质就是欲求的不断滋生，欲求不足则痛苦，欲求暂偿则无聊，所谓"生活之本质何，'欲'而已矣"[①]。"故欲与生活，与苦痛，三者一而已矣"[②]。借用这三位一体的表达，《〈红楼梦〉评论》，既基于王国维对人生鲜活的生命体验，也源于他对以叔本华为代表的生命哲学的服膺，还因之他对《红楼梦》真实的阅读感受，"三者一而已矣"。如果说其中的核心理论支撑是他从西方带来的"新瓶"，那评述对象则是作为中国传统小说高峰的《红楼梦》这瓶"旧酒"，目的是引入基于个体生命体验的"悲剧"概念，重新厘定中国传统文学的价值。

全文一万三千余字，共分五章，分别是"人生及美术之概观"《红楼梦》之精神"《红楼梦》之美学上之价值"《红楼梦》之伦理学上之价值"余论"，核心论述了以下几个问题。

其一，文学的特性在于超功利性。王国维认为，既然欲是生活的本质，那人类的知识无不与此相关，所谓科学和政治皆"立于生活之欲上"，"立于生活之欲"的知识和实践自然无法使人摆脱生活的"苦痛"。如果说有一物可以使人超然于利害之外，"非美术何足以当之乎？"[③]在王国维的语境里，"美术"核心还是指文学。那文学如何产生？"于是天才者出，以其所观于自然人生中者复现之于美术中，而使中智以下之人，亦因其物之与己无关系，而超

---

① 王国维：《〈红楼梦〉评论》，载周锡山编校《王国维集》（第1册），中国社会科学出版社2008年版，第3页。

② 王国维：《〈红楼梦〉评论》，载周锡山编校《王国维集》（第1册），中国社会科学出版社2008年版，第4页。

③ 王国维：《〈红楼梦〉评论》，载周锡山编校《王国维集》（第1册），中国社会科学出版社2008年版，第4—5页。

然于利害之外。"① 自然与人生，都与人有利害关系，但文学家能以其天才"强离"其关系，从而"超然于利害之外"，艺术之美（文学之美）正是能使人忘记物我关系，从而摆脱痛苦。王国维还强调美分为两种，一曰优美，一曰壮美：

> 苟一物焉，与吾人无利害之关系，而吾人之观之也，不观其关系，而但观其物；或吾人之心中，无丝毫生活之欲存，而其观物也，不视为与我有关系之物，而但视为外物，则今之所观者，非昔之所观者也。此时吾心宁静之状态，名之曰优美之情，而谓此物曰优美。若此物大不利于吾人，而吾人生活之意志为之破裂，因之意志遁去，而知力得为独立之作用，以深观其物，吾人谓此物曰壮美，而谓其感情曰壮美之情。②

优美与壮美的区别有二，一是审美对象与审美者的关系，物与我无利害关系为优美，物大不利于我，则为壮美；二是审美者的心态，我视物无丝毫生活之欲（即便与我有利害关系）为优美，我生活意志对物的大不利而破裂，且因之而消弭，遂把物作为独立的审美对象，则为壮美。

其二，文学的任务在于描写人生。在第一章中，王国维就以文学与人生的关系审视中国文学艺术，认为"美术中以诗歌、戏曲、小说为其顶点，以

---

① 王国维：《〈红楼梦〉评论》，载周锡山编校《王国维集》（第1册），中国社会科学出版社 2008年版，第5页。

② 王国维：《〈红楼梦〉评论》，载周锡山编校《王国维集》（第1册），中国社会科学出版社 2008年版，第5页。在另一篇文章《古雅之在美学上之位置》，王国维用的是"优美"和"宏壮"的表述。

其目的在描写人生故"①。也因此得出《红楼梦》为"绝大著作"的结论，在"《红楼梦》之精神"中，则以抽丝剥茧的方式深化此结论。王国维借贾宝玉的来历提出："此可知生活之欲之先人生而存在，而人生不过此欲之发现也。"②其论来自叔本华把欲望作为世界本源的哲学观念。"所谓玉者，不过生活之欲之代表而已矣。"③前人对此说多有诟病，认为过于生硬，其实这不过是作者文学上的修辞而已，借此强调生活之欲的本源特征。《红楼梦》的价值在于，呈现了主人公是如何自造痛苦，又如何自求解脱之道的。

在王国维看来："而解脱之道，存于出世，而不存于自杀。出世者，拒绝一切生活之欲者也。"④所以说金钏堕井、司棋触墙、潘又安自刎，都不是解脱；真正解脱者仅贾宝玉、惜春、紫鹃三人。而解脱又有两种区别：一种是非常人的，因"非常之知力"，洞观宇宙人生的本质，从而找到解脱之道。但这种解脱并不彻底，生活之欲时时泛起与之相抗。另一种是通常人的，因生活之欲反复得不到满足，愈演愈烈，陷于失望之境后悟宇宙人生的真相。这种解脱更彻底。

> 彼以生活为炉，苦痛为炭，而铸其解脱之鼎。彼以疲于生活之欲故，故其生活之欲，不能复起而为之幻影。此通常之人解脱之状态

---

① 王国维：《〈红楼梦〉评论》，载周锡山编校《王国维集》（第1册），中国社会科学出版社2008年版，第6页。

② 王国维：《〈红楼梦〉评论》，载周锡山编校《王国维集》（第1册），中国社会科学出版社2008年版，第7页。

③ 王国维：《〈红楼梦〉评论》，载周锡山编校《王国维集》（第1册），中国社会科学出版社2008年版，第8页。

④ 王国维：《〈红楼梦〉评论》，载周锡山编校《王国维集》（第1册），中国社会科学出版社2008年版，第8页。

也。前者之解脱，如惜春、紫鹃；后者之解脱，如宝玉。前者之解脱，超自然的也，神明的也；后者之解脱，自然的也，人类的也。前者之解脱，宗教的也；后者美术的也。前者平和的也；后者悲感的也，壮美的也，故文学的也，诗歌的也，小说的也。此《红楼梦》之主人公，所以非惜春、紫鹃，而为贾宝玉者也。①

王国维创造性地把文学的解脱置于宗教之上，极大张扬了文学的价值。因此提出："美术之务，在描写人生之苦痛与其解脱之道，而使吾侪冯生之徒，于此桎梏之世界中，离此生活之欲之争斗，而得其暂时之平和，此一切美术之目的也。"②也就是前面所说，文学的任务在于描写人生。借此观点，他把歌德的《浮士德》和《红楼梦》予以并论，甚至认为后者因写普通人的痛苦，而高于写天才痛苦的前者。这种对平凡人生的重视，与后来五四新文学中"为人生"的观念不无相合之处。

其三，文学的高级形态是悲剧。"吾国人之精神，世间的也，乐天的也，故代表其精神之戏曲小说，无往而不著此乐天之色彩：始于悲者终于欢，始于离者终于合，始于困者终于亨；非是而欲餍阅者之心，难矣！若《牡丹亭》之返魂，《长生殿》之重圆，其最著之一例也。"③王国维在中国乐天文化的语境中凸显《红楼梦》的价值，认为最具"厌世解脱"精神的当数《桃花扇》

---

① 王国维：《〈红楼梦〉评论》，载周锡山编校《王国维集》（第1册），中国社会科学出版社2008年版，第9页。

② 王国维：《〈红楼梦〉评论》，载周锡山编校《王国维集》（第1册），中国社会科学出版社2008年版，第9页。

③ 王国维：《〈红楼梦〉评论》，载周锡山编校《王国维集》（第1册），中国社会科学出版社2008年版，第10页。

与《红楼梦》。① 二者之间又有区别：《桃花扇》书写的是历史政治掌故，"借侯、李之事，以写故国之戚"，是他律的；《红楼梦》则重在描写人生，属自律，"哲学的也，宇宙的也，文学的也"。② 因而，"《红楼梦》一书，与一切喜剧相反，彻头彻尾之悲剧也"③。

王国维引入叔本华的三种悲剧说："由叔本华之说，悲剧之中，又有三种之别：第一种之悲剧，由极恶之人，极其所有之能力，以交构之者。第二种，由于盲目的运命者。第三种之悲剧，由于剧中之人物之位置及关系而不得不然者；非必有蛇蝎之性质，与意外之变故也，但由普通之人物，普通之境遇，逼之不得不如是；彼等明知其害，交施之而交受之，各加以力而各不任其咎，此种悲剧，其感人贤于前二者远甚。何则？彼示人生最大之不幸，非例外之事，而人生之所固有故也。"④ 第一种悲剧是坏人做坏事；第二种悲剧是命运的无常；第三种则是故事中因人物的位置与关系而不得不如此，比如导致宝黛悲剧的诸人，贾母、王夫人、凤姐、袭人的行为均是因其所处的位置而不得不如此。王国维还特意强调，前两类因罕见而力量反弱，第三类则因人人均有遭遇可能，反显至惨，所谓"不过通常之道德，通常之人情，通常之境遇为之而已。由此观之，《红楼梦》者，可谓悲剧中之悲剧也"⑤。

① 参见王国维《〈红楼梦〉评论》，载周锡山编校《王国维集》（第 1 册），中国社会科学出版社 2008 年版，第 10 页。
② 参见王国维《〈红楼梦〉评论》，载周锡山编校《王国维集》（第 1 册），中国社会科学出版社 2008 年版，第 10—11 页。
③ 王国维：《〈红楼梦〉评论》，载周锡山编校《王国维集》（第 1 册），中国社会科学出版社 2008 年版，第 11 页。
④ 王国维：《〈红楼梦〉评论》，载周锡山编校《王国维集》（第 1 册），中国社会科学出版社 2008 年版，第 11—12 页。
⑤ 王国维：《〈红楼梦〉评论》，载周锡山编校《王国维集》（第 1 册），中国社会科学出版社 2008 年版，第 12 页。

其四，伦理价值是文学的重要价值之一。亚里士多德在《诗论》中认为悲剧能引发恐惧与悲悯两种情感，人的精神由此得到洗涤，这种伦理学效果与叔本华所论第三种悲剧对读者的解脱功效不谋而合，因此王国维认为，"由是《红楼梦》之美学上之价值，亦与其伦理学上之价值相联络也"①。他还特意强调，如果一部作品没有伦理价值，那其美学价值就值得商榷，"自上章观之，《红楼梦》者，悲剧中之悲剧也。其美学上之价值，即存乎此。然使无伦理学上之价值以继之，则其于美术上之价值，尚未可知也"。他还特意举例，如果贾宝玉在黛玉死后愤而自杀，或者自暴自弃，那《红楼梦》一无价值。文学不能只停留在书写忧患本身，而应该指出解脱的路径。从这个意义上说，王国维的潜在之意是文学的伦理价值高于审美价值。在叔本华看来，哲学和艺术的终极归宿都是宗教，这跟西方文化浓厚的宗教背景有关。王国维在这一点上有所不同，认为艺术完全能够替代宗教之于人生的解脱作用，在另外一篇《去毒篇》中他指出，对于上流社会而言，知识面广，希望亦多，宗教所能发挥的作用有限，其解脱不得不求诸艺术，"美术者，上流社会之宗教也"②。

王国维的这篇批评自然存在不少问题，如对叔本华某些论断的直接引述，过于拔高《红楼梦》中惜春、紫鹃等人解脱的宗教意味，但第一次借助西方悲剧理论进入中国文本的批评尝试，检讨了此前学界对《红楼梦》以考证为主的研究方法，重估了《红楼梦》的审美与伦理价值，从文学与人生角度肯

---

① 王国维：《〈红楼梦〉评论》，载周锡山编校《王国维集》（第 1 册），中国社会科学出版社 2008 年版，第 13 页。

② 王国维：《去毒篇》，载周锡山编校《王国维集》（第 2 册），中国社会科学出版社 2008 年版，第 323 页。

定《红楼梦》为"我国美术上之唯一大著述"①。正如李振声的评价："首开援引西方哲学美学作为中国文学批评的思想资源的先河。王国维在其撰著的文学批评论文中，率先使用了一连串分析性的话语表述，在丰富和充实中国文学理论和批评的库藏的同时，也明显提升了中国固有文学理论批评作出其势所必然的现代转换的实践能力，从而在如何将'地方性'的中国文论有效地汇入'世界性'的知识视野，以促成中国文论对世界文学理论总体真正有所贡献，成为其丰富构成中不可或缺的要素，迈出了至为关键的第一步。"②

三、旧瓶新酒的境界说

《〈红楼梦〉评论》之后，王国维很少再写这种逻辑结构严谨、类似论文的批评之作，兴趣转向中国传统诗话体例，以《人间词话》对五代、北宋词进行了一次重新清理和品评。但在一则则看似关联不大的词话后面，贯穿始终的理论基点是以"境界"为核心的批评概念。"境界"一词来自中国传统文论，王国维创造性地为其注入了现代批评的理论内涵，以旧瓶装新酒，成为东西方文论融通互见的典范。

首先，点明了"境界"在文学品评中的核心位置。《人间词话》开篇即是："词以境界为上。有境界，则自成高格，自有名句。五代、北宋之词所以独绝者在此。"③作者开宗明义，把"境界"作为品评词作的核心概念。王国维

---

① 王国维：《〈红楼梦〉评论》，载周锡山编校《王国维集》（第 1 册），中国社会科学出版社 2008 年版，第 21 页。

② 李振声：《重溯新文学精神之源——中国新文学建构的晚清思想学术因素》，上海人民出版社 2020 年版，第 228 页。

③ 王国维：《人间词话》，载周锡山编校《王国维集》（第 1 册），中国社会科学出版社 2008 年版，第 210 页。

对"境界"的使用并非灵感突发或心血来潮，而是清理中国批评文论概念之后的权衡，所以才会不无自信地与前人比较："然沧浪所谓兴趣，阮亭所谓神韵，犹不过道其面目，不若鄙人拈出'境界'二字为探其本也。"① 这一下就把"境界"推到了整个中国传统批评最核心的位置。类似的表述还有："言气质，言神韵，不如言境界。有境界，本也；气质、神韵，末也；有境界而二者随之矣。"② 境界之所以为本，一方面是其具有发动性，境界一有，气质、神韵便随之而来；另一方面，境界相比气质、神韵等概念，具有细分和内涵推敲的空间，如造境与写境之分，如有我之境与无我之境的推敲。当然，这自是因为王国维相比前人具有现代哲学和文学理论素养之故，但归根结底，是作者试图为词这类独具中国特色的文体找到一条恰如其分的批评路径。

其次，以具体案例呈现了"境界"的基本内涵。《人间词话》没有如《〈红楼梦〉评论》一样对"悲剧"进行抽丝剥茧般的内涵梳理，但相比传统诗话词话而言，依然做了概念界定和内涵推敲的努力，只不过这种界定和推敲均是在文本品评和作家价值论断的语境中完成的。从风格角度而论，境界分造境和写境，对应的是文学中的理想与写实二派，但对大诗人来说，这二者很难做区分，"因大诗人所造之境必合乎自然，所写之境亦必邻于理想故也"③。从主客体关系而论，境界分有我之境和无我之境。所谓有我之境，即以我观物，故"物皆著我之色彩"，类似于美学中的"移情"，把自己的情感转移至观察对象，但王国维强调了背景的限定，即"有我之境，于由动之静时

---

① 王国维：《人间词话》，载周锡山编校《王国维集》（第1册），中国社会科学出版社2008年版，第212页。

② 王国维：《人间词话》，载周锡山编校《王国维集》（第1册），中国社会科学出版社2008年版，第227—228页。

③ 王国维：《人间词话》，载周锡山编校《王国维集》（第1册），中国社会科学出版社2008年版，第210页。

得之"。所谓无我之境，即以物观物，故"不知何者为我，何者为物"，其背景限定为"人惟于静中得之"。[①]境界的本质特征是"真"，无论造景还是写境，无论有我之境，还是无我之境，真挚与否是核心，所以说，"境非独谓景物也，喜怒哀乐，亦人心中之一境界。故能写真景物、真感情者，谓之有境界。否则谓之无境界"[②]。在另一处，则用"忠实"来强调"真"："词人之忠实，不独对人事宜然，即对一草一木，亦须有忠实之意；否则所谓游词也。"[③]

再次，指出了"境界"的实现路径。那究竟如何实现文学之"真"，王国维首要强调了这与作家的人格特征息息相关，如为什么词至李煜而"眼界始大，感慨遂深，遂变伶工之词而为士大夫之词"，是因为他"不失其赤子之心"。王国维此前曾强调作家人格对文学创作的重要作用，认为"三代以下之诗人，无过于屈子、渊明、子美、子瞻者。此四子者苟无文学之天才，其人格亦自足千古。故无高尚伟大之人格，而有高尚伟大之文学者，殆未之有也"。[④]如果说此时的王国维对作家人格的考量更多着眼于"善"的层面，那《人间词话》中突出的则是"真"的层面。所以他认为李后主"生于深宫之中，长于妇人之手"的单纯，恰恰成就了他的词人生涯，因为"主观之诗人，不必多阅世，阅世愈浅则性情愈真"[⑤]。当然，这里自有逻辑无法自洽之处，李

①　王国维：《人间词话》，载周锡山编校《王国维集》（第 1 册），中国社会科学出版社 2008 年版，第 211 页。

②　王国维：《人间词话》，载周锡山编校《王国维集》（第 1 册），中国社会科学出版社 2008 年版，第 211 页。

③　王国维：《人间词话》，载周锡山编校《王国维集》（第 1 册），中国社会科学出版社 2008 年版，第 234 页。

④　王国维：《文学小言》，载周锡山编校《王国维集》（第 1 册），中国社会科学出版社 2008 年版，第 24 页。

⑤　王国维：《人间词话》，载周锡山编校《王国维集》（第 1 册），中国社会科学出版社 2008 年版，第 214 页。

煜之词的"眼界始大，感慨遂深"，恰恰不是因为他"生于深宫之中，长于妇人之手"，而是因为遭遇家国之变后的身世之叹，因而重点不在阅世深浅，而在阅世但"不失其赤子之心"。所以，王国维所认为有境界之欧阳修、苏轼、辛弃疾，均为阅世甚深者，其境界所在，仍因不失赤子之心。此外，王国维还强调了诗人与审美对象要保持相对自由的关系，对宇宙人生的观察要"入乎其内，又须出乎其外"，"入乎其内，故能写之；出乎其外，故能观之。入乎其内，故有生气；出乎其外，故有高致"。①

最后，以丰富的例证强调了"境界"的艺术效果。"境界"之所以被王国维认定为品评词作的核心概念，是因为"境界"能够给作品带来完全不同的接受效果，即所谓"隔"与"不隔"的区别。"隔"与"不隔"到底何指，聚讼纷纭。有说指写景言情之技巧，如说"梅溪、梦窗诸家写景之病，皆在一隔字"；如说"生年不满百，常怀千岁忧"等句"写情如此，方为不隔"；"采菊东篱下，悠然见南山"等句"写景如此，方为不隔"。但至于如何做到"隔"或"不隔"，作者并没有提到。《人间词话》并非为研究写作技巧之作，而是以"境界"为核心观念评点词史，仍应在"境界"的视野中观照这一对概念。换句话说，"隔"与"不隔"为"境界"的次一级审美范畴，更多呈现为读者的接受效果，有境界之作的艺术效果自为不隔，无境界之作的艺术效果则为隔。而且不隔也有深浅之分，因南宋之词不如五代、北宋境界高远，所以王国维说："然南宋词虽不隔处，比之前人，自有深浅厚薄之别。"②

《人间词话》采用的是中国传统诗话、词话的体例，但现代特征颇为

---

① 王国维：《人间词话》，载周锡山编校《王国维集》（第 1 册），中国社会科学出版社 2008 年版，第 224 页。

② 王国维：《人间词话》，载周锡山编校《王国维集》（第 1 册），中国社会科学出版社 2008 年版，第 219 页。

明显：

一者，全文虽以数十则或长或短的评点组成，但依然存有隐在的结构，使诗话、词话的体例呈现一定的现代色彩。"境界"一词并非王国维首用于文学批评。据相关学者考证，该词最早指疆界，后用于指禅宗的神秘修养，朱熹的"随分占取，做自家境界"虽言心性，但已稍涉诗境本身。清人叶燮的《原诗》对"境界"有所展开，金圣叹、沈德潜、袁枚、蒋士铨、刘熙载也多有论。①但自觉把"境界"作为中国词史（甚至文学史）的核心概念，从主要内涵、实现路径、接受效果等方面予以论说的，自是从王国维开始。李长之就较早地指出"境界说""融化古人之说而超过古人"，甚至认为王国维在此"提出史的文学时代的观念，是后来文学革命的导火线"。②

二者，"境界"虽为中国批评文论的传统概念，但王国维为其注入了康德、叔本华、尼采等人的美学观念，从而成为贯穿古今、至今仍有活力的中国美学概念。如把"无我之境"与"有我之境"分别对应优美、宏壮，延续了《〈红楼梦〉评论》中优美、壮美的区分，理论资源仍来自康德关于优美、崇高的美学观念。如"一切文学，余爱以血书者"直接引尼采语，"未刊稿"中"抒情者，少年之作也；叙事诗及戏曲，壮年之作"，直接引叔本华语。西方哲学、美学话语的影响加强了"境界说"的理论色彩和思辨性，但这种影响到底有多大，依然值得商榷。王国维从一开始对西方话语的大量输入就有所警惕，"外界之势力之影响于学术，岂不大哉！"③而《人间词话》的写作，更

---

① 参见佛雏《王国维诗学研究》，北京大学出版社 1999 年版，第 167—171 页。

② 李长之：《王国维文艺批评著作批判》，载伍杰、王鸿雁编《李长之书评》（肆），河北教育出版社 2006 年版，第 244 页。

③ 王国维：《论近年之学术界》，载周锡山编校《王国维集》（第 2 册），中国社会科学出版社 2008 年版，第 301 页。

是因为厌倦此前以西方哲学话语直接进入中国文本的批评方式。换句话说，王国维的主观意图还是试图承接中国传统的批评话语与批评体例，西方哲学、美学话语的渗入则与其知识结构的潜在影响有关。李长之就直接指出，"以作者个性与作品境界作为综合的印象的批评是中国传统的方法，而比前人更其发展到了好处却未堕入恶趣"①。叶嘉莹也说："然而就全书之题材及其批评方式言，则实在与中国传统之诗话词话一类之作品极为相近。"②

　　总之，《人间词话》是王国维试图接续中国传统批评话语和批评体例的一次成功的尝试，成功原因既与他本人对五代以来中国词史的熟稔有关，也由于他本人具备深厚的西方哲学、美学素养。将西方美学观念融入中国传统诗学，使"境界"成为具有本质特征和阐释空间的批评范畴，使《人间词话》成为晚近以来中国文学批评的经典文本。或者我们可以这样说，这既是中国传统批评的最后一个高峰，也是中西审美话语融合第一次成功的尝试。遗憾的是，作为个案，它常获人称道；作为一种路径，也能予人启发；境界作为一个批评范畴，仍有不少研究，但王国维之后几乎没有出现过其他类似的案例。

四、文学批评的人间味

　　王国维特别钟情于"人间"二字，其词话、词集均以"人间"命名。在《人间词话》中，论及李后主，所举之词为"自是人生长恨水长东"，"流水落花春去也，天上人间！"尤有意味的是，把欧阳修的"人生自是有情痴，此恨

① 李长之：《王国维文艺批评著作批判》，载伍杰、王鸿雁编《李长之书评》（肆），河北教育出版社 2006 年版，第 244 页。
② 叶嘉莹：《王国维及其文学批评》，北京大学出版社 2008 年版，第 103 页。

不关风与月"一句误写为"人间自是有情痴，此恨不关风与月"，一字之差，更显王国维对"人间"一词的钟爱出自无意识。据学者考证，在友人与他的通信中，直呼其为"人间先生"，罗振常在《〈人间词甲稿〉序》跋中也用"人间"之号称呼王国维："时，人间方究哲学，静观人生哀乐，感慨系之。而《甲稿》词中'人间'字凡十余见，故以名其词云。又记。"① 短短几句话信息量很大，既道出王国维的哲学、美学研究植根于"人生哀乐"，也说出王国维为什么喜用"人间"二字，并以此命名其词集。彭玉平在对王国维与"人间"一词的关联进行一番考论后认为："王国维语境中的'人间'一词，其基本意蕴乃是在个人感受的基础上对世间人生的处境与出路、价值与意义的深沉考量，具有强烈的生命意识与人文关怀。"② 此说既能跳脱复杂的史料推论，也避免落入哲学语境中虚蹈的命题演绎，而是基于"人间"的基本含义，准确地概括出王国维学术与创作的生命体验和价值追求，对我们整体解读其文学批评的特征有重要的启发意义。

王国维文学批评的"人间味"首先体现于，其文学观念的建立基于个体的生命体验。《〈红楼梦〉评论》一文从人之忧患开篇，由人生及文学，而非由文学及人生，从一开始，王国维的文学研究就与其生命体验息息相关。其文学思想的内发性也构成了和梁启超文学思想外发性的区别。虽然该文的诸多理论来源于叔本华、康德、亚里士多德，甚至有不少地方是直接沿用了他们的说法，但他对西方生命哲学、非功利性审美观念的钟情，对悲剧形态的赞赏与引入，本身就源于他的"静观人生哀乐"，这是基于生命体验之后的理

---

① 罗振常：《〈人间词甲稿〉序》跋，载周锡山编校《王国维集》（第2册），中国社会科学出版社2008年版，第266页。

② 彭玉平：《王国维语境中的"人间"考论》，《徐州师范大学学报（哲学社会科学版）》2011年第6期。

论选择。正是因为此，王国维在文学批评中，特别重视探讨文学与人生的关系。比如，他指出，在诸种艺术形态中，为什么"以诗歌、戏曲、小说为其顶点"，"以其目的在描写人生故"。①《红楼梦》也是在这个意义上被认作中国文学史上的"绝大著作"。在《屈子文学之精神》一文中，王国维对"人生"的范畴予以更清晰的解释。他认为"诗歌者，描写人生者也"的定义过于狭窄，应扩展为"描写自然及人生"，同时也不忘强调"实先人生，而后自然"。至于"人生"具体为何，王国维认为不应解读为个人孤立的生活，而是"在家族、国家及社会中之生活也"。②这样就把"人生"的外延由个人扩展至家族的、国家的和社会的。王国维重视文学的审美价值，但绝不是一个主张"为艺术而艺术"的批评家，他选择用亚里士多德的悲剧净化理论去解释《红楼梦》，也源于他对文学伦理价值的重视，即对文学描写人生、解释人生的重视。我们没必要把《〈红楼梦〉评论》看作严密的批评论作，他写作此文的主要目的，既非通过解读《红楼梦》来传播西方哲学、美学思想，亦非通过西方哲学、美学思想来阐发《红楼梦》的价值，而是经由这样的文本批评传达自己对宇宙、人生的看法。《红楼梦》是否如王国维所论专述人生苦痛与解脱之道，贾宝玉之解脱是否确有那么高的审美价值，我们自可以讨论，但人生的苦痛本质，文学要"大有造于人生"的价值等观念，确乎来源于王国维自身的生命体验。因而，程文超指出："《〈红楼梦〉评论》更大的价值在于，王国维在文章里借题发挥，说了些他希望说的话。"③

---

① 王国维：《〈红楼梦〉评论》，载周锡山编校《王国维集》（第1册），中国社会科学出版社2008年版，第6页。

② 王国维：《屈子文学之精神》，载周锡山编校《王国维集》（第1册），中国社会科学出版社2008年版，第27页。

③ 程文超：《1903：前夜的涌动》，人民文学出版社2017年版，第141页。

其次，王国维文学批评的"人间味"也体现于，在进行具体个案的批评时，重视作家创作与生活经验的关联。王国维反对以"考证之眼"读《红楼梦》，贾宝玉是子虚、乌有，是纳兰性德、曹雪芹都不重要，但还是强调作者的姓名、著书的年月"固当为唯一考证之题目"①。小说里面的人物自然是虚构的，但为什么是这样不是那样，跟作家的人生经历和生活背景还是有莫大关联。也正因此，王国维对屈原文学精神的阐发，特别指出屈原与楚国"累世之休戚"的关系，在楚怀王那里知遇和流放的际遇，"于是其性格与境遇相得，而使之成一种欧穆亚"②。"欧穆亚"人生观的形成，王国维有简单解释，"故彼之视社会也，一时以为寇，一时以为亲，如此循环，而遂生欧穆亚（Humour）之人生观"③。本文不拟具体辨析欧穆亚与西方幽默观念的异同，但这种"一时以为寇，一时以为亲"的人生态度的形成，自与作家人生经历关联甚大，也因此直接影响了作家的文学创作。

在《人间词话》中，王国维以境界为标准衡量词的价值高低，也对境界的内涵、外延进行了一定的阐释、区分，但总体上的做法还是体验的、感受的。他特别强调"阅世"的问题，认为创作《水浒传》《红楼梦》等叙事性作品，作家阅世越深越好，"阅世愈深则材料愈丰富、愈变化"，而词人作为"主观之诗人"，则"阅世愈浅则性情愈真"，这自是在强调作家创作与生活经验的关系。我们之前也曾提过，李煜的词境扩大恰恰是因为后来遭遇了家国之变，王国维更多强调的是生活经验与作家人格性情的关系，李煜的"阅世

---

① 王国维：《〈红楼梦〉评论》，载周锡山编校《王国维集》（第1册），中国社会科学出版社2008年版，第21页。

② 王国维：《屈子之文学精神》，载周锡山编校《王国维集》（第1册），中国社会科学出版社2008年版，第29页。

③ 王国维：《屈子之文学精神》，载周锡山编校《王国维集》（第1册），中国社会科学出版社2008年版，第28页。

浅" 造就了他的 "性情真"，也正是因为李煜的真性情遭遇了大变故，才有所谓 "以血书者"。谈纳兰性德之处，依然强调性情之真："纳兰容若以自然之眼观物，以自然之舌言情。此由初入中原，未染汉人风气，故能真切如此。北宋以来，一人而已。"① 《人间词话》中，王国维做了很多比较，词人与词人之间，句与句之间。比如认为宋道君皇帝《燕山亭》与李煜词略似之，但两人境界大小固不相同②；"美成词，深远之致不及欧、秦"③；"南宋词人，白石有格而无情，剑南有气而乏韵，其堪与北宋人颉颃者，唯一幼安耳"④。至于理由，王国维往往是一语带过，说者有故弄玄虚之嫌，读者则连猜带悟。其实通看全篇，王国维所赞赏者多为历经沉浮、有身世之叹者。有学者特意指出，王国维虽然重视艺术的纯粹，但那只是强调艺术创作不能计较利害，绝非不关心人生的冷漠："王国维心目中的纯艺术，是浸透了生命痛苦体验、对人生有深切关怀、真挚体验的；而这种人生的关怀和体验愈真挚、愈深切、愈与生命不可分，则艺术便愈纯粹……"⑤

最后，王国维文学批评的 "人间味" 还体现于对文学普遍性的重视。王国维特别反感用盛行于有清一代的考证学去解读文学，比如纷然索引《红楼梦》主人公者，"夫美术之所写者，非个人之性质，而人类全体之性质也"。

① 王国维：《人间词话》，载周锡山编校《王国维集》（第 1 册），中国社会科学出版社 2008 年版，第 221 页。
② 参见王国维《人间词话》，载周锡山编校《王国维集》（第 1 册），中国社会科学出版社 2008 年版，第 214 页。
③ 王国维：《人间词话》，载周锡山编校《王国维集》（第 1 册），中国社会科学出版社 2008 年版，第 217 页。
④ 王国维：《人间词话》，载周锡山编校《王国维集》（第 1 册），中国社会科学出版社 2008 年版，第 219 页。
⑤ 杨联芬：《晚清至五四：中国文学现代性的发生》，北京大学出版社 2003 年版，第 39 页。

艺术的性质是重具体而非抽象，所以往往把关乎人类全体的特征，放在一个具体的名字之下，至于这个人叫什么，按照哪个原型创作出来的，并不重要，因为已经不是他自己了。[1] 王国维痛感中国的哲学家、诗人皆为政治家，或心怀政治抱负，好像诗人一无抱负便被视为倡优无异，其结果便是文学艺术丧失了独立地位。文学家有无独立性决定其看待宇宙、人生的眼光，如《人间词话》中说：

> "君王枉把平陈业，换得雷塘数亩田。"政治家之言也。"长陵亦是闲邱陇，异日谁知与仲多？"诗人之言也。政治家之眼，域于一人一事；诗人之眼，则通古今而观之。词人观物，须用诗人之眼，不可用政治家之眼。故感事、怀古等作，当与寿词同为词家所禁也。[2]

政治家之眼观物容易囿于一人一事，即无法观察宇宙、人生的普遍性，所写之作也就无法真正令人感同身受；文学家之眼则能撇开自身利害关系，以纯粹的心灵感受古今。在另一处，王国维还强调诗人对宇宙、人生，"须入乎其内，又须出乎其外"[3]，能出乎其外者，自是站在纯粹的诗人立场，其所观所思所言，才能具有普遍性。除了强调文学必须观察人生全体以获得普遍性外，王国维还照顾到审美的不同层次，换句话说，其美学观念并非局限于天才的、不可学的层面，也涉及天才之外的艺术创作和艺术鉴赏。这就涉及他

---

[1]　参见王国维《〈红楼梦〉评论》，载周锡山编校《王国维集》（第1册），中国社会科学出版社2008年版，第18页。

[2]　王国维：《人间词话》，载周锡山编校《王国维集》（第1册），中国社会科学出版社2008年版，第233页。

[3]　王国维：《人间词话》，载周锡山编校《王国维集》（第1册），中国社会科学出版社2008年版，第234页。

自创的一个美学概念：古雅。王国维接受康德的美学观，所谓"美术者，天才之制作也"。但也指出，在天才的艺术品与功利性的制作品之间，还存在一个艺术创作层级，就是那些虽然非天才所作，但同样能引发无功利美学感受的创作，王国维命名为"古雅"。王国维把一切之美都界定为形式之美，建筑、雕刻、音乐自不必说，戏曲、小说中的主人公及其境遇，也是唤起读者情感的形式，这些形式之美天才自能感知，但必须通过其他的形式表达出来，也就是所谓第二形式，古雅就是第二形式，可谓"形式之美之形式之美也"。天才于第一形式之美既能有独得的感悟，类似于波德莱尔所谓的"通灵"，便不需要在第二形式上多着力即可"妙手偶得之"，"优美及宏壮之原质愈显，则古雅之原质愈蔽"。那还有一种情况，就是创作者并非天才，感受不到第一形式，或者即便是天才，也未必时时能感受到第一形式之美，这时候就可以通过第二形式作出古雅之作。但古雅的价值就要因此低于优美和宏壮等天才之美吗？并不是，古雅可能达不到优美那种"使人心和平"的境界，但能"使人心休息，故亦可谓之低度之优美"；古雅可能达不到宏壮那种"以不可抵抗之势力唤起人钦仰之情"，但能"以不习于世俗之耳目故，而唤起一种之惊讶"，故"谓古雅为低度之宏壮"。王国维还特别强调，古雅之能力可由修养得之，这也就为美育的普及奠定了基础。① 应该说，王国维对不同审美层次的照顾也体现了他对文学普遍性的重视。

总体来说，王国维的文学批评从人出发，关注人的现实痛苦，也关注人如何通过哲学、美学获得解脱。他因为在艺术之外的领域无法看到解脱人间痛苦的可能，因而专注于哲学、美学领域，甚至把"宇宙人生之真理"的发

---

① 参见王国维《古雅在美学上之位置》，载周锡山编校《王国维集》（第 1 册），中国社会科学出版社 2008 年版，第 184—187 页。

现和表达快乐，形容为"决非南面王之所能易者也"①。从这个意义上，他天然地靠近了西方思想史上的人本主义者，在中国现代文学批评起点上呈现出独特的光芒。

① 王国维：《论哲学家与美术家之天职》，载周锡山编校《王国维集》(第1册)，中国社会科学出版社2008年版，第182页。

第二章

周作人：立于"人间"的
常识批评家

周作人是"五四"时期最具影响力的批评家之一，他从"个人主义的人间本位主义"出发，逐步建立和丰富"人的文学"观念；他反对功利的文学观，经历了从"为人生"的文学到"人生"的文学之转变；他坚持常识的输入，形成了文学批评的日常性，在中国现代文学批评家中独具一格。

一、新法利赛人周作人

　　法利赛人英文为 Pharisee，有伪君子、伪善者之义，在周作人的笔下，作道学家解。比如北大一位杨教授因给女生写不恰当的信被辞退，从而引发了北京教育界对教师道德的关注，周作人感慨："我真不懂中国的教育界怎么会这样充满了法利赛的空气，怎么会这样缺少健全的思想与独立的判断，这实在比泰戈尔与文化侵略加在一起还要可怕呀。"[①] 读到日本旧小说家马琴的日记，对日记中所记载作者谨严不苟的生活不满，"但是我的偏见觉得这种谨严殊不愉快，很有点像法利赛人的模样"[②]。周作人反感道学家自是无疑，有意思的是，他有一天意外地发现自己其实也是道德家，"我平素最讨厌的是道学家，（或照新式称为法利赛人，）岂知这正因为自己是一个道德家的缘故；我想破坏他们的伪道德不道德的道德，其实却同时非意识地想建设起自己所信

[①]　周作人：《一封反对新文化的信》，载《谈虎集》，北京十月文艺出版社 2011 年版，第 112 页。
[②]　周作人：《马琴日记抄》，载《自己的园地》，北京十月文艺出版社 2011 年版，第 231 页。

的新的道德来"①。当然，他特意用道德家以区别于道学家，从而获得更中性的意味。如果说周作人反感中国的法利赛人，是反感其坚持的 "伪道德不道德的道德"，那用新法利赛人概括试图建立新道德的周作人，自然也说得过去。应该说，道德是观察周作人批评思想形成的重要视角。

自 "五四" 以降，中国产生了不少如梁实秋、李健吾、李长之这样的职业批评家，但周作人无论如何都不能用批评家这个头衔去涵盖。作为在 "五四" 中成长的一代，周作人的文学活动是在思想启蒙的大框架中进行的，所以他认为，在文学革命上，"文字改革是第一步，思想改革是第二步，却比第一步更为重要"②。从道德出发，他对中国传统文学进行了全面性的清理。比如旧戏，周作人认为中国旧戏没有存在的价值，"第一，我们从世界戏曲发达上看来，不能不说中国戏是野蛮"。"旧戏应废的第二理由，是有害于 '世道人心'。" 如何有害 "世道人心"，是因为中国旧戏往往包含淫、杀、皇帝和鬼神等题材。③ 他认为 "人的文学，当以人的道德为本"，而传统文学大多建立在 "非人" 的道德基础之上，列举了 "色情狂的淫书类" "迷信的鬼神书类" "神仙书类" "妖怪书类" "奴隶书类" "强盗书类" "才子佳人书类" "下等谐谑书类" "黑幕类"，等等。④ 除了从道德的内涵层面批评旧文学，周作人也会不时强调文学要保持与道德的距离。在对黑幕小说的批判中，针对读者提出黑幕小说有 "进德迁善"、维持当下道德的作用，他直接否认了小说促进道德的功用，认为近代以来写实小说的目的就是 "寻求真实，解释人生" 八个字，"就

---

① 周作人：《〈雨天的书〉自序二》，载《雨天的书》，北京十月文艺出版社 2011 年版，第 3 页。

② 周作人：《思想革命》，载《谈虎集》，北京十月文艺出版社 2011 年版，第 9 页。

③ 参见周作人《论中国旧戏之应废》，载周作人著，陈子善、赵国忠编《周作人集外文》（一），上海人民出版社 2020 年版，第 281—282 页。

④ 参见周作人《人的文学》，载《艺术与生活》，北京十月文艺出版社 2011 年版，第 14—15 页。

是托尔斯泰所作主义的小说，也只是在宣传人道主义上，含有道德的意义"①。一方面，他否认文学创作要与道德有关；另一方面，还是留下了人道主义的缺口，这缺口正是他提倡新道德的通道。换句话说，此时的周作人并非否认文学与道德有关，而是认为新文学要更新道德的内涵，要提倡新道德。

那周作人提倡的新道德到底为何？他在《人的文学》中提到，人的理想生活应该包括两个方面，一是人类的关系，一是道德的生活。何为道德的生活，"应该以爱智信勇四事为基本道德，革除一切人道以下或人力以上的因袭的礼法，使人人能享自由真实的幸福生活"②。这里涉及两个层面，一是道德的生活是以爱、智、信、勇四个方面为内容，这其实仍在中国传统道德的范畴中；二是道德不应被因袭的礼法牵制，不应以传统的名义行非人道之事，这种说法较为含混，没有给出新道德的真正含义。在另一篇《平民文学》里，周作人进行了更为清晰的说明，即真道德必须具有普遍性。传统文学中多是英雄豪杰、才子佳人，这种故事所传达的道德大多与普通男女无涉；在君君臣臣、父父子子的封建伦理关系中，往往出现甲应守而乙不必守的畸形道德，比如愚忠愚孝、殉节守贞。因此，"我们不必讲偏重一面的畸形道德，只应讲说人间交互的实行道德。因为真的道德，一定普遍，决不偏枯"③。所谓人间交互，是说一律平等；所谓实行，是说有可推广性。

因为周作人"人的文学"观念建立在对传统道德观念的批判上，所以他对以道德名义压制新文学创作的现象特别敏感。1922 年，仍在浙江省第一师范学校就读的学生汪静之出版诗集《蕙的风》，因诗集中多为青年男女对爱

① 周作人：《再论"黑幕"》，载周作人著，陈子善、赵国忠编《周作人集外文》（一），上海人民出版社 2020 年版，第 314 页。
② 周作人：《人的文学》，载《艺术与生活》，北京十月文艺出版社 2011 年版，第 12 页。
③ 周作人：《平民的文学》，载《艺术与生活》，北京十月文艺出版社 2011 年版，第 4 页。

情的向往和歌颂，受到一些道学家的非议，周作人立写《情诗》一文为其辩护。他首先推翻"发乎情止乎礼义"一说，认为现在的礼义"只是旧习惯的一种不自然的遗留"，限制了情的正常发展，不符合人性的正常要求，情诗写情，"只应'发乎情，止乎情'，就是以恋爱之自然的范围为范围；在这个范围以内我承认一切的情诗。倘若过了这界限，流于玩世或溺惑，那便是变态的病理的，在诗的价值上就有点疑问了"①。一方面，周作人批判了用传统的"礼义"限制诗人正常情感表达的做法，另一方面，在情感表达的程度上还是体现出一定的谨慎。这"界限"究竟是什么？是写情与写性的界限，还是对写性程度的约束？当然，在文章的后半段，他提出判断情诗的价值首看其性质，再论其艺术，所谓"情诗可以艳冶，但不可涉于轻薄；可以亲密，但不可流于狎亵；质言之，可以一切，只要不及于乱。这所谓乱，与从来的意思有点不同，因为这是指过分，——过了情的分限，即是性的游戏的态度，不以对手当做对等的人，自己之半的态度"②。我的理解，这里既涉及诗人对待恋爱的态度真诚与否；也涉及诗人写恋爱细节的程度轻重，如是情感的自然生发而至，是可以的，如有展览之嫌，则是狎亵的表现。换句话说，他依然没有完全拆除道德的限制，在艳冶与轻薄、亲密与狎亵之间设置了未必具有可操作性的界限。在此，周作人是以新道德家的谨慎为诗人创作的"不道德"予以了辩护。

同样的例子还有对郁达夫《沉沦》的辩护。如果说《蕙的风》的出版只是引发了一些道德层面的非议，那《沉沦》中对青年性心理的大胆展示和情欲冲突的真实呈现，则把郁达夫推向了风口浪尖，甚至有可能使上述艳冶与

---

① 周作人：《情诗》，载《自己的园地》，北京十月文艺出版社 2011 年版，第 61 页。
② 周作人：《情诗》，载《自己的园地》，北京十月文艺出版社 2011 年版，第 64 页。

轻薄、亲密与狎亵的界限变得无效。因而周作人的辩护也显得更加地慎重，文章抽丝剥茧的写法堪比王国维的《〈红楼梦〉评论》。他首先用美国莫台耳（Mordell）的观点对三种不道德的文学进行了区分："第一种的不道德的文学实在是反因袭思想的文学，也就可以说是新道德的文学。"[①] 反对因袭一直是周作人的核心思想，比如被大家视为戏剧权威的莎士比亚，他却颇有微词，说自己是不懂莎士比亚的，"太阳的光热虽然不以无人领受而失其价值，但在不曾领受的人不能不说为无效用"[②]。在另一处，提到有人认为一部小孩子看的书比莎士比亚最正经的书亦比得上，他表示很佩服，"普通的人常常相信文学只有一派是正宗，而在西洋文学上又只有莎士比亚是正宗，给小孩子看的书既然不是这一派，当然不是文学了"[③]。根本的原因并非他认为莎士比亚不好，也未必是真不能领受莎氏戏剧之妙，而是对"因袭的崇拜"有天然的抵触感，"有人相信民众会得了解艺术作品，例如英国观众之于莎士比亚，我们不知道海外的情形，却要武断一句，这大抵只是一种因袭的崇拜，正如托尔斯泰所说民众的了解荷马一样，给西蒙士替他证明实在全不是这一回事"[④]。对第二种不道德的文学，周作人做了详细的分类和解释，因为这是为郁达夫辩护的重要论据：

---

① 周作人：《沉沦》，载《自己的园地》，北京十月文艺出版社 2011 年版，第 71 页。
② 周作人：《体操》，载《雨天的书》，北京十月文艺出版社 2011 年版，第 30 页。
③ 周作人：《阿丽思漫游奇境记》，载《自己的园地》，北京十月文艺出版社 2011 年版，第 68 页。
④ 周作人：《中国戏剧的三条路》，载《艺术与生活》，北京十月文艺出版社 2011 年版，第 56 页。

第二种的不道德的文学应该称作不端方的文学，其中可以分作三类。（一）是自然的，在古代社会上的礼仪不很整饬的时候，言语很是率真放任，在文学里也就留下痕迹，正如现在乡下人的粗鄙的话在他的背景里实在只是放诞，并没有什么故意的挑拨。（二）是反动的，禁欲主义或伪善的清净思想盛行之后，常有反动的趋势，大抵倾向于裸露的描写，因以反抗旧潮流的威严，如文艺复兴期的法意各国的一派小说，英国王政复古时代的戏曲，可以算作这类的代表。（三）是非意识的，这一类文学的发生并不限于时代及境地，乃出于人性的本然，虽不是端方的而也并非不严肃的，虽不是劝善的而也并非诲淫的；所有自然派的小说与颓废派的著作，大抵属于此类。[1]

"第三种的不道德的文学才是真正的不道德文学，因为这是破坏人间的和平，为罪恶作辩护的。"[2] 在一番分类和解释之后，周作人认为《沉沦》属于第二种中非意识的不端方的文学，不端方并非不道德，小说中确有猥亵的描写，但并无不道德的性质，这就涉及周作人所说真正的道德应具有普遍性的问题。对性苦闷的展示，对灵肉冲突的刻画，不能成为小说不道德的证据，关键在于这种苦闷和冲突是否是现代青年真实的情感状态，所谓真挚与否，普遍与否。作为同样曾经旅日求学的周作人，对郁达夫小说里人物的情感状态自有感同身受，甚至认为里面的猥亵部分"非如此不能表现"。有意思的是，他临末依然审慎地提醒读者，《沉沦》虽然是一部具有艺术性的作品，但并非人人都适合读，"已经受过人生的密戒，有他的光与影的性的生活的人"也许可以

---

① 周作人：《沉沦》，载《自己的园地》，北京十月文艺出版社 2011 年版，第 71—72 页。
② 周作人：《沉沦》，载《自己的园地》，北京十月文艺出版社 2011 年版，第 73 页。

从中获得启发和力量，作为"受戒者的文学"（Literature for the Initiated），"正需要性的教育的'儿童'"和"不知道人生的严肃的人们"都不适合。① 这里面的矛盾在于，"受过人生的密戒"的读者未必对此书感兴趣，恰恰是未经人事的年轻人对书中的苦闷和挣扎感同身受，那周作人的提醒岂非另一种道德的戒律，岂非在另一个层面展现了自己"道德"的担心？

　　因而，周作人在编《雨天的书》一集时，意识到自己为什么习惯于与道学家针锋相对，根本原因是想建立自己所信的新道德，也正是在这种无意识的逻辑之下，反对为道德写作的周作人，"看自己一篇篇的文章，里面都含着道德的色彩与光芒，虽然外面是说着流氓似的土匪似的话。我很反对为道德的文学，但自己总做不出一篇为文章的文章，结果只编集了几卷说教集，这是何等滑稽的矛盾"② 。再联系到倡导个人主义的周作人，在生活中恶毒地攻击与鲁迅自由恋爱的许广平为妾，其中的意味耐人琢磨。当然，笔者并非以此来批评周作人道德革命和思想革命的不彻底，而是认为文学与道德的关系非常复杂，中国现代人文批评一脉从来没有彻底切断文学与道德的联系，他们的道德话语往往贯穿于其批评理论与批评实践中。

二、"人间的自觉"与人性的文学观

　　与王国维一样，周作人在著作中也多用"人间"一词，因深受日本文化的影响，周氏笔下"人间"的含义更为复杂。据日本学者伊藤德也考证，周作人所用"人间"可分为三种情况，第一，直接借用日语，表示"人"之意，

---

① 周作人：《沉沦》，载《自己的园地》，北京十月文艺出版社 2011 年版，第 75 页。

② 周作人：《〈雨天的书〉自序二》，载《雨天的书》，北京十月文艺出版社 2011 年版，第 3 页。

典型者如周氏写给其兄鲁迅的绝交信中那句“我们都是可怜的人间”。第二，延续汉语的用法，表达“人间世界”之意。第三种则较为复杂，既可表示人，亦可表示“人间世界”，这一类以周作人在五四时期所撰写的系列论文中出现为多。① 这种考证进一步验证了周作人笔下“人间”一词含义的复杂性，也提示我们在具体研究中要视概念的语境而使用。

《人的文学》是周作人最广为人知的文学论文，集中代表了五四时期周氏的文学观念，也成为文学革命在思想内容方面的纲领性文献，其中所提的“个人主义的人间本位主义”成为我们理解“人的文学”的核心切入点。五四新文学就是“人的文学”，要厘清什么是“人的文学”，首先要说清什么是“人”。王国维说人的本质是被欲望支配的，绝大部分人终生都会为欲望得不到满足而产生的痛苦所困扰，少部分人可以通过宗教或者文学获得解脱。他一方面承认欲望的先在性，另一方面试图为人解除欲望的困扰寻求一条可行性路径，从而将文学的价值过于狭窄地集中于解脱这一点。周作人同样承认人的欲望，因为人是“从动物进化的”，其中有两个要点：“（一）‘从动物’进化的，（二）从动物‘进化’的。”“从动物”进化，自然保存了动物性，即本能的欲望，这是要被承认的；从动物“进化”，那说明人还有向上的可能，如果本能欲望中有妨碍这种向上的因子，自当应予以排斥和改正。也就是说，人性就是兽性与神性的结合，人的生活就是灵肉二重的生活。周作人反对把二者割裂或者夸大二者对立的做法，认为人完全可以实现灵肉一致的生活。具体如何实现这样的理想生活呢？“首先便是改良人类的关系。彼此都是人类，却又各是人类的一个。所以须营造一种利己而又利他，利他即是利己的

---

① 参见［日］伊藤德也《周作人“人间”用语的使用及其多义性——与日语词汇的关联性考证》，裴亮译，《现代中文学刊》2017 年第 2 期。

生活。"这里核心的意思是，人既是个体，也是人类，也就是后面所说的"个人主义的人间本位主义"。周作人还用森林与树的比喻，认为"森林盛了，各树叶都茂盛。但要森林茂盛，却仍非靠各树各自茂盛不可"。看样子好像不偏不倚，实际落脚点还是在各树的茂盛，在个人，所以他的人道主义，"是从个人做起。要讲人道，爱人类，便须先使自己有人的资格"①。周作人这里有一个在他看来很顺却过于乐观的逻辑，一个人只要把自己做好了，就会延至集体、社会、国家和民族，而几千年封建专制社会的问题就在于把个体的基本权利扼杀了，所以当下最紧要的就是承认人的资格，取得人的权利。

　　其实人类社会绝大多数的矛盾都来源于个体利益与群体利益的冲突，谁都知道最好的社会是"利己而又利他，利他即是利己"，在实际操作层面又很难实现，所以很多人都会出现个人主义与人道主义冲突之困。鲁迅曾经在给许广平的信中就提到这种困惑："我的意见原也一时不容易了然，因为其中本含有许多矛盾，教我自己说，或者是人道主义与个人主义这两种思想的消长起伏罢。"②周作人也并非没意识到，"普通的说法大抵以个人与人类或社会对立，以为要利个人不得不损及社会，要利社会不能不牺牲个人，于是个人主义和人道主义变成了反对的名词"。但他始终相信个体与人类的不可分，只要"将利己利他并作一起，要爱邻人必须先能自爱，而爱邻人也即爱己，这样看来个人主义与人道主义无非是一物的两面，并不是两件东西……"③周作人这种"个人主义的人间本位主义"始终是理论层面的设想，真正要进入实践层面就会遭遇困境，或者说，他考虑更多的并不是实践层面的问题，所以

---

① 周作人：《人的文学》，载《艺术与生活》，北京十月文艺出版社 2011 年版，第 11—13 页。

② 鲁迅：《两地书》，载《鲁迅全集》（第 11 卷），人民文学出版社 2005 年版，第 81 页。

③ 周作人：《女子与文学》，载周作人著，陈子善、赵国忠编《周作人集外文》（一），上海人民出版社 2020 年版，第 453—454 页。

才会举例说，平民的文学者未必会给一个乞丐一个铜子，他所思考的是"对于他自己的，与共同的人类的运命"①。但于这个乞丐而言，一个铜子的意义自然要大于学者对人类命运的思考的意义，或者说，还没等到学者拯救人类命运，乞丐可能就先行饿死了。归根结底，周作人理想实现的前提是大家都有基础的经济水平、教育素养，甚至水平线上的道德水准，而在周作人那个年代，如果知识阶层都理论上既利己又利他，实践上先利己再利他，甚至不利他，那"沉默的大多数"的理想生活又该如何实现？当然，这是社会实践层面更为复杂的话题，周作人正是基于这种"个人主义的人间本位主义"来建构他的文学观的。

在不同时间、不同场合周作人用了不同说法来换用"个人主义的人间本位主义"。比如他借用世界语中"呵玛拉诺（Homarano）"来进一步阐发自己的观念，意思是"人的总体的分子"，或者说"人类一分子"，"个人外的社会和社会外的个人都是不可想象的东西，个人实在是人类一分子，他的自然的行动都含有自己保存与种族保存的两重意义"②。在谈到文学的地方性时，"我仍然不愿取消世界民的态度，但觉得因此更须感到地方民的资格，因为这二者本是相关的，正如我们因是个人，所以是'人类一分子'（Homarano）一般"③。对"个人主义的人间本位主义"更简洁的概括是"人间性"，1920 年 1 月，周作人在北平少年学会的一次讲演中提道：

　　大旨从生物学的观察上，认定人类是进化的动物；所以人的文学

---

① 周作人：《平民的文学》，载《艺术与生活》，北京十月文艺出版社 2011 年版，第 8 页。
② 周作人：《女子与文学》，载周作人著，陈子善、赵国忠编《周作人集外文》（一），上海人民出版社 2020 年版，第 453—454 页。
③ 周作人：《旧梦》，载《自己的园地》，北京十月文艺出版社 2011 年版，第 138—139 页。

也应该是人间本位主义的。因为原来是动物，故所有共通的生活本能，都是正当的，美的善的；凡是人情以外人力以上的，神的属性，不是我们的要求。但又因为是进化的，故所有已经淘汰，或不适于人的生活的，兽的属性，也不愿他复活或保留，妨害人类向上的路程。总之是要还他一个适如其分的人间性，也不要多，也不要少就是了。[①]

所谓的"人间性"，既包含了个体，也包含了人类，但根本还是以肯定个人生活的正当性为前提。而新文学的产生，正是基于对"人间性"的发现，只有实现"人间"的自觉，才能产生人性的文学："人间的自觉，还是近来的事，所以人性的文学也是百年内才见发达，到了现代可算是兴盛了。"[②]

那基于"人间的自觉"的人性文学观究竟是什么呢？在讲演中，周作人用了更生动的表达："这人道主义的文学，我们前面称他为人生的文学，又有人称为理想主义的文学；名称尽有异同，实质终是一样，就是个人以人类之一的资格，用艺术的方法表现个人的感情，代表人类的意志，有影响于人间生活幸福的文学。"[③]用得更多的表述，就是"人的文学"："用这人道主义为本，对于人生诸问题，加以记录研究的文字，便谓之人的文学。"周作人特意强调，只要作家本着人道主义的态度记录人生问题，不管是写正面的、侧面的，甚至反面的生活，都是可以的。[④]基于当时的社会和文学语境，他还专门

---

① 周作人：《新文学的要求——一九二〇年一月六日在北平少年学会讲演》，载《艺术与生活》，北京十月文艺出版社 2011 年版，第 22 页。

② 周作人：《新文学的要求——一九二〇年一月六日在北平少年学会讲演》，载《艺术与生活》，北京十月文艺出版社 2011 年版，第 22 页。

③ 周作人：《新文学的要求——一九二〇年一月六日在北平少年学会讲演》，载《艺术与生活》，北京十月文艺出版社 2011 年版，第 25 页。

④ 参见周作人《人的文学》，载《艺术与生活》，北京十月文艺出版社 2011 年版，第 13 页。

对两类文学可关注的问题予以了解说，所谓"两性的爱"和"亲子的爱"，这些观念都是基于五四新文化中男女平等、恋爱自由、尊重儿童等观念提出的。差不多在同一个月，周作人又提出了"平民文学"的概念，可以算是"人的文学"的延续或者强调。周作人知道区分平民文学和贵族文学容易引发误会，很容易被理解成专做给平民或贵族看的，或专讲平民或贵族生活，或为平民、贵族所做，所以开篇就强调平民精神是一种文学的精神，核心特征就是普遍与真挚。普遍是指"应以普通的文体，写普遍的思想与事实"，普通男女的悲欢成败就比英雄豪杰、才子佳人的事更具普遍性，人人平等的思想就比忠孝节义更具普遍性。[①] 真挚是指"应以真挚的文体，记真挚的思想与事实"，在这一点上，周作人突出了"真"的价值，"只须以真为主，美即在其中了"。以平民文学的视角清点中国传统文学，发现只有《红楼梦》是其中突出者，"因为他能写出中国家庭中的喜剧悲剧"，这一点和王国维在 20 世纪初的努力形成了呼应。[②] 在谈到真挚一点时，周作人描述作家的状态应该是"只自认是人类中的一个单体，浑在人类中间，人类的事，便也是我的事"[③]。所以，平民文学的概念依然是建立在"个人主义的人间本位主义"或"人间的自觉"之上的，是"人的文学"的延续。

三、从"人生"的文学到"无用"的文学

从五四新文化运动开始，周作人的思想也一直处于变动当中，尤其是自 20 世纪 20 年代中期开始，他逐渐从对社会问题的积极参与转向固守"自己

---

① 参见周作人《平民的文学》，载《艺术与生活》，北京十月文艺出版社 2011 年版，第 4 页。

② 参见周作人《平民的文学》，载《艺术与生活》，北京十月文艺出版社 2011 年版，第 4—8 页。

③ 周作人：《平民的文学》，载《艺术与生活》，北京十月文艺出版社 2011 年版，第 6 页。

的园地"。他曾经借英国性道德学家蔼理斯的说法，说自己心头住着两个鬼，"其一是绅士鬼，其二是流氓鬼"。"我爱绅士的态度与流氓的精神。"① 随着时间的推移，心头的绅士鬼逐渐占了上风，他开始对此前积极入世的做法自我反省。此前说他意识到原来自己正是道德家的思想，正是这种反省的结果。更为明显的，是他关于平民精神与贵族精神的区分。在《平民的文学》一文中，他立场鲜明地站在平民文学一边，虽然谨慎地强调所谓平民和贵族的区分只是强调文学的精神质地，平民精神是一种文学的精神，核心特征就是普遍与真挚。即便如此，我们依然可以清晰地把控到他的文学立场是站在大多数一边。而到了写作《贵族的与平民的》一文，他开始进行自我反省与自我质疑。周作人认为自己此前用普遍和真挚去区分平民的与贵族的文学的标准不很妥当，"我觉得古代的贵族文学里并不缺乏真挚的作品，而真挚的作品便自有普遍的可能性，不论思想与形式的如何。我现在的意见，以为在文艺上可以假定有贵族的与平民的这两种精神，但只是对于人生的两种态度，是人类共通的，并不专属于某一阶级，虽然他的分布最初与经济状况有关，——这便是两个名称的来源"② 此前他强调平民文学是为普通男女代言，贵族文学则是为英雄豪杰、才子佳人代言，而现在他强调的是所有人都可能具备贵族的或平民的两种精神，并不专属于哪一群体，这就为他偏向贵族精神奠定了基础。他借用叔本华和尼采的概念，说平民精神实际就是叔本华所说的"求生意志"，贵族精神就是尼采所说的"求胜意志"，"前者是要求有限的平凡的存在，后者是要求无限的超越的发展；前者完全是入世的，后者却几乎有点出世的了"。③ 虽然他强调这两者没有阶级的属性，而是所有人共通的精神，

① 周作人：《两个鬼》，载《谈虎集》，北京十月文艺出版社 2011 年版，第 274 页。

② 周作人：《贵族的与平民的》，载《自己的园地》，北京十月文艺出版社 2011 年版，第 17 页。

③ 周作人：《贵族的与平民的》，载《自己的园地》，北京十月文艺出版社 2011 年版，第 17 页。

但在具体分析时，阵营的界限依然清晰。他说贵族阶级凭借现有的地位和特权把世间可能的幸福都享受完了，于是有了超越的追求；而平民阶级因为现世的生活乐趣都还难以得到，自然羡慕可望而不可即的贵族生活，在文学上则表现出"功名妻妾的团圆思想"，然后总结，"我并不想因此来判分那两种精神的优劣，因为求生意志原是人性的，只是这一种意志不能包括人生的全体，却也是自明的事实"。①"我不相信某一时代的某一倾向可以做文艺上永久的模范，但我相信真正的文学发达的时代必须多少含有贵族的精神。"②这里面的悖论在于，一方面他强调平民的和贵族的只是两种任何人都存在的普遍的精神，另一方面却把平民的和贵族的区分为两个阶级，并认为平民阶级天然地要停留在求得功名利禄的阶段，而无法超越。这甚至与他此前在《平民的文学》中的表述实现了一百八十度大转弯，原本认为是英雄豪杰、才子佳人们的大团圆思想安在了平民文学身上。虽然，周作人最后依然想调和两者："我想文艺当以平民的精神为基调，再加以贵族的洗礼，这才能够造成真正的人的文学。""从文艺上来说，最好的事是平民的贵族化，——凡人的超人化，因为凡人如不想化为超人，便要化为末人了。"③但字里行间的贵族意识展露无遗。而他思想转变在文学上最大的轨迹就是从"人生"的文学观转向"无用"的文学观。

五四时期的周作人从一开始就注重文学与人生的关系。在提出平民文学时说："正如植物学应用在农业药物上一样，文学也须应用在人生上。"④在讲演中谈及对新文学的要求时说，"人生的文学"中第一项就是"这文学是人生

---

① 周作人：《贵族的与平民的》，载《自己的园地》，北京十月文艺出版社 2011 年版，第 18 页。
② 周作人：《贵族的与平民的》，载《自己的园地》，北京十月文艺出版社 2011 年版，第 18 页。
③ 周作人：《贵族的与平民的》，载《自己的园地》，北京十月文艺出版社 2011 年版，第 19 页。
④ 周作人：《平民的文学》，载《艺术与生活》，北京十月文艺出版社 2011 年版，第 5 页。

的，不是兽性的，也不是神性的"①。在提到俄国文学的优点时说："文学的本领原来在于表现及解释人生，在这一点上俄国的文学可以不愧称为真的文学了。"②在谈到女子与文学的关系时说："文学是人生的或一形式的实现，不是生活的附属工具，用以教训或消遣的。"③在介绍某作家的小说集时说："我们对于文学的要求，在能解释人生，一切流别统是枝叶，所以写人生的全体，如莫泊商（Maupassant）的《一生》之写实，或如安特来夫（Andreiev）的《人的一生》之神秘，均无不可……"④由他所执笔的文学研究会成立宣言里明确表达："将文艺当作高兴时的游戏或失意时的消遣的时候，现在已经过去了。我们相信文学是一种工作，而且又是于人生很切要的一种工作；治文学的人也当以这事为他终生的事业，正同劳农一样。"⑤

　　为了强调文学的非功利性，周作人尤其注重区分"为人生"的文学和"人生"的文学之间的区别。"为人生"虽然也强调文学与人生的关系，但一涉及"为"字，功利性就凸显出来了，无论是"为人生"还是"为艺术"，"为"自然带有功利性。"为艺术"派以个人为艺术的工匠，"为人生"派以艺术为人生的仆役。真正理想的文学应该是"人生的艺术派"或者说"人生的文学"，这种文学以个人为基点，最初不是为福利谁而做，他人接触到这文学

①　周作人：《新文学的要求——一九二〇年一月六日在北平少年学会讲演》，载《艺术与生活》，北京十月文艺出版社 2011 年版，第 22 页。

②　周作人：《文学上的俄国与中国——一九二〇年十一月在北京师范学校及协和医学校所讲》，载《艺术与生活》，北京十月文艺出版社 2011 年版，第 74 页。

③　周作人：《女子与文学》，载周作人著，陈子善、赵国忠编《周作人集外文》（一），上海人民出版社 2020 年版，第 324 页。

④　周作人：《梦》，载《自己的园地》，北京十月文艺出版社 2011 年版，第 155 页。

⑤　周作人：《文学研究会宣言》，载周作人著，陈子善、赵国忠编《周作人集外文》（一），上海人民出版社 2020 年版，第 270 页。

自然产生共鸣，从而充实和丰富了精神生活，有"独立的艺术美和无形"。并且他用了一个种花的比喻来形象化地解释，"我所说的蔷薇地丁的种作，便是如此：有些人种花聊以消遣，有些人种花志在卖钱，真种花者以种花为其生活，——而花亦未尝不美，未尝于人无益"①。可以说，"人生的文学"要点就是未尝不美，于人有益。

从"人生"的文学观出发，周作人特别喜欢一些"没有意思"的文学。在介绍赵元任所译《阿丽思漫游奇境记》的文章中提到，该书最大的特色就是有意味的"没有意思"，并引英国政治家辟忒（Pitt）的话，"你不要告诉我一个人能够讲得有意思，各人都能够讲得有意思。但是他能够讲得没有意思么？"②讲得有意思没什么了不起，了不起的是讲得没意思，周作人幽默地传达出自己非功利的文学观。在介绍儿童文学时，认为安徒生的《小伊达的花》比他广负盛名的《丑小鸭》更好，"安徒生的《丑小鸭》，大家承认他是一篇佳作，但《小伊达的花》似乎更佳；这并不因为他讲花的跳舞会，灌输泛神的思想，实在只因他那非教训的无意思，空灵的幻想与快活的嬉笑，比那些老成的文字更与儿童的世界接近了"，也就是所谓的"无意思之意思的作品"。③

到了 20 世纪 30 年代，周作人连文学与人生的关系都不提了，以文学的"无用"把其非功利的文学观推到了极端。1932 年，受沈兼士邀约，周作人在辅仁大学先后讲演八次，后以《中国新文学的源流》为名结集出版。这著名的"辅仁八讲"颇有意味，周作人在小引中说一开始就没定题目，也未编讲义，甚至连提纲都没有，只是信口开河地讲完。没想到一个叫邓恭三的人

---

① 周作人：《自己的园地》，载《自己的园地》，北京十月文艺出版社 2011 年版，第 7 页。
② 周作人：《阿丽思漫游奇境记》，载《自己的园地》，北京十月文艺出版社 2011 年版，第 67 页。
③ 周作人：《儿童的书》，载《自己的园地》，北京十月文艺出版社 2011 年版，第 131 页。

拿了一本记录草稿请他审阅，发现所记录的绝少错误，且比所说更有次序，于是决定印刷出来。[①] 这其中的可推敲之处在于，如此学术性的一个话题，周作人完全没做准备，记录者还能绝少错误，完全不符合民国时期记录讲演的实际情况。记录稿的好坏与记录者的速记水平高低、录音设备的有无、讲者官话的好坏、讲演内容的深浅等都有莫大的关系，要忠实记录一场讲演，在当时不是一件容易的事。所以，我们在很多作家或学者的文章里，看到的往往是作者埋怨记录者对其讲演的误记，鲁迅就因此把多篇他人记录的讲演稿排除在他的文集之外。"辅仁八讲"的实际情况如何，我们无法完全确认，但要说这是信口而成的一段文学史梳理却着实难以令人信服，"关于文学之诸问题""中国文学的变迁""清代文学的反动（上）——八股文""清代文学的反动（下）——桐城派古文""文学革命的运动"的结构，不无深思熟虑的痕迹。

在"关于文学之诸问题"一讲中，周作人对"文学是什么"的回答与以前相比有很大的不同："文学是用美妙的形式，将作者独特的思想和感情传达出来，使看的人能因而得到愉快的一种东西。"[②] 其一，已经不再提人生这个相对更外部、更客观的概念；其二，读者所获得的愉快的感受也不再是具体的价值。在"文学的起源"部分，周作人认为宗教与文学同源，文学最早就是宗教的一部分，二者分化以后性质开始不同，"文学和宗教两者的性质之不同，是在于其有无'目的'：宗教仪式都是有目的的，文学则没有"。要说有目的，就是以"说出"为目的，感情或思想只是"说出"的必然结果。[③] 以此

---

① 参见周作人《中国新文学的源流·序》，载《儿童文学小论　中国新文学的源流》，北京十月文艺出版社 2011 年版，第 1 页。

② 周作人：《童话略论》，载《儿童文学小论　中国新文学的源流》，北京十月文艺出版社 2011 年版，第 6 页。

③ 参见周作人《童话研究》，载《儿童文学小论　中国新文学的源流》，北京十月文艺出版社 2011 年版，第 15 页。

引申出的"文学的用处"便构筑了周作人"无用"的文学观："文学是无用的东西。因为我们所说的文学，只是以达出作者的思想感情为满足的，此外再无目的之可言。"如果非要说有用处，顶多就是"聊以快意"，或用亚里士多德《诗学》中所说的被除作用。① 周作人所理解的"被除"，与王国维所翻译的"洗涤"不一样，后者所说为读者因恐惧和悲悯情感所获得的精神净化，是一种伦理学目的。而周作人对"被除"的解释，借用了英国一位思想家"精神上的体操"的说法，与我们平时身体运动去除多余的精力类似，文学是去掉精神层面多余的情绪。② 也正是"无用"文学观的建立，周作人对中国文学的发展与五四时期的流行观念有了差异。五四新文学基本上认同的是胡适的文学进化论，认为在中国文学发展的进程中有一个正确的目标，即白话文学，只是在发展过程中时有障碍，"直到现在才得走入正轨，而从今以后一定就要这样走下去"。周作人则不赞同，而是认为"中国文学始终是两种互相反对的力量起伏着，过去如此，将来也总如此"③。这两种互相反对的力量就是言志派和载道派。周作人指出中国文学史无非言志和载道两种潮流的起伏，言志潮流自更符合他的文学观念。周氏的悖论在于，一方面他认为文学发展不存在一个先验的正确方向，而是"分久必合，合久必分"式的循环，另一方面依然喜言志而恶载道，或者是，依然坚定地认为言志才是文学发展的正途。事实上，他的观点是不乏个人趣味主义的。比如，在言志一脉中，他说公安派"清新透明而味道不甚深厚"，胡适、冰心、徐志摩更近之；竟陵派则更奇

---

① 参见周作人《童话研究》，载《儿童文学小论　中国新文学的源流》，北京十月文艺出版社 2011 年版，第 16 页。

② 参见周作人《童话研究》，载《儿童文学小论　中国新文学的源流》，北京十月文艺出版社 2011 年版，第 17 页。

③ 周作人：《中国文学的变迁》，载《儿童文学小论　中国新文学的源流》，北京十月文艺出版社 2011 年版，第 21 页。

僻难懂，也不乏好玩之处，俞平伯、废名更近之。换句话说，即便在言志派中，他也以自己的文学趣味区分出了高下，很明显，他是更近俞平伯和废名的。其中的原因，恐怕还是跟胡适们的文学创作依然朝"有用"的方向发展，而俞平伯、废名们的创作则趋向于文学的"无用"，注重个人的趣味。而对几乎没人不喜欢的苏东坡，他也不以为然，认为他属于韩愈一脉，是载道派的人物，创作中有价值的部分通常是"暗地里随便一写认为好玩的东西"。[1]

此时，周作人对文学非功利的强调程度已经超过王国维，多少有点虚无主义的意味。

四、常识的输入与批评的日常性

周作人在讲演或文章中，常常喜用这样的表述：

"我对于宗教从来没有什么研究……"[2]

"我于戏剧纯粹是门外汉……"[3]

"我于国语学不曾有什么研究……"[4]

"今天讲的这个题目，看去似太广大，不是我的力量所能及。"[5]

"我倒是颇赞同冯博士的意见的，所不同者冯博士是以哲学为根据，我只

[1] 周作人：《童话研究》，载《儿童文学小论 中国新文学的源流》，北京十月文艺出版社 2011 年版，第 23 页。

[2] 周作人：《圣书与中国文学》，载《艺术与生活》，北京十月文艺出版社 2011 年版，第 37 页。

[3] 周作人：《中国戏剧的三条路》，载《艺术与生活》，北京十月文艺出版社 2011 年版，第 50 页。

[4] 周作人：《国语改造的意见》，载《艺术与生活》，北京十月文艺出版社 2011 年版，第 57 页。

[5] 周作人：《文学上的俄国与中国—— 一九二〇年十一月在北京师范学校及协和医学校所讲》，载《艺术与生活》，北京十月文艺出版社 2011 年版，第 73 页。

是凭依我这最平凡的一点儿常识罢了。"①

这当然有他谦抑的成分在里面，或者说用了先抑后扬的讲演技巧，更多的则是显示出一种姿态：我不是专家，我是来说常识的。周作人常感叹，现代中国的男女，别说大多数没受过教育的普通人，即便是在国内或国外接受了高等教育的所谓知识阶层，同样缺乏常识。②所以对周作人而言，最紧要的不是输入多高深的思想，或者急于与西方文化思想界同步，而是输入人生诸方面的常识，当然也包括文学。他也特别指出，自己常识的获得并不是因为自己多聪明，"我不是这一教派那一学派的门徒，没有一家之言可守，平常随意谈谈，对于百般人事偶或加以褒贬，只是凭着个人所有的一点浅近的常识，这也是从自然及人文科学的普通知识中得来，并不是怎么静坐冥想而悟得的"③。浅白一点说，也就是从阅读中得来的。

因为基于常识输入的浅近目的，他对自己文学批评的立意也并不高远，或者没有多大野心，只是希望受知者能够获得一点艺术的常识："所谓艺术的常识并不是高深的鉴赏与批评，只是'将艺术的意义应用在实际生活上，使大家有一点文学的风味，不必人人是文学家而各能表现自己与理解他人；在文字上是能通畅的运用国语，在精神上能处处以真情和别人交涉'。"④对于大众而言，他认为只要能做到顺畅地表达自己，能够真诚地与人交流即可，不需要人人奔着文学家而去。

周作人是"五四"以来最杰出的批评家之一，但他从来不以职业批评家自居，他甚至反感职业批评家身上的法官味。他指出，时下流行的批评家往

---

① 周作人：《关于非宗教》，载《谈虎集》，北京十月文艺出版社 2011 年版，第 267 页。
② 参见周作人《妇女运动与常识》，载《谈虎集》，北京十月文艺出版社 2011 年版，第 284 页。
③ 周作人：《后记》，载《谈虎集》，北京十月文艺出版社 2011 年版，第 431—432 页。
④ 周作人：《妇女运动与常识》，载《谈虎集》，北京十月文艺出版社 2011 年版，第 289 页。

往趋于两类做法，其一把批评当作"吹求"，"至少也是含着负的意思，所以文章里必要说些非难轻蔑的话，仿佛是不如此便不成其为批评似的。这些非难文所凭藉的无论是旧道德或新文化，但是看错了批评的性质，当然不足取了"。[①]这里面非常重要的一点是，即便你所凭借的是新文化，也没有必要如此行文，好像批评就是以指摘缺点为使命。其二是把批评当成法律判决，"正如司法官一般；这个判决一下，作品的运命便注定了"。批评家既无此权力，也无此必要，更难说这里有多少客观和公正。周作人总结这两类批评都基于相信世间有一种"超绝的客观的真理"作为万世之准绳，而且这些批评家认为自己恰恰掌握了这万世不移的真理，因此被赋予裁决他人的权威，"这不但是讲'文以载道'或主张文学须为劳农而作者容易如此，固守一种学院的理论的批评家也都免不了这个弊病。我们常听见人拿着科学常识反驳文艺上的鬼神等字样，或者用数学方程来表示文章的结构，这些办法或者都是不错的，但用在文艺批评上总是太科学的了。科学的分析的文学原理，于我们想要理解文学的人诚然也是必要，但决不是一切。因为研究要分析，鉴赏却须综合的"[②]。

　　周作人是反对科学批评的，"科学思想可以加入文艺里去，使他发生若干变化，却决不能完全占有他，因为科学与艺术的领域是迥异的"[③]。作为学问研究，科学对文艺的介入自有其价值，但"科学式的批评，因为固信永久不变的准则，容易流入偏执如上文所说，便是最好的成绩，也是属于学问范围内的文艺研究，如文学理论考证史传等，与文艺性质的文艺批评不同"。一般地认为周作人的批评走的是法国的法郎士印象派批评一路，有他的夫子自道为证，真正的文艺批评不是理智的论断，仅仅是批评家对阅读对象的印象与鉴

---

① 周作人：《文艺批评杂话》，载《谈龙集》，北京十月文艺出版社 2011 年版，第 5 页。
② 周作人：《文艺批评杂话》，载《谈龙集》，北京十月文艺出版社 2011 年版，第 5 页。
③ 周作人：《文艺上的异物》，载《自己的园地》，北京十月文艺出版社 2011 年版，第 36 页。

赏，"真正的文艺批评应该是一篇文艺作品，里边所表现的与其说是对象的真相，无宁说是自己的反应"。他引用法郎士在他自己的批评集序上那段著名的话："据我的意思，批评是一种小说，同哲学和历史一样，给那些有高明而好奇的心的人们去看的；一切小说，正当的说来，无一非自叙传。好的批评家便是一个记述他的心灵在杰作间之冒险的人。"① 细究下来，周作人只是以法郎士印象与鉴赏式的批评来反对科学的和判决式的批评，至于"灵魂的冒险"，需要更强大的主体介入，李健吾才是真正的灵魂冒险者。并非说周作人无此能力，而是以常识输入为己任的他，并不认为文学批评应该成为如此高强度的工作，他并不想做这样的批评家。他只把自己界定为"平凡的人"，所持的是"常人的趣味"，"我们常人的趣味大抵是'去年'的，至多也是'当日'（UP to date）的罢了，然而'精神的贵族'的诗人，他的思想感情可以说是多是'明天'的，因此这两者之间常保有若干的距离，不易接触"。"平凡的人想做这样的真批评家，容易弄巧成拙，不免有弃美玉而宝燕石的失着，只要表现自己而批评，并没有别的意思，那便也无妨碍，而且写得好时也可以成为一篇美文，别有一种价值，别的创作也是如此，因为讲到底批评原来也是创作之一种。"②

是的，他的文学批评只是一篇篇美文 ③，跟其他类别的美文并没有多大区别，无非在文学的框架里传播常识与表达自我。也正因此，他的文学批评获得了难得的日常性，在中国现代文学批评家中独树一帜。评汪静之《蕙的风》，

---

① 周作人：《文艺批评杂话》，载《谈龙集》，北京十月文艺出版社 2011 年版，第 4—6 页。

② 周作人：《文艺批评杂话》，载《谈龙集》，北京十月文艺出版社 2011 年版，第 9 页。

③ 参见周作人《文艺批评杂话》，载《谈龙集》，北京十月文艺出版社 2011 年版，第 9 页。其中提道："外国文学里有一种所谓论文，其中大约可以分作两类。一批评的，是学术性的。二记述的，是艺术性的，又称作美文，这里面又可以分出叙事与抒情，但也很多两者夹杂的。"

是想告诉读者情诗并非不道德，只要"发乎情，止乎情"就行了；评郁达夫《沉沦》，是想告诉读者"不道德"是这样而不是那样，《沉沦》只是不端方而已。谈废名的小说，他形容自己喜欢在树荫底下闲坐读温和的作品，读冯作正是坐在树荫下读的。①他比较中俄文学，形容俄国好像一个穷苦的少年，"他所经过的许多患难，反养成他的坚忍与奋斗，与对于光明的希望"。中国则像一个落魄的老人，"他一生里饱受了人世的艰辛，到后来更没有能够享受幸福的精力余留在他的身内，于是他不复相信也不情愿将来会有幸福到来；而且觉得从前的苦痛还是他真实的唯一的所有，反比别的更可宝爱了"②。形容文学的愉快，为了不让读者认为这种愉快就是读了快乐的文字，用日常的生活经验予以解释："实际说来，愉快和痛苦之间，相去是并不很远的。在我们的皮肤作痒的时候，我们用手去搔那痒处，这时候是觉得愉快的，但用力稍过，便常将皮肤抓破，便又不免觉得痛苦了。在文学方面，情形也正相同。"③李健吾的印象式批评呈现的是批评家与作家之间的人性对峙和心灵冒险，批评家以强大的主体力量钻入作品，但绝不迷失。他不依赖术语概念，但能读出进入作品前的蓄势待发，在清丽流畅的文字下面，是强大的势能和批评的锋芒。应该说，李健吾是职业的印象主义批评家。但周作人恰恰反感的是批评的职业化，或者说，他根本就不承认批评可以成为一种职业。如果说写散文是他的一种日常，他的批评就是写散文的一种，也是一种日常。他的批评里有时也会有概念，那绝不是为批评而准备的概念，而是为了澄清某些常识，比如什么是"不道德"。但

---

① 参见周作人《竹林的故事序》，载《谈龙集》，北京十月文艺出版社 2011 年版，第 36 页。

② 周作人：《文学上的俄国与中国—— 一九二〇年十一月在北京师范学校及协和医学校所讲》，载《艺术与生活》，北京十月文艺出版社 2011 年版，第 81 页。

③ 周作人：《童话略论》，载《儿童文学小论　新文学的源流》，北京十月文艺出版社 2011 年版，第 6 页。

他绝不会太用力，用力会使他的文章像是在下判决。有学者说，"在周作人这里，'日常性'是一种价值，一种态度，也是一种书写方式"①。虽然这是就周氏的散文而说，却也概括了他全部的文学批评。

这种批评的姿态在职业批评家那里就不容易获得理解。比如梁实秋谈到这位批评界的前辈，会客气地说些"态度自是谨饬"，文字"比较的可读"之语，但旋即就指出，"但是独立的主张与文学上的根本主张，却也没有"②，或者追问："我现在只想问问读过《自己的园地》的人，请问周作人先生的批评学说是什么？他的主张是什么？他的批评系统如何？也许有人能够回答这个问题，但是老实讲我是不能的。"③我们假设周作人去应对梁实秋的质疑，他也许会说："批评需要学说和主张吗？批评家必须有自己的批评系统吗？也许有人有，但是老实讲我是没有的。"这种姿态当然是以做职业批评家为己任的梁实秋所不能理解的。

以"人生的文学"和文学的"无用"对抗文学的功利化潮流，以常识输入的姿态对抗文学批评的科学化和专业化倾向，以美文创作的态度获得批评的日常性，周作人成为中国现代人文批评中承上启下的关键人物。当然，他后期对文学"无用"过于极端地强调，和简单化地把文学史发展界定为"言志"与"载道"的循环（虽然直接触发了"性灵文学"在20世纪30年代的蓬勃发展），在某种程度上否定了他自己在五四新文学发展过程中所发挥的积极作用，但所有这些，都呈现了一个人文批评家的优点和缺点。

---

① 董炳月：《周作人的"日常"》，《新京报》2019年5月6日。
② 梁实秋：《北京文艺界之分门别户》，载《梁实秋文集》编辑委员会编《梁实秋文集》（第6卷），鹭江出版社2002年版，第353页。
③ 梁实秋：《近年来中国之文艺批评》，载《梁实秋文集》编辑委员会编《梁实秋文集》（第6卷），鹭江出版社2002年版，第366页。

第三章

梁实秋：新人文主义批评的
中国传人

作为白璧德新人文主义的中国信徒之一，梁实秋自美国留学回到国内文坛便以古典主义者的形象出现，以浪漫的概括对新文学的发展进行反思；他有着职业批评家的自觉与素养，认为好的批评家要有哲学的根底，并赋予文学与文学批评种种规定性，尤其是把理性作为文学活动的最高节制机关；他把文学批评当成一项严肃的事业，强调"无所为而为"的批评精神。

一、古典主义者梁实秋

五四新文学是在接受西方文学思潮的影响下而发生发展的，一个比较典型的说法是，中国文学用几十年的时间走过了西方文学发展几百年的历程。事实上，中国现代文学的作家和理论家们在对西方文学思潮的选择上非常慎重，学界说得较多的，便是茅盾在胡适的影响下，从最初拟倡导新浪漫主义，到成为写实主义坚定的鼓吹者。因为在他们看来，新浪漫主义虽新，但中国文学还未达到这个阶段，必须经过写实主义的洗礼，应该说，这种审慎是符合时代背景和中国文学发展的实际需要的。同时，这里面依然传达出了一个潜在的"进步"逻辑，就是尽可能学习西方最先进的思想理念，出于特定的考量可退而求其次，但一味退回到古典主义时期，自然会遭到非议，而梁实秋就是以一个古典主义者的形象出现在中国新文学的舞台上。很多人都会提到梁实秋在赴美留学前还是一个浪漫主义者，是创造社的信徒，在美国留学期间亲受人文主义大师白璧德的影响才摇身变为古典主义者。这是事实，但浪漫主义时期的梁实秋只是清华的一个普通学生，并未形成稳定的文学思想观念，虽然自费印刷了与闻一多合作的一个评论小册子，最多只能算是一个文学爱好者。从对新文学发展的参与和影响来看，他真正的文学生涯就是从以古典主义理论对新文学发展的浪漫趋势进行反思开始，即以 1926 年 3 月《现代中国文学之浪漫的趋势》一文的发表为标志。

该文对中国新文学的理论基础和创作实绩进行了全面的反思与批评，认为均是浪漫主义的影响所致。虽然梁实秋一再强调中国文学的浪漫主义，只是浪漫趋势，言下之意中国文学的浪漫还到不了"主义"的层级，但在行文当中依然处处予以浪漫主义的表述。梁实秋说："文学并无新旧可分，只有中外可辨。"[1] 他不强调文学存在一个逐渐进化的趋势，认为自古到今的文学存在一个共同的至善至美的中心，任何时代、任何国家的文学伟大与否，判断标准是与这个中心的距离远近。[2] 新旧的区分已经内置了好坏的潜在逻辑，或者新胜于旧，或者旧强于新。按照梁实秋的说法，那中外可辨的逻辑也不应成立，既然至善至美的标准中外皆认同，那对中国文学的评判即以此标准进行，何必提"中外可辨"？他意识到这个问题，用了一个奇特而自洽的逻辑予以解释："中国文学本不该用西洋文学上的主义来衡量，但是对现今中国文学则可，因为现今中国的新文学就是外国式的文学。以外国文学批评的方法衡量外国式的中国文学，在理论上似乎也是可通的。"[3] 梁实秋的意思是，浪漫的趋势已经不仅是中国的问题，外国文学也正在浪漫，中国文学极端受外国文学

---

[1]　梁实秋：《现代中国文学之浪漫的趋势》，载《梁实秋文集》编辑委员会编《梁实秋文集》(第 1 卷)，鹭江出版社 2002 年版，第 35 页。

[2]　参见梁实秋《文学批评辩》，载《梁实秋文集》编辑委员会编《梁实秋文集》(第 1 卷)，鹭江出版社 2002 年版，第 125 页。

[3]　梁实秋：《现代中国文学之浪漫的趋势》，载《梁实秋文集》编辑委员会编《梁实秋文集》(第 1 卷)，鹭江出版社 2002 年版，第 54 页。

影响，这本身就是浪漫的表现，因此用西方文学浪漫趋势所导致的问题来评判中国新文学的问题，这是合理的逻辑。梁实秋还特别提到中外的浪漫主义者皆有一种"现代的嗜好"，"无论什么东西凡是'现代的'就是好的。这种'现代狂'是由于'进步的观念'而生，说来话长"。[①]用现在流行的启蒙现代性与审美现代性的区分，梁实秋对"现代狂"的批评，对"进步的观念"的审慎态度，即是用审美现代性的观念来对抗启蒙现代性的进步逻辑，这实际上在很多人文批评家那里都可以看到这种思想痕迹。

梁实秋用"浪漫的混乱"概括整个新文学运动，并从"情感的推崇""印象主义""自然与独创"三个方面予以了说明。

"情感的推崇"，表现在现代中国文学到处弥漫着抒情主义和人道主义。新文学初期的两大创作主潮，一主张文学是"为人生"，一主张文学是"为艺术"，前者以文学研究会为主，后者以创造社为主，二者的文学主张剑拔弩张、针锋相对。梁实秋没有被二者主张的外在对立牵制，而是认为在本质上他们都过于推崇情感，都是实际上的抒情主义。一方面是在写法上无限制地抒情和夸张，"见着雨，喊他是泪；见着云，喊他是船；见着蝴蝶，喊他做姊姊；见着花，喊他做情人"。"离家不到百里，便可描写自己如何如何的流浪；割破一块手指，便可叙述自己如何如何的自杀未遂；晚饭迟到半小时，便可记录自己如何如何的绝粒。"一方面是内容上普遍的"人道主义"，把无限制的同情心用在一切的社会下层，"由人力车夫复推施及于农夫、石匠、打铁的、抬轿的以至于倚门卖笑的妓娼"。梁实秋的举例虽不乏刻薄，却也形象化地呈现了五四文学革命之初文坛的种种幼稚表现。

---

① 梁实秋：《现代中国文学之浪漫的趋势》，载《梁实秋文集》编辑委员会编《梁实秋文集》（第1卷），鹭江出版社 2002 年版，第 39 页。

在"印象主义"这一节，梁实秋批评了新文学中小诗体的风行、小说的印象化、游记的发达和印象批评的出现等现象。"小诗"依赖"零星的思想和印象"，缺乏文学应有的"建筑性"，缺乏"干部的坚固，骨骼的均衡"；小说抛弃了讲故事的任务，不重布局和人物描写，多是散文化的感想和印象，导致文学型类的混乱；游记如"走马看花"，是"最不负责任的文学"，只要印象不竭，可以永远信笔写下去；文学批评则崇尚"灵魂的冒险"，没有客观标准，不做判断，要么谀颂，要么谩骂，到处流行"读后感"式的批评方式。梁实秋把文学创作与文学批评并置在"印象主义"的弊病里，开始呈现出他作为职业批评家的自觉，也就是说，新文学的问题归根结底还是因为缺少严肃的批评理论的支撑，文学创作型类的混乱是因为批评家本身对文学也停留在印象式的观念。呼之欲出的话是，一个有效的批评理论的输入，是多么迫在眉睫。

"自然与独创"则表现在提倡"儿童文学"和"歌谣的采集"。一位优秀批评家的出场往往会以另一个优秀的批评家为假想敌，树靶的做法既可以使他的批评相对聚焦，也可以迅速地引发读者对其命题的关注。梁实秋在这里的假想敌是周作人，鼓吹儿童文学和歌谣采集最力者就是周作人。梁实秋认为儿童文学的实质是逃避——由现代生活逃避到幻想生活，由成年时代逃避到儿童时代，"儿童文学是根据于'逃避人生'的文学观而来，但人生是不能逃避的，逃避的文学是欺骗的文学，以自己的情感欺骗自己"。歌谣采集的实质是"把文学完全当作自然流露的产物"，歌谣确实是最早的诗歌，但年代太早，"有文学价值的歌谣是沙里黄金一般的难得"，没必要浪费时间于此。在这里，梁实秋体现出文学型类上的贵族观念，在他看来，儿童文学和歌谣这种次一级的文学样式，不值得一流的作家学者花费太多的精力。

梁实秋的批评自然有很多可商榷之处，比如用某一阶段成熟文学的标准去衡量草创期的现代中国文学，用某一类文学的标准去限制新文学发展的丰富性与可能性，用某一领域极端的失败案例去遮蔽该领域的实绩。但从现在回望，他指出的诸多问题的确切中新文学发展中的某些流弊，可以视为新文学内部审慎的反思。不过，当时的中国文学界很难保持一种心平气和的论辩氛围，即便是梁实秋本人，行文中不时流露出的手持理论武器的优越感，也使文章读起来有居高临下的味道。更重要的是，在充满落后创伤和淘汰焦虑的"现代"中国，一副置身事外的古典主义姿态，时时以理性、和谐、人性、永久等概念对文学创作者耳提面命，所引起的反感也可想而知。反过来说，梁实秋以一副坚定的古典主义者面貌出现在"浪漫"的中国文坛，是需要十足的勇气的。

　　梁实秋从不讳言自己是古典主义者，为了不示人以保守、落后的印象，也做了很多说明。梁实秋否认古典主义、浪漫主义、写实主义是依序发展、"继而代兴"的，"不过某一时代作家或作品偏重了某一种主义，便成为某主义的时代作家或作品而已"。① 如果承认了这些主义是次第代兴，意味着默认了其中的等级差别，毕竟在绝大多数人心中世界总是"进化"的。他进而认为拨开所有主义的迷雾，其实在从古至今只有两种主潮，就是"古典的"和"浪漫的"。"'古典的'与'浪漫的'两个名词不过是标明文学里最根本的两种质地。"② 也就是说，文学归根结底只有两种质地，其他的主义都只是这两种质地的表象，它们要么是古典的，要么是浪漫的。而且即便一时代或一人而论，没有一时代或一人完全是古典的或浪漫的，只是其中一种质地更占优势。

---

① 梁实秋：《文学的幼稚病》，载《梁实秋文集》编辑委员会编《梁实秋文集》（第1卷），鹭江出版社2002年版，第487页。

② 梁实秋：《文学批评论·结论》，载《梁实秋文集》编辑委员会编《梁实秋文集》（第1卷），鹭江出版社2002年版，第297页。

同时，梁实秋不认为浪漫与古典是对等的概念，所谓"古典的"，即是健康的，"因为其意义在保持各个部分的平衡"；所谓"浪漫的"即是病态的，"因为其要点在偏畸的无限发展"。①这就是说，古典是高于浪漫的概念，是强调各方面的均衡发展，这不是一体两面的问题，而是浪漫的应在古典的约束之下，在古典的框架下，浪漫的才有其价值。换句话说，古典的才是一个时代最好的状态，古典文学才是最好的文学。梁实秋去除了文学发展上的时间限制，认为古典文学在中国并非就指秦汉以前的文学，在西方也并非指希腊罗马的文学，"我把顶好的文学就叫做古典文学"②。古典文学的特质是描写人性，因为人性是常态的，是永久的，所以"虽'古'而常新"，又因对人性描写的手段是优美的，"故能历久而不失其妙"。总之，纯粹的"古"不是构成古典文学的必要条件，那只是"古董"之古，真正的古典绝不是古董，"古典文学永远是'摩登'的"。③换句话说，古典的即现代的，古典的即正确的。

在不同的文章中，梁实秋也会用人本主义替代古典主义的说法，以冲淡其保守的色彩。他认为西方文学中最健全的思想可以用"人本主义"概括，"由亚里士多德所代表的古典主义，经过文艺复兴时代，以至于十七八世纪之新古典主义，十九世纪后半对浪漫运动的反动，这个绝大的西洋文学主潮都是在人本主义的范围以内"④。他试图用人本主义去涵盖切近他古典主义理论的

---

① 梁实秋：《文学批评论·结论》，载《梁实秋文集》编辑委员会编《梁实秋文集》（第1卷），鹭江出版社2002年版，第298页。

② 梁实秋：《古典文学的意义》，载《梁实秋文集》编辑委员会编《梁实秋文集》（第1卷），鹭江出版社2002年版，第459页。

③ 梁实秋：《古典文学的意义》，载《梁实秋文集》编辑委员会编《梁实秋文集》（第1卷），鹭江出版社2002年版，第461—462页。

④ 梁实秋：《现代文学论》，载《梁实秋文集》编辑委员会编《梁实秋文集》（第1卷），鹭江出版社2002年版，第399页。

一切思想，包括浪漫运动中较为健全的理论和作品，认为人本主义者，"一方面注重现实的生活，不涉玄渺神奇的境界；一方面又注重人性的修养，推崇理性与'伦理的想象'，反对过度的自然主义"。他不把人本主义看作西方人的专利，"中国的儒家思想极接近西洋的人本主义，孔子的哲学与亚里士多德的伦理学颇多暗合之处，我们现在若采取人本主义的文学观，既可补中国晚近文学之弊，且不悖于数千年来儒家传统思想的背景"。[①] 当然，在他心中，最好的文学批评家就是亚里士多德，他被称为第一个古典批评家，也是最好的古典批评家，所谓最好，必须有分析的眼光、伦理的态度和节制的精神。因年代久远，这些古典批评家的理论自会有不合时宜之处，"但其人本主义的态度及有节制的精神，则是我们永远所需要的，绝不能一概抹煞的"[②]。

梁实秋曾说："白璧德先生是古典主义者，不是新古典主义者。他所最低徊向往的是希腊时代的古典主义，不是那种由 Scaliger 或 Thomas Rymer 所代表的古典主义。"[③] 这大概也可以算作他的夫子自道吧。

二、哲学的批评与批评的哲学

一个广为流传的说法，说梁实秋与冰心同在前往美国留学的船上，两者互问对方去美国学什么，冰心说学"文学"，梁实秋说学"文学批评"。在一般人眼中，文学批评是比文学创作次一级的学科领域，毕竟没有创作，何来

---

① 梁实秋：《现代文学论》，载《梁实秋文集》编辑委员会编《梁实秋文集》（第1卷），鹭江出版社 2002 年版，第 399 页。

② 梁实秋：《文学批评的将来》，载《梁实秋文集》编辑委员会编《梁实秋文集》（第1卷），鹭江出版社 2002 年版，第 444—445 页。

③ 梁实秋：《白璧德及其人文主义》，载《梁实秋文集》编辑委员会编《梁实秋文集》（第7卷），鹭江出版社 2002 年版，第 292 页。

批评。梁实秋始终强调批评的自觉，把文学批评当成一项严肃的工作。"荷马是创作家，也有人说他是文学批评的始祖。如其我们把文学批评当作心灵判断的活动，则文学批评与文学创作在时间上实无先后之别，在性质上亦无优劣之异。"① 与李健吾提高文学批评地位的方式不一样，后者强调的是两者之同，认为文学批评也是创作，是艺术；梁秋实则是强调两者之异，认为文学批评虽然与创作同为人的心灵活动，却属不同的领域，"文学批评所表示的是人类对于文学的判断力。文学批评史就是人类的文学品味的历史，亦即人类的文学的判断力的历史"②。

他对文学批评地位的提升路径，首先是强调文学批评与哲学的关系。梁实秋说为什么文学批评常常容易引起批评，是因为批评的内容复杂，批评的派别很多，因为文学批评的基础是建立在哲学之上。这话当然对，他最推崇的古典主义批评家亚里士多德，就是一位大哲学家，哲学派别千差万别，建立在哲学基础上的文学批评自然也复杂多面。③ 梁实秋指出："自亚里士多德以至于今日，文学批评的发展的痕迹与哲学如出一辙，其运动之趋向，与时代之划分几乎完全吻合。"在亚里士多德时代，自然有分工未明的原因，在文学还未获得独立地位之时，哲学家是用文学来解释哲学的问题，所以亚里士多德首先是一个哲学家；待文学获得独立地位，从头溯源，他对文学的理解又足以成为一个大批评家。梁实秋自然意识到这个问题，"当然，在最古的时候，批评家就是哲学家。后来虽渐有分工之势，而其密切之关系不曾破

---

① 梁实秋：《文学批评辩》，载《梁实秋文集》编辑委员会编《梁实秋文集》（第 1 卷），鹭江出版社 2002 年版，第 124 页。

② 梁实秋：《文学批评辩》，载《梁实秋文集》编辑委员会编《梁实秋文集》（第 1 卷），鹭江出版社 2002 年版，第 124 页。

③ 参见梁实秋《文学批评论·绪论》，载《梁实秋文集》编辑委员会编《梁实秋文集》（第 1 卷），鹭江出版社 2002 年版，第 227 页。

坏"。文学批评因与哲学的关系，获得深厚的思想基础，但二者不能合而为一。梁实秋眼中的文学批评，出发点是"人对人生的态度"，这当然是一个哲学问题，那也只是哲学问题之一，而且对待此问题文学与哲学不同，"可是文学批评的方法是具体的，是以哲学的态度施之于文学的问题"。具体来讲，如果说艺术学（也可以说美学）和伦理学都是哲学的一部分，那文学批评与后者的关系更近。艺术学要追问的"美之所以为美，丑之所以为丑"的本质问题，文学批评则不用，它只用关心"何者为美何者为丑"的标准问题和在文学中的具体运用情况。同样地，"一个艺术家要分析'快乐'的内容，区别'快乐'的种类，但在文学批评家看来最重要的问题乃是'文学家应不应该以快乐为最终目的'。这'应该'两个字，是艺术家所不过问，而是伦理学的中心问题。假如我们以'生活的批评'为文学的定义，那么文学批评实在是生活的批评的批评，而伦理学亦即人生的哲学。所以说，文学批评与哲学之关系，以对伦理学为最密切"[1]。也正因为此，他把哲学的批评认为是最高层次的批评，"最优美的批评永远是带有浓厚的哲学的气味"[2]。至此，梁实秋厘清了文学批评与哲学的关系，文学批评从哲学中区分出来，虽与哲学有密切关系，但终究不是哲学，就与哲学中各类别的关系来说，文学批评与哲学中的伦理学关系最为密切，二者都是关注"人对人生的态度"问题。

当然，哲学除了孕育了文学批评，除了在伦理学层面给文学提供关于"人"的思考，还有一个重要点在于，哲学使文学批评获得了制定标准的根据。梁实秋说为什么亚里士多德的文学批评能够始终一贯，"因为他有固定的

---

[1]　梁实秋：《文学批评辩》，载《梁实秋文集》编辑委员会编《梁实秋文集》（第1卷），鹭江出版社2002年版，第124—125页。

[2]　梁实秋：《文学批评论·绪论》，载《梁实秋文集》编辑委员会编《梁实秋文集》（第1卷），鹭江出版社2002年版，第231页。

批评标准；其批评标准之所以能固定，因为他有哲学的根据"①。换句话说，哲学的批评催生了批评的哲学，即判断文学的标准。文学批评应该有标准，而且是绝对的标准，梁实秋在表述上显得不容置疑："伟大的批评家，必有深刻的观察，直觉的体会，敏锐的感觉，于森罗万象的宇宙人生之中搜到一个理想的普遍的标准。这个标准是客观的，是绝对的。"② 文学批评是否一定要有标准，见仁见智，总体上大多数批评家还是认为有的，但绝少有人如梁实秋一样说得如此绝对，不留余地。不过，梁实秋指出，大家不承认文学有绝对标准，是因为人们都喜欢走抵抗最小的路，不愿意把文学批评当作一门学问去潜心研究，"不在伟大的作品里寻出一个客观的标准，以为衡论一切的根据，反而急促的结论，断定文学没有标准，美丑没有标准，善恶亦没有标准"③。其中印象派批评就是最显著的代表。不同于印象派批评把文学创作与文学批评等同，梁实秋认为文学批评的灵魂"乃是品味，而非创作；其任务乃是判断，而非鉴赏；其方法是客观的，而非主观的"④。所以，文学批评一定要有标准。

但文学批评的标准究竟为何？其确立的根据是什么？

文学批评要有标准，这是一般人比较可以承认的原理，但批评标准究竟安在，才是最重要的问题，吾人欲得一固定的普遍的标准必须

---

① 梁实秋：《亚里士多德的〈诗学〉》，载《梁实秋文集》编辑委员会编《梁实秋文集》（第1卷），鹭江出版社2002年版，第98页。

② 梁实秋：《文学批评辩》，载《梁实秋文集》编辑委员会编《梁实秋文集》（第1卷），鹭江出版社2002年版，第126页。

③ 梁实秋：《现代中国文学之浪漫的趋势》，载《梁实秋文集》编辑委员会编《梁实秋文集》（第1卷），鹭江出版社2002年版，第48—49页。

④ 梁实秋：《文学批评辩》，载《梁实秋文集》编辑委员会编《梁实秋文集》（第1卷），鹭江出版社2002年版，第123页。

先将"机械论"完全撇开，必先承认文学乃"人性"之产物，而"人性"又绝不能承受科学的实证主义的支配。我们在另一方面又必先将"感情主义"撇开，因为"人性"之所以是固定的普遍的，正以其有理性的纪律为基础。常态的人性与常态的经验便是文学批评的最后的标准，纯正的人性，绝不如柏格森所谓之"不断的流动"。人性根本是不变的。①

　　梁实秋认为首先要抛开"机械论"，以梁氏著述的总体语境而言，这"机械论"更多地指向社会、环境、阶级等外部决定论，从这个角度，他对国民性、阶级性等概念将会保持质疑的态度。将感情主义撇开，强调人性是固定而普遍的，意味着又抽掉了浪漫主义的人性基础。否定柏格森人性是不断流动的观念，则进一步否定了现代主义文学的理论前提，所谓象征派、意识流等存在的价值就很值得商榷。梁实秋最后的结论很清晰：人性根本是不变的。文学批评最重要的标准就是不变的人性。

　　这是梁实秋理论中常引发人质疑的地方，也违背了现代哲学、心理学对人性逐步复杂的认知趋势。西方文艺复兴时期高扬人的价值，所谓"人是万物之灵长，宇宙之精华"，启蒙运动则进一步强调了理性的力量，认为人可以通过理性摆脱自己所加之于自己的不成熟状态，这些都符合梁实秋关于人性的认知。但是从 19 世纪开始，人开始意识到理性不是万能的，人性有太多精微复杂之处无法被认知，更别说被理性地表达，于是以探索人性复杂经验、挖掘人之无意识心理为己任的现代主义文学开始兴起。而按照梁实秋的说法，

---

① 梁实秋：《文学批评辩》，载《梁实秋文集》编辑委员会编《梁实秋文集》（第 1 卷），鹭江出版社 2002 年版，第 123 页。

人性是自古不移的，也不存在无法被认知一说，只要你能"沉静的观察人生，观察人生的全体"，就能对人性有正确的透视。至于这"不变的人性"到底是什么，没有予以相对标准的解释，只是有时候在不同地方会以反问的方式来强调其不变，比如100年前的恋爱与现在会有什么质的区别？人的喜怒哀乐除了产生的原因各有不同，但其实质自古以来有什么不一样？有时候会以"恋爱的力量、义务的观念、理想的失望、命运的压迫、虚伪的厌恶、生活的赞美"这种列举的方式，说这是人性最重要的成分。[①]问题在于，如果把这种列举无穷尽地接下去，依然找不到确切的人性标准。

其实，梁实秋并非没有意识到人性的复杂，他说"人生是宽广的，人性是复杂的，我们对于人生的经验是无穷的，我们对于人性的了解是无穷极的"[②]，文学之所以不死，就是因为无穷的经验和对人性无穷极的探究，能够给文学创作持续提供泉源。悖论就在于，当你说人性是普遍的、不变的，意味着我们现有对人性的了解有了乐观的把握，文学能否表现这种人性，就成了判断其价值高低的标准；当你强调我们对于人性的了解是无穷极的，意味着人类对人性的了解依然有限，甚至无法穷尽，那人性又充满了不可知，更别谈普遍和不变。另一方面，梁实秋也看到生活中有不少人性扭曲的例子，一些伟大的文学作品正是以此为题材，但他认为这些都是少数，是一些极端的案例，并不代表人类的绝大多数。文学也并非不可以把变态人物作为书写对象，关键在于作家以什么样的态度书写，"最变态的性格，我们可以用最常

---

① 参见梁实秋《文学批评论·绪论》，载《梁实秋文集》编辑委员会编《梁实秋文集》（第1卷），鹭江出版社2002年版，第230页。

② 梁实秋：《现代文学论》，载《梁实秋文集》编辑委员会编《梁实秋文集》（第1卷），鹭江出版社2002年版，第400页。

态的态度去处理"①。在梁实秋这里，与文学批评联系最紧密的哲学门类是伦理学，所探讨的是"应该"的问题，人性应该如何，而不是事实的表现如何，或者说，文学批评在伦理学上的表现，就是经由对作家作品的探讨，指出理想的人性是什么，人应该如何更好地生活。不过遗憾的是，梁实秋依然没有解释清楚不变的人性到底是什么，以至于有学者说："梁实秋认为价值的东西不是科学所能解决所可以过问的观点，比那些唯科学论者要来得深刻，但是他所追求一生的文学价值——固定普遍永久的人性，连他自己都没有能够说清楚，这才是梁实秋批评理论的最大缺憾。"②

三、理性作为最高节制机关

前面说了，梁实秋意识到人生经验的宽广和人性的复杂，那作家靠什么来洞悉人生和彻悟人性，批评家又是如何来判断作家的洞悉、书写和刻画是符合人性标准的？理想的人性是常态的，但变态的人性也不时存在，作家可以用变态的人物为题材，关键在于要以常态的态度去处理，那这种常态的态度如何获得？在梁实秋看来，这一切都要靠理性。梁实秋心目中最好的文学是节制的，"文学的力量，不在于开扩，而在于集中，而在于节制"。新古典派当然主张节制，因而制定了许多文学的规则，但这些规则都是强调文学的外部约束，浪漫派的兴起就是要打破这些约束。而真正的古典派强调的是"内在的制裁"，浪漫派试图把"内在的制裁"一齐打倒，文学就要趋于混乱了。那节制的力量如何获得？就是"以理性（reason）驾驭情感，以理性节制

---

① 梁实秋：《文学的纪律》，载《梁实秋文集》编辑委员会编《梁实秋文集》（第1卷），鹭江出版社2002年版，第144页。

② 高旭东：《梁实秋　在古典与浪漫之间》，文津出版社2005年版，第197页。

想象"①。

首先，理性与情感不是对等的概念，理性是最高的节制机关。正如梁实秋认为古典与浪漫不是对等的概念，他引用阿伯克龙比（Abercrombie）教授的观点，说古典是多种原质混合而成的和谐状态，浪漫只是其中一种原质，且控制在一定的限度里②，那理性与情感同样不对等，古典主义者"把理性作为最高的节制的机关"，情感当然是文学不可或缺的元素，但"伟大的文学者所该致力的是怎样把情感放在理性的缰绳之下"。③梁实秋认为新古典主义批评家重视理性是对的，但是夸大了理性与情感的对立，"好像情感从门口进来，便要把理性从窗口挤出去一般"。其实，"理性不过是一个制裁，使想象与情感不超出常态人性的范围以外。所以理性是超于情感的"。④文学除了节制情感，也节制想象。想象当然重要，亚里士多德认为"诗比历史更真实"，是因为诗基的是普遍的质素，历史则基于已经发生的特殊性，普遍肯定比特殊更真实。"然而诗人怎样才能于森罗万象的宇宙人生中体会到这个普遍的精髓，这就有赖于想象。"但这想象必须是"纪律的、有标准的、有节制的"，"节制想象者，厥为理性"。⑤所以说，想象的质地是否纯正，想象的目的是否正确，跟受不受理性的驾驭有关，真正伟大的作品从来都不是想入非非的胡

---

① 梁实秋：《文学的纪律》，载《梁实秋文集》编辑委员会编《梁实秋文集》（第1卷），鹭江出版社2002年版，第139页。

② 参见梁实秋《文学的纪律》，载《梁实秋文集》编辑委员会编《梁实秋文集》（第1卷），鹭江出版社2002年版，第139—140页。

③ 梁实秋：《文学的纪律》，载《梁实秋文集》编辑委员会编《梁实秋文集》（第1卷），鹭江出版社2002年版，第140—141页。

④ 梁实秋：《新古典主义的批评》，载《梁实秋文集》编辑委员会编《梁实秋文集》（第1卷），鹭江出版社2002年版，第265页。

⑤ 梁实秋：《文学的纪律》，载《梁实秋文集》编辑委员会编《梁实秋文集》（第1卷），鹭江出版社2002年版，第143页。

言乱道，王尔德的问题也在于想象的无所控制，"是不羁的想象，是放纵的奔驰，没有纪律，没有约束"①。

其次，理性可以带来纯正的人性。如前所述，梁实秋把普遍固定的人性作为文学创作与批评最重要的标准，但人性究竟如何获得？复杂的人性又如何探索清晰，"谁能说清楚人性包括的是几样成分？"只有靠理性，"在理性指导下的人生是健康的常态的普遍的，在这种状态下所表现出的人性亦是最标准的，在这标准之下所创作出来的文学才是具有永久价值的文学"。② 梁实秋清楚地意识到，过于强调人性的不变会带来质疑和驳难，如莎士比亚笔下的哈姆雷特、麦克白、奥赛罗不都是变态人性的表现吗？梁实秋说还有更夸张的，就是古希腊悲剧中的母子媾婚、父被子弑。梁实秋说这依然是一个理性的问题，最变态的性格，恰恰需要我们用最常态的态度去处理，"古典的批评家并不限制作品的题材，他要追问的是作者的态度和作品的质地"。作家尽可以想象最可怕最反常的罪恶，尽可以在文学中表现这种罪恶，但你自己的位置在哪，你和表现对象的关系如何，你不能自己卷入这罪恶的旋涡，而要保持一个冷静的态度，也就是要用理性去驾驭变态的题材。③ 换句话说，对变态人性的理性表现，恰恰是为了凸显人性的纯正。

再次，理性既带来守纪律的精神，也带来有纪律的形式。梁实秋指出，理性节制情感和想象，理性实现了文学态度的严肃，这都是文学最根本的纪律，但这只是精神方面的表现。内容和形式从来都是一体两面，不能分开对

---

① 梁实秋：《王尔德的唯美主义》，载《梁实秋文集》编辑委员会编《梁实秋文集》（第1卷），鹭江出版社2002年版，第162—163页。

② 梁实秋：《文学的纪律》，载《梁实秋文集》编辑委员会编《梁实秋文集》（第1卷），鹭江出版社2002年版，第143页。

③ 参见梁实秋《文学的纪律》，载《梁实秋文集》编辑委员会编《梁实秋文集》（第1卷），鹭江出版社2002年版，第145—146页。

待，所以守纪律的精神，必然带来有纪律的形式。"文学革命"者把形式当作创作的桎梏，当作天才的束缚，所以主张极力打破；单调呆滞的形式当然可以打破，但不意味着不要形式，"形式是一个限制，惟以其能限制，所以在限制之内才有自由可言"。当然，梁实秋所谓的形式并不是琐碎到一首诗的行数、字数或平仄韵律，"其真正之意义乃在于使文学的思想，挟着强烈的情感丰富的想象，使其注入一个严谨的模型，使其成为一有生机的整体"。他还特意强调，形式是指"意"的形式，不是指"词"的形式，"所以我们正可在词的形式方面要求尽量的自由，而在意的方面却仍须严守纪律，使成为一有限制的整体"。①那如何在词的自由和意的限制方面实现平衡，其实是很难把控的，最终还是要落到形式的限制方面去，所以梁实秋对各种体裁的写作也提出了一些具体的规定。比如谈到新诗，认为"自由是要的，放肆是要不得的；镣铐是要不得的，形式与格律仍是要的"②。他特别反对散文诗这种文体，认为这属于型类的混乱，关键弊病在于冲破了诗的形式，所以他对新月派诗人试图为新诗赋形的做法是肯定的。散文是最自由、也最凸显个性的文体，梁实秋强调形式上最高理想为"简单"，"即是经过选择删削以后之完美的状态"。他提到"割爱"的原则，"一句有趣的俏皮话，若与题旨无关，便要割爱；一段题外的枝节，与全文论旨不生关系，也便要割爱；一个美丽的典故，一个漂亮的字眼，凡与原意不甚至洽合者，都要割爱"。至于小说，他强调小说不可没有故事，"我觉得好的小说必需要有一个故事作骨干，结构要完整，要有头有尾有中部，然后作者再凭借着故事来表现作者所了解的人性，这人性的

---

① 梁实秋：《文学的纪律》，载《梁实秋文集》编辑委员会编《梁实秋文集》（第1卷），鹭江出版社2002年版，第145—147页。

② 梁实秋：《现代文学论》，载《梁实秋文集》编辑委员会编《梁实秋文集》（第1卷），鹭江出版社2002年版，第402页。

刻画是小说的灵魂"。而戏剧则需要"建筑性的成分"，"即是材料的骨干之构成。文学家找到合用的材料，大刀阔斧的加以配制穿插，使其有头有尾，使其混合紧凑"。①

从人类文学发展的进程来看，每一次文学的创新发展都恰恰在于有人勇于突破常规，颠覆固有的形式，从而使表达获得新的可能。所以说对文学形式提出具体的规定性是危险的，尤其对于批评家而言，因为很容易在批评实践中遭遇反例，从而使自己的标准受到质疑。比如梁实秋说散文最重要的原则是"割爱"，在论及徐志摩时，却对他写文章中的"跑野马"大加赞赏：

> 他的文章真是"跑野马"，但是跑得好。志摩的文章本来用不着题目，随他写去，永远有风趣。严格的讲，文章里多生枝节（digression）原不是好处，但是有时那枝节本身来得妙，读者便全神倾注在那枝节上，不回到本题也不要紧。志摩的散文几乎全是小品文的性质，不比是说理的论文，所以他的"跑野马"的文笔不但不算毛病，转觉得可爱了。我以为志摩的散文优于他的诗的缘故，就是因为他在诗里为格局所限不能"跑野马"，以至于不能痛快的显露他的才华。②

这就近乎两套标准了。在大原则上说要"简单"，要"割爱"，要去掉与题旨无关的俏皮话、枝节和典故，到了具体的评论对象，却说那枝节本来就

---

① 梁实秋：《现代文学论》，载《梁实秋文集》编辑委员会编《梁实秋文集》（第1卷），鹭江出版社2002年版，第402—421页。

② 梁实秋：《谈志摩的散文》，载《梁实秋文集》编辑委员会编《梁实秋文集》（第7卷），鹭江出版社2002年版，第16页。

妙，回不回到题旨不重要。而且认为徐志摩的诗之所以不如散文好，就是因为诗里不能"跑野马"，言外之意，如果能够打破诗的格局，跑跑野马是不是也能把诗写得更好呢？评朋友的作品，当然无法完全客观公正，这里面不乏有意褒奖的成分，但另一方面，不正说明文学的价值恰恰在于规则之外的"意外"和"惊喜"。

其实，梁实秋大可不必孜孜于某一种文体该如何写的细枝末节，在一些创作的基本原则上予以解说反而不容易被诟病，比如他关于"艺术就是选择"的论说就非常精彩。他借用美国诗人佛洛斯特关于写作与白薯的妙喻，说有两种写实主义者，一种是认为白薯非要拖泥带水不可，这是所谓真实；一种则趋向把白薯涤洗洁净，仍是白薯，同样不失真实，艺术家的职责就是"把这生活剪裁得像个样子罢了"。人生也如白薯，不能把拖泥带水的生活直接写入作品，在拖泥带水和完美的艺术品之间要有一个严厉的剪裁的步骤，这剪裁便是选择。所以说，"伟大的文学家，不在乎能写多少，而在乎能把多少不写出来"①。

对理性的强调很容易使批评家掉入道德评价的泥淖，梁实秋意识到这一点，所以他极力把伦理的标准和道德的教训区分开来。他跟王国维一样，把亚里士多德《诗学》中悲剧"排泄涤净"的功效用来解释文学的伦理价值，说亚氏的文学观既非"教学主义"，亦非"艺术主义"，而是含有伦理的与艺术的双重元素，这就与王国维的理解几乎如出一辙了。事实上，他很快就滑向道德一翼，与王国维、周作人分别走向各自的岔路了。梁实秋喜欢引用美国批评家斯宾冈厨子与文学的比喻为靶子，来证明文学与道德的关系。斯宾冈认为文学与道德有关，就好比在餐桌上说，"你知道我的厨子做的糕饼为什

---

① 梁实秋：《"艺术就是选择"说》，载《梁实秋文集》编辑委员会编《梁实秋文集》（第1卷），鹭江出版社2002年版，第175—176页。

么这样好？因为他从来没说过谎，从来没偷过女人"。类似的比喻周作人也提过，说撒谎的厨子所做的包子无碍其好吃。梁实秋认为这是诡辩，文学与糕饼不是一个层面的问题，"因为文学是以人生为题材而以表现人生为目的的。人生是道德的，是有道德意味的，所以文学若不离人生，便不离道德，便有道德的价值"。西洋文学的杰作就没有一部不具有道德的意义。作家自可以表现不道德的题材，但只要他肯诚恳地观察人生，他的态度和想象也必是道德的。① 而在《文人有行》一文里，他就直斥文人无行的观点，说文人是人，首先就要符合人的德行标准。我们当然不能因为作家的无行而否认其文学的成绩，但也不能因为其文学的成绩而容忍作家的无行。况且，古今中外第一流的大文学家往往都是健全的人。"我们批评文学，采取文学的标准；我们批评文人的行，只能采取惟一的德行的标准。文人不能因为他对于文学有所贡献，遂以为他的无行就可以拒绝别人的批评。"② 其实，"文人无行"一说不是文人必无行，或者要无行才能成为文人，而是文人无行的概率比普通人偏高，何况这个"行"也未必是德行，也可能是世俗之外的放浪形骸。梁实秋对此命题的兴趣，一方面也许是因与郁达夫等创造社作家的论争有关，一方面也说明他逐步走向了文学道德化的论调。

四、无所为而为的批评精神

梁实秋曾写《近年来中国之文艺批评》，如果说《现代中国文学之浪漫的

---

① 参见梁实秋《文学批评论·结论》，载《梁实秋文集》编辑委员会编《梁实秋文集》（第1卷），鹭江出版社2002年版，第300页。

② 梁实秋：《文人有行》，载《梁实秋文集》编辑委员会编《梁实秋文集》（第1卷），鹭江出版社2002年版，第335页。

趋势》对五四新文学创作进行了全面审视，那前者则逐一检点了文学革命后十年间文学批评的诸种趋向："介绍的批评"专事输入成本大套的西洋文学知识，但不加严谨选择和价值分析，只是抄传略、开详单和做内容注释。"纠正的批评"如文坛警察，指瑕翻译文学，廓清无基本知识的文学论文，虽有维持文艺尊严之效，但沦于一字一句一文的谬误，成为批评的吹毛求疵。"印象的批评"以一己好恶、一时喜憎而扬抑作品，即如周作人《自己的园地》，也缺乏批评的主张和系统的观念。"破坏的批评"则像文艺上的无政府主义者，呼打喊杀，破坏一切标准，打掉一切束缚，不包含一点建设的希望。在梁实秋看来，上述批评既不知批评的实质，亦无批评的标准，更不具批评的精神，与新文学的创作相较，文学批评同样乏善可陈。除努力在中国建立他所认定的批评标准外，梁实秋更试图输入无所为而为的批评精神。

　　梁实秋考证希腊文中"批评"一词，原意为"判断"。判断可分为两步，判者，分辨选择，断者，等级价值之确定，"其判断的标准乃是固定的、普遍的，其判断之动机，乃为研讨真理而不计功利"①。他反对破坏攻击的批评，也认为吹求不是批评的正务，专事赞扬的文字亦不能列入批评之列，所谓公允的批评，应该如阿诺德所说："文学批评者，乃一种无所为而为之努力，借以学习并传播世上最优美之智慧思想者也。"梁实秋指出，这个定义中最值得注意的一点，便是文学批评的"无所为而为"的精神，"若无这种超然的精神，便难有客观的判断的批评"。②在一篇《喀赖尔的文学批评观》里，他认为把批评降格为文学作品的解说，貌似强调了文学对社会的功用，但否认了批评

---

① 梁实秋：《文学批评辩》，载《梁实秋文集》编辑委员会编《梁实秋文集》（第1卷），鹭江出版社2002年版，第121页。

② 梁实秋：《文学批评辩》，载《梁实秋文集》编辑委员会编《梁实秋文集》（第1卷），鹭江出版社2002年版，第122页。

原为人类判断力的活动，也违反了文学不计功利、无所为而为的精神。① 正如王国维以文学的"无用之用"文学观，周作人以"人生"文学观的"未尝不美，于人有益"来强调文学的独立性，梁实秋则以无所为而为的精神彰显了文学批评的独立性。

　　一方面，无所为而为的批评精神表现为文学批评是一种"严重的工作"。梁实秋曾在《亚里士多德的〈诗学〉》一文中提到"严重性"一词，说阿诺德"谓巢塞之所以不能成为古典，即因其缺乏'严重性'（high seriousness）"。② 借用阿诺德的说法，梁实秋常用严重一词概括文学批评应有的态度或特点："最高的艺术其创造必有极大之严重性，鉴赏最高之艺术亦须具有极大之严重性。"③ "凡从事于文学事业者，无论是立在创作者或批评者的地位，甚而至于欣赏者的地位，其态度必须是严重的。"④ 从语境的角度，high seriousness 更接近现在的"严肃性"，而在另一篇文章中梁实秋又用了"严正"一词，三个词的意义在此大致是可以互换的。那什么样的批评在梁实秋眼中是"不严重"的呢？以专说俏皮话为能事、不负责任地"胡凑"了事是一种，以批评攻击个人是一种，专在字句上挑剔的枝枝节节的文章是一种。⑤ 而最具迷惑性的就是鉴赏的批评。从西洋文学批评发展的角度看，最根本的批评方法，一为判

---

① 参见梁实秋《喀赖尔的文学批评观》，载《梁实秋文集》编辑委员会编《梁实秋文集》（第 1 卷），鹭江出版社 2002 年版，第 81—82 页。

② 梁实秋：《亚里士多德的〈诗学〉》，载《梁实秋文集》编辑委员会编《梁实秋文集》（第 1 卷），鹭江出版社 2002 年版，第 92 页。

③ 梁实秋：《戏剧艺术辨正》，载《梁实秋文集》编辑委员会编《梁实秋文集》（第 1 卷），鹭江出版社 2002 年版，第 62 页。

④ 梁实秋：《文学的纪律》，载《梁实秋文集》编辑委员会编《梁实秋文集》（第 1 卷），鹭江出版社 2002 年版，第 135 页。

⑤ 参见梁实秋《论批评的态度》，载《梁实秋文集》编辑委员会编《梁实秋文集》（第 6 卷），鹭江出版社 2002 年版，第 438—440 页。

断的，二为鉴赏的，"凡主张判断批评者必先承认文学有一客观的固定的普遍的标准，然后根据这个标准而衡量一切。凡主张赏鉴批评者必于自己性情嗜好之外不承认有任何固定的标准，故其批评文学只根据其一己之好恶"①。只根据一己好恶进行文学赏鉴，自然违背了文学批评的严重性。

另一方面，无所为而为的批评精神表现为文学批评是一种"价值的判断"的工作。文学批评是"严重的工作"，那有一类科学批评以科学的态度和精神从事文学研究，算不算是严重的批评呢？严重是严重，但依然不符合批评的根本性质，因为梁实秋认为文学批评的最后任务在于"价值的判断"②，"凡是价值问题以内的事务，科学便不能过问"③。梁实秋意识到科学对文学的入侵是一个趋势，而且科学也的确给文学研究带来了准确精细的方法，但科学的批评依然无法成为主流，核心原因就是文学批评乃"价值的判断"，这不是科学所能解释的领域，文学批评就不是科学。梁实秋指出了所谓"科学的文学批评"两大弱点：其一，用物质的外部环境解释文学的发生发展有其合理性，但作为一普遍的公式来应用，则容易陷入"机械的"危险。其二，科学批评的任务只是说明"现象之如何发生"，并不能进行价值判断，因而也无法完成批评的终极任务。"科学的文学批评，既自命为科学的，便不能在'说明'之外，更进一步。所以科学的文学批评，不能成为批评的一派，只能是批评方法上的一种贡献。批评还要是另寻标准的。以道德为标准，是可以的，以功利为标准，也是可以的，以美学为标准，也是可以的，无论如何，偏偏不能

---

① 梁实秋：《现代中国文学之浪漫的趋势》，载《梁实秋文集》编辑委员会编《梁实秋文集》（第1卷），鹭江出版社2002年版，第48页。

② 梁实秋：《近代的批评》，载《梁实秋文集》编辑委员会编《梁实秋文集》（第1卷），鹭江出版社2002年版，第289页。

③ 梁实秋：《文学批评辩》，载《梁实秋文集》编辑委员会编《梁实秋文集》（第1卷），鹭江出版社2002年版，第123页。

以科学的文学批评所阐发出来的唯物的说明为标准。"① 如果说周作人是以文学批评的日常性来对抗科学批评的入侵，梁实秋则是为文学批评划定疆域，文学批评归根结底是价值判断的工作，科学无法做到这一点。

作为批评家，梁实秋的主要精力放在文学批评原理的输入，在具体批评实践上用力不多。除了与左翼论争的那些文章，直接针对作家作品的文学批评并不多。这与他对文学批评形态的理解有关。他说一般人把文学批评分为理论的和应用的两种，前者专注于文学原理和学说的研究，后者专注于文学作品的估量，也就是具体的文学批评实践。梁实秋认为这种分类过于表面，"文学批评只是人的心灵之判断力的活动而已。伟大的批评家，必有深刻的观察，直觉的体会，敏锐的感觉，于森罗万象的宇宙人生之中搜出一个理想的普遍的标准"。应用的文学批评只是对这个标准的具体演绎。当然，具体到不同的国家，因国民性的不同，其批评家的侧重点有所差异，"法国的文学批评家大概是以逻辑谨严胜，故其批评多趋于理论；英国国民性较近于实际，故其文学批评少理论而富于作品的批评"②。这当然有一定道理，但具体到一国的批评家，同样有注重原理阐发的，也有专注批评实践的，前者如他自己，后者如李健吾。真正的原因大概有两个。

其一，梁实秋是以做亚里士多德那样的批评家为己任，不拘于某一作家某一作品的具体批评，而是要阐发文学艺术的基本原理，甚至为作家和批评家立法。比如他在给徐志摩所写关于新诗创作的信中提道："现在新诗的音节不好，因为新诗没有固定格调。""唯一的希望就是你们写诗的人自己创作格

---

① 梁实秋：《文学批评的将来》，载《梁实秋文集》编辑委员会编《梁实秋文集》(第1卷)，鹭江出版社 2002 年版，第 448 页。

② 梁实秋：《文学批评辩》，载《梁实秋文集》编辑委员会编《梁实秋文集》(第1卷)，鹭江出版社 2002 年版，第 126 页。

调，创造出来还要继续的练习纯熟，使成为新诗的一个体裁。"①对新诗发展前途的拳拳之心自然有，所说也不无道理，关键在于这种批评家对创作者耳提面命的语气，这种多少带着点站着说话不腰疼的提醒，是符合梁实秋手握批评真理的心态的。相反地，李健吾在进入一个作家或作品前，总要做很多铺垫，强调要真正理解一个作品，尤其是作品中的人性有多难，然后才小心翼翼开始自己的叙说。言下之意，真要说错了，您也别见怪。所以，即便梁实秋直接针对当下的创作或批评实践，野心都很大，动辄是现代中国文学如何，近年来中国文艺批评如何。

其二，梁实秋以古典主义的批评原则直面作家的现实创作，往往有隔靴搔痒之嫌。梁实秋最心向的批评家是亚里士多德，他所输入的很多批评原理，要么直接来自亚里士多德，要么来自白璧德以亚里士多德为中心的理论阐释。一套面对几千年前文学创作所生成的批评理论，即便再圆熟，直面现实时也多少会有些格格不入。因此，当梁实秋以其古典主义理论宏观地审视草创期的现代中国文学时，会显得很有力量。毕竟五四新文学再生气淋漓，总归在摸索的幼稚期，用一套成熟的理论体系，尤其是以理性为核心的批评观念去检视，处处会显出简陋。但是，当一个批评家要直接面对一个作家或作品时，除了理论的参与，人性的介入是必需的，而梁实秋的批评实践往往会因自己先验设置的条规阻滞这种介入，从而常常站在作品的门外，或者作家心灵的门外。比如他对小说的批评，有《玛丽玛丽》《鲁男子——"恋"》《猫城记》《萌芽》等几篇，基本的做法都是先概括故事，再谈作家的态度是否具备"严重性"，有无反映普遍的人性，小说结构是否紧凑，其他技巧如何，等等。一

---

① 梁实秋：《新诗的格调及其他》，载《梁实秋文集》编辑委员会编《梁实秋文集》（第6卷），鹭江出版社2002年版，第531页。

如《玛丽玛丽》是一部小说，并且是一部有故事可说的小说。小说的任务，在叙述一个故事，而这个故事又必须叙述得有起有讫、有条有理、有穿插、有结构、有精彩，合乎这个条件的，我就承认它是一部小说"。"司帝芬斯所致力的地方，不是穷的描写，亦不只是生活的表现，而是人性的模仿。"《玛丽玛丽》所以能动人，就是因为作者至高无上的理性力，能透视一切，能钻入穷人的家里，剜出一颗穷人的心。"① 并非说这种批评方法不合适，而是相比李健吾"灵魂的冒险"，相比李健吾敢于用自己的人性去触碰作家的人性，其批评本身的精彩程度逊色很多。

总之，梁实秋文学批评的价值在于，他以堂吉诃德般的勇气为中国输入多少有些不合时宜的古典主义批评理论，为中国新文学一味追求"现代"的趋势带来了制衡的力量；他为新文学的把脉虽说不无夸大之处，且少了些同情的理解，但所指出的问题的确发人深省；他对科学批评的反思，对文学与科学关系的思考，实则是为文学发展争取空间，结合当下的文学生存现状进行审视，其论说仍有借鉴的价值。

---

① 梁实秋：《书评两种》，载《梁实秋文集》编辑委员会编《梁实秋文集》（第1卷），鹭江出版社2002年版，第208—210页。

第四章

苏雪林：新人文主义的学院派批评家

苏雪林是一位非常优秀的文学批评家，长期以来被其作家身份遮蔽。作为泛新月派的一员，其文学思想更接近于梁实秋的新人文主义。出于教学需要，她写了大量的文学批评，包括至今仍有影响的《〈阿Q正传〉及鲁迅创作的艺术》《沈从文论》等，形成了以"人格论"为前提的新文学批评模式。她在鲁迅去世后立马举起"反鲁"大旗，这与其解读为企图趁文坛混乱"浑水摸鱼"的投机之举，毋宁说是她的以"人格论"为前提的道德化批评发展到极端的逻辑结果。

一、"冰雪聪明"提法的意义遮蔽

　　研究者向来喜欢举出"冰雪聪明"的提法，用以强调苏雪林在文坛的重要性。的确，把苏雪林与冰心并提，能够凸显前者的文学史地位，吸引人们更多的关注。但在客观上也给研究者形成一定的心理暗示，即夸大了苏雪林作品中原本不甚突出的某些方面，造成对研究对象的意义遮蔽。若突破这些界限，让苏雪林回到更为开阔的文学思潮背景和历史现场之中，我们会发现，在她的作家身份之外，其文学批评的成就更加突出。

　　最早把苏雪林和冰心并提的是毅真，他在《几位当代中国女小说家》中把两人都归入闺秀派作家，认为她们都是在礼教的范围之内来写爱。① 首次提

---

① 参见毅真《几位当代中国女小说家》，载黄人影编《当代中国女作家论》，光华书局1933年版，第13—14页。

出"冰雪聪明"说法的则是梦园，他在《苏雪林的词藻》中这样写道：

> 常时同朋友们谈论起当代的女作家，我总是推崇那两位闻名而未
> 见面，久已钦服的冰心女士同雪林女士，她们作品的才情笔调，可以
> 用她们名字的第一字，称为"冰雪聪明"。①

此文并非严肃性的文学批评，作者对作品摘抄的热情甚于对作品的分析，但"冰雪聪明"的提法却就此而流传开来。后来的研究者重申这个提法，呈现三种倾向，一是试图突出苏雪林的资历老，把她当作与冰心同时期的"五四"著名女作家；二是以此彰显苏雪林散文创作中与冰心类似的美文品格，并当成她散文创作的主要特点；三是基于二人同属闺秀派，而判断苏雪林身上存在保守性趋势。② 当然，并不是说"冰雪聪明"的提法为人们的研究设定了界域，而是指它似乎成为研究者的一种潜意识，好像越把苏雪林定位于"五四"就开始成名的女作家，越把她与冰心等人捆绑在一起类比分析，就越能凸显其重要性。这样的惯性思维造成的后果就是，评论者们说起苏雪林就是《棘心》《绿天》等早期成名作，仿佛这代表了作者的全部成就。

　　事实上，虽然苏雪林比冰心年长 3 岁，但后者在 1920 年前后已经蜚声文坛的时候，前者只是边上学，边"为了每月十块钱"，与同学合编《益世报·女子周刊》。苏雪林自述，那时尽管每月要写万把字，但所写不全属文艺

---

① 梦园：《苏雪林的词藻》(《读书顾问》季刊 1935 年第 1 卷第 4 期)，载沈晖编《苏雪林文集》
　　(第四卷)，安徽文艺出版社 1996 年版，第 405 页。

② 如丁增武的《"冰雪聪明"的文学史意义——从苏雪林与冰心的早期散文比较看"美文运动"
　　中的女性写作》(《黄山学院学报》2008 年第 2 期)、陈卓的《"冰雪聪明"：苏雪林与冰心比较
　　论》[《安庆师范学院学报（社会科学版）2013 年第 3 期》]。

创作，"杂乱的论文，凌乱的随感亦复不少"，并且，"因技巧太不成熟，所以存稿一篇没有保留"。[①]无论创作的动机，还是作品的实际质量，此时的苏雪林都算不上是一个形成一定风格的作家。非常有意思的是，这期间她曾试图模仿冰心的小诗，后来赴法国留学有白话组诗《村居杂诗》发表。用她自己的话说，无论如何学不像，只是取其形，算不上成功之作。所以把两者当成同一期作家过于牵强。从后来苏雪林在文章中对冰心的描述来看，也是隐然尊冰心为前辈作家。

她真正进入文坛应该从20世纪20年代中后期算起，自传体长篇小说《棘心》和散文集《绿天》为其成名作，就文笔的清丽而言，与冰心确有几分相似，但仅此而已。而她同时期的杂文和时评写作却常常被人忽略，如果说《棘心》《绿天》还能找出几分与冰心的共同点，杂文和时评的文字风格则相去甚远。苏雪林更有文学史价值的写作是30年代数量不小的新文学批评，更成熟的文学创作则是40年代出版的历史小说集《蝉蜕集》。虽说论才气她未必如冰心，但因创作生涯漫长之故，就作品的多元和复杂而言却远胜之。所以，突破"冰雪聪明"提法的意义遮蔽，对还原苏雪林文学创作与内在思想的真实面貌，及重估其文学价值有着重要意义。

从20世纪20年代中后期开始，苏雪林成为泛新月派的一员，形成近似于梁实秋的新人文主义立场，以永久、普遍的人性作文学表现的中心，来提倡健全的文学。早在20世纪20年代中期，苏雪林在上海结识了袁昌英，又通过袁认识了陈源、凌叔华夫妇，也曾参与过新月派主将们组织的沙龙，并

---

①　苏雪林：《我的学生时代》，载沈晖编《苏雪林文集》（第二卷），安徽文艺出版社1996年版，第65页。

且在《现代评论》上发表过文章。① 这些交往让她对新月派诸君及主张多有了解。她思想发生根本性的改变，是从 1931 年受聘于武汉大学开始。苏雪林得以执教武大，与袁昌英、陈源的极力推荐有关，此后交往日深，苏、袁及凌叔华三人更是被时人戏称为"珞珈三女杰"。相信在她们的交往过程中，苏雪林除了对新月派的文学主张有了更多的了解之外，也对陈源、梁实秋诸人与鲁迅的恩怨有了更多的思索。她新人文主义立场显现的标志，是《文学有否阶级性的讨论》一文的发表。由于以往的研究者对该文的忽视（或者根本没有看过），所以学界没人考察过苏雪林与梁实秋之间的理论关联。梁实秋与鲁迅及左翼文人之间关于"文学有无阶级性"的论争发生在 1930 年前后，苏雪林文章的发表可以说是对这场论争的表态，她的立场很明确，在文章中直接表示认同梁氏的主张，认为"文学就是表现最基本的人性的艺术"和"文学是属于全人类的"两句话可以概括她的观点。②

当然，苏雪林的新人文主义倾向不仅仅体现于这一时期的理论文章，更重要的是在她的文学批评实践中也时时能见出其回响。因为教授"中国新文学"这门课程的原因，苏雪林在 30 年代发表了大量的文学批评，其中优秀者如《沈从文论》，即被茅盾选入由上海文学出版社在 1936 年推出的《作家论》一书，成为新文学批评的经典文本。在这些文章中，苏雪林提出如下主张：不能把道德从文学中剥离，文学应当追求一种理想主义；文学是对最基本的人性的表现，也因为具有了"永久的兴味"；想象力或情感的泛滥将导致文学

---

① 参见苏雪林《苏雪林自传》，江苏文艺出版社 1996 年版，第 73 页；苏雪林《我所认识的诗人徐志摩》，载沈晖编《苏雪林文集》（第二卷），安徽文艺出版社 1996 年版，第 321—322 页；苏雪林《悼念凌叔华》，《苏雪林作品集·短篇文章卷第四册》，苏雪林文化基金会 2010 年版，第 14—15 页。

② 参见苏雪林《文学有否阶级性的讨论》，载《风雨鸡鸣》，台湾源成文化图书供应社 1977 年版，第 10—11 页。

形式的失范，应该强调理性的节制。

由于她重视道德在文学中的作用，逐渐形成了一种以人格论为前提的文学批评模式。如她对徐志摩、闻一多等人的推崇，和对创造社诸人的反感、厌弃，在很大程度上出于此因。1936 年 10 月 19 日，鲁迅逝世，文坛震动，苏雪林却在致胡适和蔡元培的两封信中，痛斥鲁迅的"病态心理"与"不良人格"，甚至直呼鲁迅为"玷辱士林之衣冠败类，二十四史儒林传所无之奸恶小人"。这"鞭尸之作"一出，立即引起左翼人士公愤，纷纷撰文对她进行反驳甚至声讨，如果不是因为卢沟桥事变，日本侵华战争的全面启动，文坛各种势力暂时统一在抗日的大旗之下，这场论争定会持续下去。需要特别指出的是，她从 1936 年年底开始、持续了半个世纪的"反鲁"，很多人认为是出于政治之因，是对当政者的邀宠。笔者以为，她此一阶段的"反鲁"跟赴台后的言论还是要区别论述，因此时的苏雪林主要担心的是鲁迅型人格对青年的影响，是其人格论批评发展的逻辑结果。

二、新人文主义底色的文学思想

苏雪林与新月派的关系并非没有人注意到，徐传礼教授就认为其创作和理论属于广义新月派的："在创作上，她接近徐志摩，在理论上，她类似梁实秋。"[①] 而另一研究者吕若涵指出："苏雪林的评价标准，夹杂着对传统文章正大、严谨的遵从，又隐约可见新月派理性、秩序的新古典主义文学观念的影

---

① 徐传礼：《读解苏雪林重要文学史——从苏雪林说起，从世界性思潮流派的视角鸟瞰 20 世纪中国文学史和大文化史》，载杜英贤主编《海峡两岸苏雪林教授学术研讨会论文集》（上），亚太综合研究院、永达技术学院 2000 年，第 240—241 页。

响痕迹······"①不管是因为受新月派诸君的影响，还是原本就心有戚戚，苏雪林在 20 世纪 30 年代的批评和创作表现出鲜明的新人文主义色彩和古典主义倾向。

苏雪林没有系统阐释过自己的文学思想，也很少像胡适之于杜威、梁实秋之于白璧德一样明确表示自己服膺某某理论家的思想体系，她津津乐道的是自称为"横通"的研究方法。"横通"原是为清代大学者章学诚所嘲笑的一类人，即善于贩书的老贾、富于藏书的旧家、勇于刻书的好事者。这类人"皆道听途说，根底浅陋，唯以所业及所为，其所见所闻，有时博雅名流反有所不及，非向他们请教不可"。但他们的学问也只有这一点点，再请教便底里尽露。所以这类人也可说是通，无奈只能名之为"横通"。苏雪林以"横通"自嘲，但她觉得"横通"亦无可厚非，若通得好，比"直通"更为有用。她举个例子，所谓研究学问不过在探求其一目标的事理，例如，这里有根竹竿，我们所探求的目标物，藏于竹竿顶端的某一节，直通者像一个蛀虫，它从竹竿下部逐节向上钻通，不知要费多少时间，才能钻到那藏宝的一节。宝物是到手了，它的一生也完了。而横通者则不然，他更像个铁喙蜂，一飞近竹竿，端详一下，便知道宝物藏在哪一节，铁喙一钻，便钻成一洞，直取目标物，满载而归了。②所以在她的文章中，你既可以见到丹纳、布封的观点，也可以见到弗洛伊德、柏格森的引言，还可以见到居友、辛克莱、厨川白村的论述，但如果你真要按图索骥，以此来推溯苏雪林的思想脉络，却往往徒劳而返，因为她不过是用别人的一句话或一个观点，至于此人何门何派，其主要思想与自己的整体观点有无冲突都不是她关心的内容。所以，即便她说自己曾受

①　吕若涵：《论苏雪林的散文批评》，《海南师范大学学报（社会科学版）》2011 年第 1 期。

②　参见苏雪林《关于我写作和研究的经验》，载沈晖编《苏雪林文集》（第三卷），安徽文艺出版社 1996 年版，第 66—67 页。

过周作人和胡适的影响，也只是强调某一方面。但在 20 世纪 30 年代，她和梁实秋之间的思想渊源却耐人寻味，我认为用"精神契合"一说描述二者的关系更为恰当。苏雪林在悼念梁实秋的文章中写道："我对梁实秋先生的倾慕之情及与他精神上的契合，并不始于今日，可说差不多有一甲子之久。"[①] 比梁实秋年长 6 岁的苏雪林通篇文章的语气隐然以学生辈自居，"精神上的契合"更是一语道破她与梁实秋在古典主义立场上的异驾同驱。

梁实秋与鲁迅之间发生过一场关于人性与阶级性的论争。从最早在卢梭问题上的针锋相对，到"硬译"一事再起波澜，最后在人性与阶级性问题上来回交锋，双方笔战了好几年。论战的策略都是将对方的逻辑推到极致，然后再给予致命一击。其实，若平心静气而论，双方的观点都没有那么极端，也未到非此即彼的地步。鲁迅在给李恺良的回信中认为，对"阶级性"一词的修饰应是"都带"，而并非"只有"[②]，文学应该兼具阶级性和人性。只不过他在梁实秋等自由知识分子貌似中立的立场上，看到其为政府所用的倾向，所以才有《"丧家的"资本家的"乏"走狗》这样的"诛心"之作。梁实秋也并非认为文学只有描写人性而无其他，只是不愿看到左翼文人以阶级性的名义借文学鼓吹革命，从而使文学丧失了自身的独立性。

我无意重释二人的论争，而是想指出在这场充满火药味的笔战中有另一个人也以自己的方式参与进来，只不过缺乏前两者的理论底气、话语能力及文坛地位，其声音被历史湮没。这就是苏雪林。多年以后她回忆道："拜读梁先生这篇大文（笔者注：《文学是有阶级性的吗？》）以后，我也写了篇《文学有否阶级性的讨论》，其中多引梁氏的警句，敷衍为数万字的长文，文成无处

---

① 苏雪林：《悼梁实秋先生》，载《苏雪林作品集·短篇文章卷第三册》，台湾成功大学中国文学系 2007 年版，第 149 页。

② 鲁迅：《文学的阶级性》，载《鲁迅全集》（第 4 卷），人民文学出版社 2005 年版，第 128 页。

可以发表，后来才在武汉大学学生所办的一个刊物上刊出，现收于我的《风雨鸡鸣》的集子里。"①我并不是指该文能给当年人性与阶级性的论争带来多少新鲜的观点，而是试图通过这篇不被研究者关注的长文，来论证苏雪林与梁实秋在新人文主义立场上的契合。

在《文学有否阶级性的讨论》一文中，苏雪林先是从左翼作家的立场出发，为普罗文学的成立假想了三条根据，然后再逐一击破。这三条根据是：第一，平民文学都是好的，如"诗三百"、十五"国风"都是田间村夫的抒情诗歌，而普罗文学是平民文学，当然也是好的，当然可以成为将来全世界文学之正宗；第二，文学最可贵之处是表同情于不幸的人，而贫穷是最大的不幸，普罗文学主张描写无产阶级的生活和表同情于他们，正与这一点相吻合；第三，文学以多数人看得懂为上品，普罗文学追求的正是这种大众性。这三点根据的内在逻辑其实就是"谁在写—写什么—写给谁"：普罗文学由无产阶级所写，表现的是无产阶级的生活，然后用通俗的形式呈现给无产阶级看。

那苏雪林是如何一一反驳的呢？首先，她认为，就"谁在写"而言，回溯历史，终究还是文人阶级所创造的优秀作品居多；其次，至于"写什么"，虽然个人痛苦的原因多样，但贫富阶级对痛苦的感受并无二致，没必要专注于表现某个阶级的情感；最后，就"写给谁"来说，她认为，真正的好作品必然曲高和寡，人人都欢迎的未必是好文学，所以不需要以人人都能看懂为目标。因为缺乏强大的理论支撑，苏雪林的论述远不如梁实秋清晰和缜密，但并不妨碍她借力打力，最终以梁实秋的话向梁实秋致敬："'文学就是表现最基本的人性的艺术'，'文学是属于全人类的'，这两句话足以概括我前面三

---

① 苏雪林：《悼梁实秋先生》，载《苏雪林作品集·短篇文章卷第三册》，台湾成功大学中国文学系 2007 年版，第 151 页。

项辨论而有余了。"① 这种理论上的契合并不是孤例，在此后的批评实践中，两人在"反鲁"和"反郁"的问题上都表现出高度的一致。

可见，苏雪林受到梁实秋的影响是颇深的。这还表现在她对新人文主义的理论的接受上。在一篇文章中，她引用过白璧德对中国文学的看法："白璧德教授也曾说中国之所以未能产生堪与西方媲美的伟大悲剧与史诗，大抵应该归咎中国儒家未能认识'想像'在文艺中地位之重要。"② 可见她对白璧德的著作是有所涉猎的。

更值得注意的是，在《中国二三十年代作家》一文中，她写道："梁氏留学美国，与吴宓、梅光迪、胡先骕等从白璧德（I.Babbitt）游。白氏倡导人文主义（Humanism）这是一种研究古代文明而教养人生，尊重文学的纪律：吴、梅、胡三人对新文学变成顽固的反对党，梁氏的头脑则较为开明。他对五四后的新文学能知其好处所在，对借思想自由而逞其偏宕流荡笔调，贻害世道人心之流，则反对甚烈。他们老师白璧德反对法国卢梭，梁实秋则反对郁达夫及其同派。"③ 这一段话简要而精准地概述了新人文主义在中国的遭遇。首先，她准确地指出白璧德的新人文主义的理论核心，然后说明吴宓、梅光迪、胡先骕三人因对新文化运动的全盘否定而走向了历史的反面，而梁实秋则容易让人接受，因为他实际上是站在新文学的阵营里对新文学进行反思，而不是其对立面。如果不是对新人文主义理论有着深入的研究，是不可能做出如此精准的判断的。

---

① 苏雪林：《文学有否阶级性的讨论》，载《风雨鸡鸣》，台湾源成文化图书供应社 1977 年版，第 3—12 页。

② 苏雪林：《神话与文学》，载《苏雪林作品集·短篇文章卷第三册》，台湾成功大学中国文学系 2007 年版，第 83 页。

③ 苏雪林：《中国二三十年代作家》，台湾纯文学出版社 1986 年版，第 594 页。

应该说，在梁实秋的同时代人当中，苏雪林是少有的能够准确理解他的理论并与他持相近立场的作家。那苏雪林究竟在哪些方面体现出其新人文主义的文学立场？

首先是强调文学与道德的关系。早在20世纪20年代，苏雪林就不加掩饰地表达对古典主义文学的喜爱："我爱古典派，因为它所写的情感，注重于伟大崇高的方面；它常将宗教的虔洁，爱国的热忱，美人的节操，英雄的气概和一种关系生命的情感，相对抗，相肉搏，结果书中的主人公每于尸横血溅之中，牺牲了私情，护住了公义，舍弃了小我，成就了大我，这虽然中了礼教的毒，但对于人生态度的庄严，实教人赞美崇拜。"① 虽然她不忘用当时典型的启蒙口吻指出这些男英女烈崇高行举后面有着中礼教之毒的动因，但依然为这些作品所散发的道德理想主义色彩所迷醉。尽管这一时期的苏雪林已经散发出文学判断道德化的气息，毕竟启蒙仍是其思考的主向。

进入20世纪30年代后，文坛进一步分化，种种"贻害世道人心之流"促使她继续思考文学与道德的关系。当时，能像苏雪林这样反复作出关于"世纪病"判断的，尚不多见：

> 西方自十九世纪末，科学成为万能，物质极大丰富，而宗教信
> 仰，道德信条，亦被自然科学破坏无余，现代人终日为物质所奋斗，
> 心灵上遂失安身立命之地，于是"不安""动摇"为这一时代普遍的
> 情调，一面发出悲观厌世的呼声，一面怀疑苦闷。此种倾向，人称
> 之为"世纪病"。自然科学传入中国之后，中国人也传染了这种"世

---

① 苏雪林：《〈蝉之曲〉序》，原载《北新》1928年第2卷第13号，载《苏雪林选集》，安徽文艺出版社1989年版，第541页。

纪病"，加之国势之凌夷，社会之紊乱，民生之憔悴困苦，愈使人汲汲皇皇，不可终日，遂相率而趋于厌世思想。"这就是现代人的悲哀啊！是科学的流弊么？物质主义的余毒么？但又谁敢这样说，说了你就要得到群众对于你的严厉的教训！"①

"世纪病"的出现在某种意义上来说是源于对现代性的反思。启蒙现代性的发生把西方社会从农业文明带入工业文明，科技高速发展，生产力迅速提高，物质极大丰富，城市化进程加速。与此同时，其负面影响逐渐滋生，自然被破坏，神明被驱逐，人性被扭曲，生活被全面异化，于是各种现代性的反思和批判应运而生。自鸦片战争到五四运动，中国由被动变主动地接受西方传来的现代性，从器物更新到制度变革，再引入科学精神，传播民主思想。由于争取现代性的同时也肩负着争取现代民族国家的任务，后者常常压倒甚至打断前者，所以现代性自引入中国开始便没有得到充分发育。尽管如此，现代性在西方引起的负面反应还是经由一些学者的介绍影响到中国学界，如梁启超的《欧游心影录》就认为欧洲人由于过分崇信"科学万能"，"托庇科学宇下建立一种纯物质的纯机械的人生观，把一切内部生活外部生活，都归到物质运动的'必然法则'之下"，当这种幻梦破灭，信仰出现真空之际，人们顿失安心立命之所。②

　　正是在此背景下，苏雪林认为中国社会也沾染了西方民众的"世纪末"心态。反映在文坛上则出现两种倾向：一种是"专事描写丑恶的兽性"的颓

---

① 参见《棘心》(北新书局发行，1929年版)、《文学写作的修养》《作家论》《冰心及其〈超人〉等小说》《王统照与落华生的小说》等［均载沈晖编《苏雪林文集》(第三卷)，安徽文艺出版社1996年版］。

② 参见梁启超著，夏晓虹编《梁启超文选》，中国广播电视出版社1992年版，第407—408页。

废文学，如郁达夫等，好写性的苦闷、鸦片、酒精、麻雀牌、燕子窠、下等娼妓、偷窃、诈骗等，以及描述各种堕落行径，以颓废之风迎合读者心理；一种是以揭露“社会的黑暗面”为能事的过激文学，如太阳社、后期创造社等左翼文学社团，欲以文字激起民众的愤怒，鼓吹革命的需求。在她看来，一味迎合只能让读者更空虚，而一味煽动则易引发社会的动乱。针对这种迎合与煽动的文学，苏雪林给予了一个统一的称谓：病态文学。她说：

> 我们可以叫那些满足官能，刺激色情的，肉麻淫猥的小说为病态文学；我们也可以叫那些动以天才自居歌德自命的以夸大自尊狂示范青年的诗文为病态文学。我们可以叫那些描写恐怖的残杀，疯狂的暴动，无理由的反抗，挑拨青年野蛮天性，酝酿将来惨酷劫运的文字为病态文学；我们也可以叫那些专门刺探人家隐事，攻讦人家阴私，甚至描头画脚，拿刻划当代人物来开心的身边故事为病态文学。①

所以在当时的批评实践中，她可谓是“左右开弓”，一方面对创造社诸人不留任何颜面：“有夸大狂和领袖欲发达的郭沫若，为一般知识浅薄的中学生所崇拜；善写多角恋爱的张资平，为供奉电影明星玉照，捧女校皇后的摩登青年所醉心；而赤裸裸描写色情与性的烦闷的郁达夫，则为荒唐颓废的现代中国人所欢迎。”② 另一方面则把对左翼文坛不满的情绪在鲁迅去世后集中爆发在死者身上，高举“反鲁”大旗，而不惜得罪了整个左翼文坛。

暂不论她这一类带有情绪化的批评中的偏执倾向，就其立场而言，倒是

---

① 苏雪林：《现代文艺发刊词》，载《青鸟集》，商务印书馆 1938 年版，第 93—94 页。
② 苏雪林：《郁达夫及其作品》，载沈晖编《苏雪林文集》（第三卷），安徽文艺出版社 1996 年版，第 319 页。

与梁实秋如出一辙。值得注意的是，她对这些作家的批评最后多归结于道德之因，认为他们作品的病态都是其不健全人格的体现。

自"五四"以后，"文以载道"的观念受到批判，于是作家们在处理文学与道德的关系上非常谨慎，没有人愿意被当成文学的功利主义者和道德的说教者，即便是梁实秋也不得不承认："现代批评的意见，差不多全是要把道德与文艺分开，这是很正当的……"①苏雪林也指出："对于文以载道……我的结论是：文学的使命，并不在发现真理，至于狭义的真理，如孔子之道，当然更不成问题。"②所以她很少直接提及文学的道德性，而是换一种说法，认为一个好的作家必须拥有一个高尚的人格。

在她看来，真正的文学应该像《新月》月刊发刊词中所提出的："要从恶浊的底里解放圣洁的泉源，从时代的破烂里规复人生的尊严。"她认为这是徐志摩的"理想主义"，即便现实丑陋，也要从中寻找人生的美。③而能否做到这一点，跟作家的人格有很大关系。上述的逻辑导致她在从事文学批评的时候，先在地确立了一个人格判断的标准。但这往往让她陷入吊诡的循环论证：一个作品的不道德必然是作家的人格有问题，一个作家的人格不健全那作品也注定不道德。只是她忽略了，所谓的道德与否、人格健全与否，往往都不可避免地掺杂了个人的主观判断或情绪的随意性。

为了不让人把她看成是功利派的批评家，苏雪林强调："作家对于丑恶的题材，本非不能采取，不过紧要的是能将它加以艺术化，使读者于享乐之中不至引起实际情感。"我们瞻仰希腊裸体雕像时的感觉，与阅览春画时的感觉

---

① 梁实秋：《王尔德的唯美主义》，载《梁实秋文集》编辑委员会编《梁实秋文集》（第 1 卷），鹭江出版社 2002 年版，第 167 页。

② 苏雪林：《文以载道》，载《蠹鱼集》，商务印书馆 1938 年版，第 288 页。

③ 参见苏雪林《中国二三十年代作家》，台湾纯文学出版社 1986 年版，第 560 页。

不同，即因为我们的情感已被优美的艺术净化了。[1] 这一点梁实秋也有过相似的说法，他说文学并非不可把变态的人物做题材，关键在于作者的态度。他同样以希腊艺术为例，希腊悲剧里的母子媾婚、父被子弑都是骇人听闻的勾当，但作家站在一个"常态的位置"保持"冷静的态度"来处理，因此并不会妨碍"作品的质地"。[2] 虽然苏、梁二人在处理不道德题材上的方式不尽相同，前者是要求以艺术化来转移读者的视点，后者则是要求作家以伦理的态度来处理不伦理的故事，但共同点都认为不能因题材的不道德性而引起读者的不道德反应，亦即通过美学上"化丑为美"的手法，提升艺术美的品位。

因此，苏雪林在其文学批评中认为，李金发、邵洵美的诗，虽然颓废色彩浓厚，但他们懂得艺术美化，因而读者仍然觉得清新有味；而郁达夫则缺乏艺术手腕，不过利用那些与传统思想和固有道德相冲突的思想，激动读者神经，以此获得人的注意而已。[3] 说到底，苏雪林还是强调作家不能表现非道德、反伦理的题材，即使要采用，也要以艺术技巧化融之，从而不引起读者不道德的反应。但所谓艺术标准并非定于一尊，言人人殊，说郁达夫艺术手腕不如李金发、邵洵美，虽然有些偏激，其内里不过是苏雪林个人先入为主的人格判断在起作用。

其次，苏雪林认为，文学贵在表现人类"基本的情绪"和不变的"人间性"。苏雪林在《现代文艺发刊词》一文中，曾公开宣布：

> 我们以为文艺的任务在于表现那永久的普遍的人性，时代潮流日

---

[1]　参见苏雪林《中国二三十年代作家》，台湾纯文学出版社 1986 年版，第 320 页。

[2]　梁实秋：《文学的纪律》，载《梁实秋文集》编辑委员会编《梁实秋文集》(第 1 卷)，鹭江出版社 2002 年版，第 167 页。

[3]　参见苏雪林《中国二三十年代作家》，台湾纯文学出版社 1986 年版，第 320 页。

异而月不同，文艺的本质，却不能随之变化，你能将这不变的人性充分表现出来，你的大作自会博得不朽的声誉，否则无论你怎样跟着时代跑，将来的文学史决不会有你的位置。[①]

显然，这一对文艺宗旨的定位是来自梁实秋的，在人性论这一点上她与梁实秋息息相通。不过苏雪林人性论的形成相对复杂，在此过程中，美国卫斯理安（Wesleyan）大学英文教授文却斯德（C. T.Winchester，又译作文齐斯德）的影响不可忽略。

文却斯德著有一本概论性质的文学教材《文学批评原理》（*Some Principles of Literary Criticism*），现在几乎被人遗忘，但在当时，他的理论被不同倾向的作家介绍和吸收。1920 年，创造社成员田汉首次翻译了该书的"诗论"部分；次年 8 月，文学研究会成员郑振铎所写《文齐斯德〈文学批评原理〉》一文开始在《时事新报·学灯》上连载。而该书的完整版却是由"学衡派"成员所译介的。1923 年，商务印书馆出版该书，书名译为《文学评论之原理》，作者温彻斯特，由景昌极、钱堃新翻译，梅光迪校对。三派持不同文学主张的作家都不约而同地重视同一理论著作，这实在是一个有趣的文学现象。杨晓帆在《重识郑振铎早期文学观中的情感论——对文齐斯德〈文学批评原理〉的译介与误读》一文中，谈到这一有趣现象时说："《文学批评原理》一书实际上是一种'打了折扣的浪漫主义，19 世纪早期原本反叛的、精力旺盛的浪漫主义在维多利亚时代被阿诺德式追求"美好与光明"的道德理想主义所调和'，而这种混杂性的存在，也使得文学主张上意见分歧的接受者难免在译介文著时'六经注我'，对文齐斯德的文学情感论作出不同的筛选与

---

① 苏雪林：《现代文艺发刊词》，载《青鸟集》，商务印书馆 1938 年版，第 91—92 页。

改造。”但他依然指出，若用白璧德的理论来论，文却斯德就是一个典型的人文主义者，而郑振铎则是对其进行“人道主义”的误读。①

阿诺德、白璧德都是梁实秋所推崇的新人文主义理论的代表人物。也就是说，苏雪林对文却斯德的接受，正是因为后者身上的新人文主义倾向吸引了她。但苏雪林对文却斯德的接受却不是通过上述三家的译介，而是来自本间久雄的《文学概论》。

苏雪林在批评郁达夫的文章中曾写到，郁氏小说人物的“色情狂”倾向其实是他自己的写照，并不是一般青年人的特征，“小说贵能写出人类‘基本的情绪’和不变的‘人间性’，伟大作品中人物的性格虽历千百年，尚可与读者心灵起共鸣作用，郁达夫作品中人物虽与读者同一时代，却使读者大感隔膜，岂非他艺术上的大失败？”②其中“基本的情绪”和“人间性”正是本间久雄在其《文学概论》中介绍文却斯德观点时常用的术语。文却斯德举出文学有四要素：情绪（emotion）、想象（imagination）、思想（thought）和形式（form）。其实文却斯德所说的“情绪”跟创作社成员们推崇的个性化的情感，有明显的不同。文却斯德认为，各个的情绪虽然是瞬间的、个性的，但人间一般的感情、情绪却是永久的、共通的、不变的，“连续的各感情的波浪，虽然在一寸之间倏起倏灭，但波浪的大洋，却历几世几代不绝地波动着”。所以说荷马时代的学问虽然已废，但荷马却不废，就是因为荷马是诉诸人间不灭的情绪的缘故。如果没有这种不变的情绪，就决不会产生出优美的文学。③

---

① 参见杨晓帆《重识郑振铎早期文学观中的情感论——对文齐斯德〈文学批评原理〉的译介与误读》，《河北学刊》2010 年第 30 卷第 5 期。

② 苏雪林：《郁达夫及其作品》，载沈晖编《苏雪林文集》（第三卷），安徽文艺出版社 1996 年版，第 320 页。

③ 参见〔日〕本间久雄《文学概论》，章锡琛译，开明书店 1930 年出版，第 23—24 页。

我们惊讶地发现，文却斯德被田汉推崇的"情绪"，其实更近似于梁实秋所说的人性："（一个资本家和一个劳动者）他们的人性并没有两样，他们都感到生老病死的无常，他们都有爱的要求，他们都有怜悯和恐怖的情绪，他们都有伦常的观念，他们都企求身心的愉快。文学就是表现这最基本的人性的艺术。"[①] 所以，苏雪林在文章中呼应梁实秋的时候，才会多次引用文却斯德的话，她正是经由文却斯德"基本的情绪"说，而抵达梁实秋的"基本的人性"说。既然基本的情绪和人性是不变的，那能够表现不变的情绪和基本的人性之文学，自然也含有永久性和普遍性，用文却斯德的话说就是含有"永久的兴味"（permanent interest）。[②]

在具体的批评实践中，苏雪林常用文学有无表现人类"基本的情绪"和不变的"人间性"来衡量作品价值的高低。比如她指出，许多作家的作品虽"喧赫一时"，不久都烟消火灭，被时代遗忘，而冰心的作品却如"一方光荣的纪念碑，巍巍然永远立在人们的记忆里"，其原因是她以"爱的哲学"为起点，写母亲的爱、小孩的爱、自然的爱这一类有超越时代界限的情感，其实也就是指"基本的情绪"，或者"不变的人性"。苏雪林把冰心的作品比作大米饭，认为"在举世欢迎大黄硝朴的时代，大米饭只好冷搁一边，但是等到病人的元气略为恢复，又非用它不可了。文却斯德说文学须含有'永久的兴味'，我说冰心的作品就是具有这样'永久'性的"[③]。在苏雪林那里，所谓"基本的情绪"和"不变的人性"是同一层面的概念，它们共同指向的是文学

① 梁实秋：《文学是有阶级性的吗？》，载《梁实秋文集》编辑委员会编《梁实秋文集》（第1卷），鹭江出版社 2002 年版，第 322 页。

② 参见［日］本间久雄《文学概论》，章锡琛译，开明书店 1933 年版，第 19 页。

③ 苏雪林：《冰心及其〈超人〉等小说》，载沈晖编《苏雪林文集》（第三卷），安徽文艺出版社1996 年版，第 230—234 页。

的 "永久的兴味"。

　　再次，苏雪林还强调理性在文学中的节制作用。研究者在谈到梁实秋的文学观时总会提到 "以理节情" 的说法，理性与情感不言而喻是一组对立的概念，但应该说这是一个不大准确的说法。在梁实秋那里，一方面并不反对文学应该表现情感，"情感不是一定该被诅咒的"；另一方面，理性与情感不是对等的范畴，而是把理性作为最高的节制机关。也就是说，情感、想象都是文学的必须要素，但都要在理性的指导下运用，理性不仅节制情感，也节制想象："文学的态度之严重，情感想象的理性的制裁，这全是文学最根本的纪律。" 此外，理性对形式也有要求。梁实秋认为形式虽然是限制，但唯有 "在限制之内才有自由可言"。当然，形式的意义不在于 "字句的琢饰，语调的整肃，段落的均匀"，"我们注意的是在单一，是在免除枝节，是在完整，是在免除冗赘"。①

　　苏雪林没有像梁实秋这样完整表述过理性在文学中的作用，但上述观点却处处体现于她的批评实践当中。或者说，相对于梁实秋的重理论而轻实践，她倒更像是一个 "名副其实" 的古典主义批评家。

　　苏雪林从没有轻视过想象与情感之于文学的作用。比如她的老师胡适评价杜甫的 "江天漠漠鸟双去，风雨时时龙一吟"，认为上句写景很美，下句便坏了，原因是龙是兴云作雨的神物，是虚幻的东西，写在诗里不合事实。她却认为以 "想象" 来凭空创造和补足是诗人的特权，否则屈原、但丁和歌德等都不能在文学占一席之地。② 至于情感，多情的徐志摩便是她最为喜欢的诗人之一。不过，一旦情感或想象的使用趋于泛滥的程度，她便毫不客气地给

---

① 梁实秋：《文学的纪律》，载《梁实秋文集》编辑委员会编《梁实秋文集》（第 1 卷），鹭江出版社 2002 年版，第 139—147 页。

② 参见苏雪林《中国二三十年代作家》，台湾纯文学出版社 1986 年版，第 47—48 页。

予批评，"徐志摩的作品，有时为过于繁复的辞藻所累，使诗的形式缺少一种'明净'风光，有时也为作者那抑制不住的热情——所谓初期汹涌性——所累，使诗的内容略欠一种严肃的气氛"①。对一些文坛前辈之作，如朱自清和俞平伯的同题散文《桨声灯影里的秦淮河》曾成为文坛佳话，苏雪林却直言不讳，说朱自清"把那'一沟臭水'点染得像意大利威尼斯一样"，是"描写力"的滥用。②这"描写力"自然也包括想象力。

　　所以说，情感和想象固不可少，但都必须在理性的制约下合理地使用。对于巴金小说中的热情无节制，苏雪林就指出："伟大作品需要多量的感情，也需要多量的理智。感情用来克服你，理智却用来说服你了。受感情的克服，效果是暂时的，受理智的说服，才是永久的。"③当然，巴金在她眼中终究还是个可爱的作家，他的情感虽然过于汹涌毕竟还真诚、纯正。而对郁达夫和郭沫若，苏雪林则素无好评，因为她坚持认为这二人情感的不"道德"性，所以前者小说中无休止的"自怨自艾"和后者诗歌中无节制的"大喊大叫"，她也就无法忍受。这正如梁实秋所认为的，理性不仅要节制情感与想象，使之不至过于泛滥，也要辨别其质地的纯正与否。

　　那如何在理性的约束下使情感和想象得到合理的发挥，苏雪林喜欢用到一个词："力量"。她拿丁玲与凌叔华做"力量"的对比，按说应该是前者的文字魄力更具磅礴之势，后者却常被人看作"闺秀作家"。但苏雪林不这样认为，她说"（丁玲的）力量用在外边，很容易教人看出"，凌叔华的力量则深

---

① 苏雪林：《闻一多的诗》，原载《现代》1934年第4卷第3期，载沈晖编《苏雪林文集》（第三卷），安徽文艺出版社1996年版，第174页。

② 苏雪林：《俞平伯和他几个朋友的散文》，原载《青年界》1935年第7卷第1号，载沈晖编《苏雪林文集》（第三卷），安徽文艺出版社1996年版，第210—211页。

③ 苏雪林：《中国二三十年代作家》，台湾纯文学出版社1986年版，第415页。

蕴于文字之内，"而且调子是平静的"。她举《杨妈》一文来阐释。温恭善良的杨妈为了一个不成材的儿子的失去，割肚牵肠，到头将一条老命牺牲在儿子的寻访上，读者谁不为她可惜？但作者描写这个"日常悲剧"，只用一种冷静闲淡的笔调平平叙去，"没有一滴泪，一丝同情，一句呜呼噫嘻的话头，却自然教你深切地感动，自然教你在脑海里留下一副永不泯灭的悲惨印象，试问这力量是何等的力量？"[1]在苏雪林的心目中，因节制而带来的力量远比放纵的力量更能打动人心。或许用梁实秋的话来表达更为恰当："伟大的文学家，不在乎能写多少，而在乎能把多少不写出来。"[2]

按这种标准去评价诗歌，苏雪林发现，虽然她从情感上来说更亲近徐志摩，但不得不承认闻一多在艺术上更成熟，因为他的每首诗都看出是用异常的气力做成的，"这种用气力做诗，成为新诗的趋向"[3]。她所说的"用气力做诗"，其实就是指在理性的约束下运用情感和想象，精练诗歌的形式，即所谓"戴着镣铐跳舞"。因而，她认为，《红烛》当然是好的，而且一开始便表现了"精练"的作风，但《死水》更为"淡远"，接近于炉火纯青。这种"淡"，不是淡而无味的淡，而是把色都"收敛到里面去了"。

三、与论说者处于同一境界

上海文学出版社在 1936 年推出一本文学评论集《作家论》，里面收录了

---

[1] 苏雪林：《凌叔华的〈花之寺〉与〈女人〉》，原载《新北辰》1936 年第 2 卷第 5 期，载沈晖编《苏雪林文集》（第三卷），安徽文艺出版社 1996 年版，第 227 页。

[2] 梁实秋：《"艺术就是选择"说》，载《梁实秋文集》编辑委员会编《梁实秋文集》（第 1 卷），鹭江出版社 2002 年版，第 176 页。

[3] 苏雪林：《闻一多的诗》，原载《现代》1934 年第 4 卷第 3 期，载沈晖编《苏雪林文集》（第三卷），安徽文艺出版社 1996 年版，第 175 页。

茅盾、穆木天、许杰、胡风及苏雪林五人共 10 篇对新文学作家的批评。其中苏雪林是以《沈从文论》一文入选。此后，对苏雪林新文学批评的研究，常常是在"作家论"研究的大框架下进行的。虽然苏雪林的"作家论"受到茅盾批评文体的一定影响，但总体上而言，无论思想倾向还是文体特点，她都与前四位有较大差别。因为苏雪林的批评文章大多来自她的教学讲义，因面对学生常常需要对作家作品作面面俱到的解读，所以苏雪林的新文学批评更像一种杂糅体，把众多批评家的特点熔于一炉。其中，既有中国传统文学批评的"知人论世"的特点，即把人格标准置入对作家的整体评价之中。同时，受茅盾的影响，重视对作家创作时代背景的分析；也遵循梁实秋对批评家的要求，在批评中敢于下判断；又不忘面对作品的感性体悟，认同李健吾式的"同情"，与所论者多处于同一处境，寻求心灵的呼应。

梁实秋曾经谈到美国批评家斯冈的一个有趣的比喻，说我们读一个作家的作品，犹如吃一个厨师做的菜，常常只会问菜是否可口，绝不会去追问那厨师的人品如何，性格怎样，是否爱说谎，有没有偷过女人，等等。当然，他是在反面意义上举这个譬喻的，他认为，烹调的艺术与文学的艺术并不在一个水准上，烹调求其可口，对文学，我们则"不仅欣赏其文学的声调音韵之美，结构的波澜起伏之妙，描写的细腻绚烂之致；我们还要体味其中的情感、想象、意境；我们还要接受其中的煽动、暗示、启发；我们还要了解其中的无法不涉及作者的为人处世的态度"[①]。

将文学与伦理学联系在一起，是苏雪林与梁实秋等新人文主义者们共同的特点，"人格"成为苏雪林进行文学批评的一个关键词。比如她推崇冰心，

---

① 梁实秋：《诗与诗人》，载《梁实秋文集》编辑委员会编《梁实秋文集》(第 1 卷)，鹭江出版社 2002 年版，第 600 页。

是因为"读冰心文字，每觉其尊严庄重的人格，映显字里行间，如一位仪态万方的闺秀，虽谈笑风流而神情肃穆，自然使你生敬重心"[①]。贬抑张资平，则是因为其"作品中常有作家不良人格的映射"[②]。她情绪的两端——对一个作家的喜欢和对一个作家的反感——常常源自对该作家的人格判断。

她笃信法国作家布封的名言"风格即人"，认为"粪土里生不出美丽的花，下流淫猥的脑筋里，也产不出高尚纯洁的文学，所以文学家的品格不能不注意培养了"[③]。其实她对布封的说法有着一定的误解。布封提出"风格即人"是启蒙运动的结果，他以强调艺术家的主体性和个性来解脱神学对艺术的束缚，正如卢那察尔斯基所说："法国人说：'风格有如其人'，他们相当正确的断言，每一位作家，只要是无愧于自己的称号的，都有自己独树一帜的风格。"[④] 而苏雪林对之进行伦理学改造，为人的主体性注入大量道德成分。这一方面固然是受新人文主义的影响，文学应表现常态的人性，而作品受作家的个性影响，那作家自然应该具备健全的人格。与此相近，中国传统文学批评"知人论世"的影响也潜伏其中。

人格论成为苏雪林批评生涯中的双刃剑，当她能够准确抓住作家人格特性，对作家与作品进行互文性解读时，她的文字往往能够鞭辟入里，发人所未发；一旦遭遇其所无法理解的人格类型，好比深刻如鲁迅者，性情如郁达夫者，她就方寸大乱，走向极端。人格论沦为道德的大棒，大棒挥过，留下

---

① 苏雪林：《中国二三十年代作家》，台湾纯文学出版社 1986 年版，第 80 页。
② 苏雪林：《多角恋爱小说家张资平》，载沈晖编《苏雪林文集》（第三卷），安徽文艺出版社 1996 年版，第 315—316 页。
③ 苏雪林说："我信法国蒲封（Buffon，1707—1788）'作品即人'（Le Style，c'est l'homme）的话。"苏雪林：《中国二三十年代作家》，台湾纯文学出版社 1986 年版，第 38 页。
④ 北京师范大学文学理论教研室编：《文学理论学习参考资料》，春风文艺出版社 1982 年版，第 634 页。

的往往只能是处处批评的硬伤。

正面的例子是评论徐志摩。苏雪林一向喜欢徐志摩，在《论徐志摩的诗》一篇里，她从形式和精神两个角度观察徐氏的诗歌世界，虽然评论形式乏善可陈，但探讨精神这一面却笔底生花，因为她真切地触摸到了作者的精神内核。她首先为徐志摩推掉了"唯美派"的帽子，认为他其实是理想派，因为唯美派的文人常常把自己深藏于象牙塔里，或高坐于艺术宫殿上，除醉心于古希腊或异国文艺之外，与现实世界非常隔膜。理想主义者则不然，"他们看定了人生固然丑陋，但其中也有美丽；宇宙固然是机械，而亦未尝无情。况且他们又认识人类'心灵力'可以创造一切。宇宙是个舞台，人类是这舞台上的表演者，我们固可以排演出许多毫无精彩恹恹欲绝的戏剧，我们也可以表现出许多声容荼火，可歌可泣的戏剧，只看我们肯不肯卖力罢了"。徐志摩当然是卖力者，他所执念于心的是呈现人生美好的一面，即对人生美的追求，而这追求不仅仅是为了慰安自己，更想借此改善人生。

苏雪林打破常人认为徐志摩专注于爱情书写的固有印象，说他既写明月、星群、晴霞、山岭的高亢、流水的光华、朝雾里轻含闪亮珍珠的小花草、像古圣人祈祷凝成"冻乐"似的五老峰，也写雪中哭子的妇人、垃圾桶边捡煤屑的穷人、深夜拉车过僻巷的老车夫、跟着钢丝轮讨钱的乞儿、沪杭车中的老妇、蠢笨污秽的兵士。无论是前者还是后者，都是他寻求人生美的表现，因为"贫穷不是卑贱，老衰中有无限庄严"。

苏雪林认为，徐志摩上述理想主义的追求正是他真诗人人格的表现。她是这样给诗人人格下定义的："第一，诗人宜具热情，第二，诗人宜有宽大的度量。"热情的徐志摩永远像"春光、火焰、爱情"，永远"是热，是一团燃烧似的热"，他"燃烧自己的诗歌发出金色的神异光，燃烧中国人的心，从冰冷转到温暖，如一阵和风，一片阳光，溶解北极高峰的冰雪，但是可怜的是最后燃烧了他自己的形体，竟如他所说的像一只夜蝶飞出天外，在星的烈焰里变了灰"。而心胸博大的徐志摩在谩骂之风蔓延的新文学界始终"持保他博大的同情，即受人无理谩骂，亦不肯同骂"①。苏雪林正是用这样诗般的语言为诗人立此存照，如果不是和诗人灵魂相通、精神相投，何以有这样的感情喷发。

也许是过于偏爱徐志摩，连他与张幼仪离婚再娶陆小曼一事，都被解读为是其"人生美"追求在现实中的贯彻。最后她把徐志摩定位为新诗界的李后主，这种精准的审美眼光，在几十年后得到了另外一位批评家的呼应："假如徐志摩没有意外夭折，而像李后主那样经历一番沧桑和磨难，其诗歌成就完全有可能青出于蓝。后主落难之前的词境，远不如徐志摩这般空灵。"②顺便一提的是，她对诗人人格的两条定义，与梁实秋在《诗与诗人》一文中所说，诗人在修养上需要具备的三个条件中的前两条不谋而合：梁氏认为诗人对于人生要有浓厚的兴趣，苏雪林则认为"诗人宜具热情"；梁氏认为诗人要摒弃名利观念，苏雪林则认为"诗人宜有宽大的度量"。③

反面的例子则是对鲁迅人格的全面否定，以及对创造社诸君的道德评判。这里仅以其评郁达夫为例，"反鲁"一事留待下节专论。郁达夫是五四新文学中非常重要的作家，他以卢梭似的真诚自剖，呈现出那一代知识青年内心的欲望、纷扰与苦闷。由于这种苦闷常以性的形式体现，所以屡遭批评家的诟病，苏雪林正是诟病者之一。与其他人不同的是，她对郁达夫的批评是以从

---

① 苏雪林：《中国二三十年代作家》，台湾纯文学出版社 1986 年版，第 108—113 页。

② 李劼：《百年风雨：走过二十世纪的中国政治演变和文化沧桑》，台湾允晨文化实业股份有限公司 2011 年版，第 337 页。

③ 梁实秋：《诗与诗人》，载《梁实秋文集》编辑委员会编《梁实秋文集》（第 1 卷），鹭江出版社 2002 年版，第 601—603 页。

内容到形式全盘否定的态度出现的。

苏雪林认为，郁达夫常在小说中表现性苦闷，实际上是"色情狂"的倾向，也正是他自己的真实写照。郁氏的作品多为自叙传性质，主人公大多有着他自己的气质和经历，并宣称"文学作品都是作家的自叙传"。苏雪林对此不以为意，说他这样宣称，无非因为艺术手腕过于拙劣，"除了自己经历的事件便无法想象而写不出罢了"。这里她忘了自己在20世纪20年代所写的《棘心》《绿天》等作品，其实也可以算是自叙传。

她批评郁达夫的小说艺术有三大缺陷：一是不注重结构，全为"生活的断片"；二是句法单调；三是人物的行动没有心理学上的根据。她质疑《沉沦》的结尾道："我们实在不知道那堕落青年的自杀，到底受了祖国什么害？他这样自杀与中国的不富不强，有什么关系？"只是她又忘了自己在《棘心》中对祖国军阀横行的大段控诉，其直白的程度和呼告的惨烈有过之而无不及。她认为郁氏的作品毫无力量，"他叫喊得越厉害，读者愈觉得这不过是小丑在台上跳来跳去扮丑脸罢了，何尝能得到一丝一毫真实的感想？"[1]

对郁达夫某些作品散漫、单调的缺点，苏雪林说得不无道理，但对这样一个重要作家以如此严厉的语气一棍打死，则让人对其批评的客观性产生怀疑，难怪有人认为她所采用的"人格"标准背后，隐藏的是小团体倾向："难道在苏雪林看来，提倡纵欲的邵洵美的人品比描写性苦闷的郁达夫要高？恐怕未必。苏雪林之所以对邵洵美诗歌并不反感，实在是因为邵氏和新月派诸人关系密切，在新月派刊物上发表诗歌，当然就是苏雪林的'自己人'了。在这个时候，人情关系显得比意识形态更重要。"[2]这样的说法虽然尖刻，但

---

[1]　苏雪林：《中国二三十年代作家》，台湾纯文学出版社1986年版，第316—325页。

[2]　张传敏：《民国时期的大学新文学课程研究》，人民出版社2010年版，第122—123页。

一针见血地指出了"人格"一词可能存在双重标准的倾向。

不过，我觉得最根本的原因还是她对人格概念理解的道德隘化，使之无法接受郁达夫这种与传统士大夫迥异、敢于赤裸裸解剖自我内心的真诚人格。其实，徐志摩和郁达夫的文学表达都是真诚的，只不过一个是以爱的形式对外作感情的迸射，一个则是以恨的形式对内作自我意识的开掘。苏雪林对前者表示欣赏，对后者却很难接受，正是因为后者不是她所能理解的人格类型。而这种对作家人格的不相容，进而影响到她对其作品艺术水准高低的评估。所以说，人格论是一把双刃剑，用不好就可能会损害自己的审美感知。

苏雪林文学批评的另一个特点，是敢下判断。比如当别人都还在对李金发诗歌的晦涩难懂表现出茫然的时候，她就总结出李氏诗歌有"朦胧恍惚意义骤难了解""神经的艺术""感伤的情调""颓废的色彩"和"异国的情调"等特点，并指出其诗歌艺术特征是"观念联络的奇特""善于用拟人法"和"省略法"。[①] 这些判断在今天看来对解读李诗依然有效。

但她成功的判断并不是空中楼阁，而是建立在大量文本细读的基础之上。如果用梁实秋对批评和批评家的界定来衡量苏雪林，她应该算是一个真正意义上的批评家，因为"批评就是判断，批评家就是判断者"[②]。总体来说，她的敢下判断体现在以下两个方面。

其一是确定价值。梁实秋反感文学批评沦落为"文学作品的注解"，认为文学批评的任务应该是"在确定作品的价值，而不在说明文学作品的内容

---

① 苏雪林：《中国二三十年代作家》，台湾纯文学出版社 1986 年版，第 161—168 页。
② 梁实秋：《论批评的态度》，载《梁实秋文集》编辑委员会编《梁实秋文集》（第 6 卷），鹭江出版社 2002 年版，第 437 页。

与其对外界之关系"①。苏雪林受梁实秋的影响颇深，后者对文学批评的界定往往可以用来对前者的批评实践进行互文性解读。因为作家的表现对象是人生或者人性，苏雪林由此确定作家或作品的价值主要通过总结作者的人生观或"理想"来实现。

在 20 世纪 30 年代初，沈从文作品还没有引起评论家足够重视的时候，她就一针见血地指出，沈氏作品的理想是"想借文字的力量，把野蛮人的血液注射到老态龙钟，颓废腐败的中华民族身体里去，使他兴奋起来，年青起来，好在 20 世纪舞台上与别个民族争生存权利"②。苏雪林的这一判断及时、精准，也得到后来研究者的认同，成为沈从文研究中引用频率非常高的文献。比如俞兆平说："这点在当时非常难得，似乎只有苏雪林算是真正读懂了沈从文。"因为"以文字的力量，把新的生命之血注入衰老的肌体；以野蛮气质为火炬，引燃民族青春之焰，这就是沈从文的创作动机与作品的功能、意义之所在"③。由钱理群、吴福辉、温儒敏等合著，被认为是中国现代文学领域最权威的高校教材《中国现代文学三十年》也引用了苏雪林这一观点。

苏雪林还善于从作品的内在冲突来发掘作家思想的矛盾之处。比如她认为王统照的《一叶》《黄昏》等小说是以决定论（determinism）和宿命论（fatalism）为思想骨干，但不彻底，人物"一面拜倒于命运的无上威权，一面也相信人类心灵神奇的能力"，所以他虽然认为命运必给人带来痛苦，但又试

---

① 梁实秋：《文学批评辩》，载《梁实秋文集》编辑委员会编《梁实秋文集》（第 6 卷），鹭江出版社 2002 年版，第 123 页。

② 苏雪林：《沈从文论》，载沈晖编《苏雪林文集》（第三卷），安徽文艺出版社 1996 年版，第300 页。

③ 俞兆平：《浪漫主义在中国的四种范式：鲁迅、沈从文、郭沫若、林语堂》，广西师范大学出版社 2011 年版，第 65 页。

图以"爱"和"美"来消弭命运所带来的痛苦。[1] 对于这种矛盾性，她在叶绍钧身上也发现了。苏雪林认为叶氏小说呈现出作者乐观与悲观共存的双重人格，他既"借着美丽的幻想，来美化丑恶的人生"，又"以写实作风刻划社会黑暗真相"。一开始这悲观与乐观的分量在叶绍钧内心的天平上还是比较均衡的，但随着中国社会各方面状况的江河日下，民众生活贫困日甚一日，"悲观这一头秤盘好像加多几个砝码，渐渐沉重起来而向下坠……"[2] 应该说，苏雪林的这些判断基本符合上述作家作品的本相。

其二是直言褒贬。夏志清曾经直言不讳地指出："现在的批评家都不敢论断作品的好坏，但是文学批评如果不能区分好坏的话，那又有什么作用呢？这应该才是最基本的功夫。"[3] 说到底，敢于直言作品的好坏除了需要良好的审美判断力之外，还跟批评家的勇气有关。在这一点上，苏雪林算是一个出言无忌的批评家。

她掩饰不住对徐志摩的钦慕和喜欢，认为他是新诗界的李后主；对冰心也大加推崇，说冰心的作品有永久的价值；在散文方面，则认为叶绍钧的文章结构严谨、针缕绵密，文字则无一懈笔、无一冗词，"沉着痛快，惬心贵当，既不是旧有白话文的调子，也不是欧化文学的调子，却是一种特创的风格，一见便知道是由一个斫轮老手笔下写出来的"。她甚至认为就散文艺术本身而论，叶氏要超过以思想见长的周作人，"这实在是散文中最高的典型，创作最正当的轨范，岂惟俞平伯万不及他，新文坛尚少敌手呢……"[4] 艺术评判

---

① 参见苏雪林《中国二三十年代作家》，台湾纯文学出版社 1986 年版，第 306—314 页。

② 参见苏雪林《中国二三十年代作家》，台湾纯文学出版社 1986 年版，第 299—306 页。

③ 郝誉翔：《在秋日的纽约见到夏志清先生》，《联合文学》2002 年第 6 期。

④ 苏雪林：《俞平伯和他几个朋友的散文》，原载《青年界》1935 年第 7 卷第 1 号，载沈晖编《苏雪林文集》(第三卷)，安徽文艺出版社 1996 年版，第 213 页。

标准因人而异，也许有人未必赞成其观点。但至少这绝不会是苏雪林的阿谀之赞，因为就文坛地位而言，叶绍钧远不如周作人。

对批评对象的优点不吝溢美之词，而说起缺点她便换了一副严厉的面相。苏雪林虽然惊叹于沈从文的才气，但对其创作中的问题也直言不讳，认为其缺点是过于随笔化和描写烦冗拖沓。尤其后一点，她连着用了好几个比喻来说明，说其有似老妪谈家常，叨叨絮絮，说了半天别人听着却茫然不知其命意所在；又说好像用软绵绵的拳头去打胖子，打不到他的痛处；然后把沈从文跟王统照捆绑一起作靶子："世上如真有'文章病院'的话，王统照的文字应该割去二三十斤的脂肪，沈从文的文字则应当抽去十几条使它全身松懈的懒筋。"她对沈从文爱玩手法也不以为然，认为他之所以不能如鲁迅、茅盾、叶绍钧、丁玲等人一样成为一流作家，就是因为这"玩手法"三个字决定的。[1] 现在来看，这样的定位显然有失公允，尤其随着启蒙现代性所带来的负值影响越来越明显，沈从文以自然人性对抗现代文明的价值也愈加凸显，已然超越叶绍钧、丁玲等人，甚至茅盾，而和鲁迅一起跻身于一流作家的行列。但就当时的语境来说，苏雪林的判断也并非完全说不过去。

对年轻作家直陈褒贬，对资深作家她也丝毫不顾情面。比如对朱自清的批评就近乎严苛，认为其文字表面虽华瞻，而内容殊嫌空洞；把朱比喻为"乡间孩子初入城市，接于耳目，尽觉新奇，遂不免憨态可掬"。她甚至拈出仙岩梅雨潭的《绿》中一段关于"女儿绿"的文字，认为这是"最可厌的滥调"，是"近人所讥笑的洋八股"。[2] 进行文学批评时候的苏雪林有如安徒生笔

---

[1]　苏雪林：《沈从文论》，原载《文学》1934 年第 3 卷第 3 号，载沈晖编《苏雪林文集》(第三卷)，安徽文艺出版社 1996 年版，第 303—304 页。

[2]　苏雪林：《俞平伯和他几个朋友的散文》，原载《青年界》1935 年第 7 卷第 1 号，载沈晖编《苏雪林文集》(第三卷)，安徽文艺出版社 1996 年版，第 209—212 页。

下的孩子，不考虑被批评者的感受，只顾说着内心的真话，有时候出语难免刻薄。难怪一直到晚年沈从文还对《沈从文论》耿耿于怀，无法原谅她。①

　　无论如何，苏雪林是一个独立思考、敢于发言的批评家。有学者就敏锐地指出："苏雪林的批评是一种阐释与判断相济的批评，冷静的理性是其运思的基础。"②当然，前提是冷静的理性，一旦她批评的笔触越过了理性的边界，就有可能走向偏执，甚至沦于粗暴。这一点在"反鲁"和"反郁"等问题上就表现非常明显。

　　苏雪林文学批评中最有价值的篇章，往往是能与所论者处于同一境界。陈寅恪在《冯友兰中国哲学史上册审查报告》中写道："所谓了解者，必神游冥想，与立说之古人，处于同一境界……"③虽谈治史，用于文学批评未尝不可。苏雪林曾有《论"将军的头"》一文，说到施蛰存以梦暗喻人物潜意识，举《狮子座流星》为例，把卓佩珊夫人想生儿子的梦绘声绘色解读了一番："卓佩珊夫人想生儿子的欲望，正在脑筋里闹得不可开交，听了狮子座流星出现的新闻和巡警戏言，同旧日所闻的日月入怀主生贵子的传说和射在眼皮上的朝阳，丈夫牙梳的落地声，连结一片，成此一梦。"④李劼认为此番读解可谓"洞幽烛微"，其审美眼光"担当得起陈寅恪所说的与所论者处于同一境界的

---

① 晚年的沈从文在个人信件和访谈中多次提到苏雪林的《沈从文论》，认为这是"一个立法委员的判决书"，不满情绪非常浓郁。参见《沈从文全集》（第26卷），北岳文艺出版社2002年版，第7—8页；沈从文著，王亚蓉编《沈从文晚年口述》，陕西师范大学出版社2003年版，第170页。

② 许道明：《中国现代文学批评史》，江苏文艺出版社1995年版，第376页。

③ 陈寅恪：《冯友兰中国哲学史上册审查报告》，载《陈寅恪史学论文选集》，上海古籍出版社1992年版，第507页。

④ 苏雪林：《中国二三十年代作家》，台湾纯文学出版社1986年版，第384页。

褒奖"。① 用史学大家谈治学境界之语，套在一个新文学批评家头上，似乎有牛刀小用之嫌，但"与所论者处于同一境界"几个字的确形象地概括出，文学批评家经由"角色代入"与作者发生共鸣的感性状态。苏雪林本身是个作家，她对作家的创作心态有真切的感受和认识，所以，当她进行文学批评时，往往会自觉把自己置于作品所营造的自足世界之中，从而触摸到作家渗入其中的思想和情感。

身为女性作家，她对同性别作家的作品有着更细腻的感悟力。凌叔华有一篇小说《李先生》，写某校一位名叫李志清的舍监，被学生刻薄地称为"脸皮打折老姑娘"，因而引起一腔新仇旧恨。苏雪林发现，整篇小说没有一笔涉及"性的苦闷"，读者却能从人物举手投足间的种种细节感到这位老姑娘的"性的苦闷"，如李志清"厌见女学生们的华装艳服，厌听她们娇媚的笑声，懒得拆阅她们的情书；对镜自伤迟暮；歪在床上回忆过去为什么不肯结婚的原因；想到现在兄嫂间虚伪的周旋，因而悲凉自己孤独的身世"②。苏雪林本人未必有此经历，但她对李志清行为、心理的精彩读解却绝对置入了自己的个人体验，否则无法做到如此细致入微的品评。

而对另外一位女作家袁昌英的戏剧《孔雀东南飞》，她也有不同的发现。作为中国文学史上经典的叙事诗，《孔雀东南飞》在五四新文学运动初期曾被改写为当时流行的问题剧，通过强化焦母对刘兰枝的种种刁难以控诉封建旧礼教对女性的迫害。而苏雪林指出，袁剧是一次更为成功的改写，因为她把控诉礼教的主题推到其次，着重于普通人性的表现和人物复杂心理的表达，

---

① 李劼：《百年风雨：走过二十世纪的中国政治演变和文化沧桑》，台湾允晨文化实业股份有限公司 2011 年版，第 349 页。

② 苏雪林：《凌叔华的〈花之寺〉与〈女人〉》，原载《新北辰》1936 年第 2 卷第 5 期，载沈晖编《苏雪林文集》（第三卷），安徽文艺出版社 1996 年版，第 226 页。

把婆婆对媳妇单方面的戕害转变为两个女性争夺一个共同的男人的故事。她发现，这时的焦母不再那么高高在上，充满了礼教的威严和虚伪，其疯狂只是因为感受到失去儿子的危险。苏雪林分析到，焦母之所以不容兰枝，固可以说是她性格上的缺陷，但假如她早年不死丈夫，爱情有所寄托，则不至于吃媳妇的醋；再进一步，假如兰枝相貌不美丽，性情不贤淑，才艺不优长，不能得仲卿的爱恋，也不至于有情死的结果。"母亲对儿子的爱，是这么坚强，这么不能让步；儿子对于妻子的爱又是这么坚强，这么不能让步，两者冲突起来，如何不发生悲剧？命运像一座铜墙铁壁，把一群怨女痴男陷在中间，无论他们怎么左冲右突，总是杀不出来，结果是焦头烂额，同归于尽，这也真是'无可奈何天'的凄惨了。"[①]把人物悲剧命运的原因分析得如此丝丝入扣，固然与作品本身改写的成功也不无关系，但批评家设身处地的感受方式自是功不可没。

不过，真要做到与所论者处于同一境界，并不是一件容易的事，批评家与批评对象因为身份不同、性格各异，各自拥有的人生经验也往往不对等，这种矛盾常常会引起批评的隔阂，身为批评家的李健吾就曾经谈到这种尴尬状态："……作者的经验和书（表现）已然形成一种龃龉，二者之间，进而做成一种不可挽救的参差，只得各人自是其是，自是其非，谁也不能强谁屈就。"所以他认为，当一个批评家用自己的经验去裁判另一个人的经验的时候，必须保持必要的"同情"。[②]当然，在这一点上，苏雪林自身作为作家，在评论她同时代作家（其中很多还有过或亲或疏的交往）时就有了别人不具备的优势。杨健民在研究中国现代作家论时发现，这些兼具作家身份的批评

---

① 苏雪林：《中国二三十年代作家》，台湾纯文学出版社 1986 年版，第 511 页。

② 参见李健吾《答巴金先生的自白》，载《李健吾文集》，北岳文艺出版社 2016 年版，第 48 页。

家"如此近距离地观察自己熟悉的作家，这就必然带着他们个人喜好中的许多印痕。这些印痕大部分是感性的，然而它们却包含着许多独特的美学发现"①。在苏雪林一批优秀的批评文章中，就存在不少这样的感性"印痕"。

苏雪林曾与新月派诗人朱湘在安徽大学共事，在论及后者诗歌特点之"音节的调协"时，她谈起曾亲听作者朗诵《摇篮歌》一诗的体验："其音节温柔飘忽，有说不出的甜美与和谐，你的灵魂在那弹簧似的音调上轻轻簸着摇着，也恍恍惚惚要飞入梦乡了。"②这样的发现未必多深刻，但其因亲身经历而得来的特殊美感，是很多职业批评家所无法体验的。而评论另外一位早夭的诗人白采，苏雪林则从赵景深对她所讲的一事谈起，说白采常在自己的书案上放置一具人的头骨，黑洞洞的眼窟和白森森的牙齿让来访的客人感到毛骨悚然。时时面对骷髅，意味着现实生活中的白采，面对死亡的态度已经很坦然，至少他是思考过死亡。当带着这种对作者的了解进入作品，苏雪林在《羸疾者的爱》一诗中发现了尼采思想。尼采的"超人"，比现代人更强壮，更聪慧，更有能力，"措置世界万事，使文化进步一日千里，呈现庄严璀璨之壮观"。但作品中的诗人却患了不治之症，生理、心理均呈病态，遂自惭形秽，无论如何不肯接受那女郎的爱，并劝其找武士一般壮硕的人结婚，好改良我们这积弱的民族。③

当然，这样的批评方式既要能入乎其内，也要能出乎其外，否则，如果仅仅只能根据自己的感性经验解读作品，当遭遇与自己经验格格不入的文本时，必然会产生批评的偏执。正如苏雪林就无法理解郁达夫的小说《迟桂

---

① 杨健民：《批评的批评——中国现代作家论研究》，海峡文艺出版社 2004 年版，第 90 页。

② 苏雪林：《论朱湘的诗》，原载《我们诗》第一卷，1933 年武汉大学荒村诗社印，载沈晖编《苏雪林文集》（第三卷），安徽文艺出版社 1996 年版，第 145—146 页。

③ 参见苏雪林《中国二三十年代作家》，台湾纯文学出版社 1986 年版，第 143—152 页。

花》，她质问道：“我要问一个小村长大，仅识之无的中等阶级的少年寡妇，是否肯单独陪伴一个男子去游山？游山的时候，是否能在最短时期里与男子恋爱？”自小在县衙长大、颇受男女之防教育的她，当然无法理解一个完全成长于大山间、毫无心机的淳朴姑娘的行为和想法。

四、正义的火气与批评的硬伤

苏雪林是一个优秀的作家与批评家，但在很长一段时间里，都没有得到足够的认可，其中一个重要原因是，她在鲁迅逝世后不久即以“鞭尸”的形式举起“反鲁”大旗，引起几乎整个文坛的反感，甚至包括一些原本与她属同一阵营的自由主义知识分子。从之前对鲁迅小说的高度评价，到后来对鲁迅人格“泼妇骂街”式的批评，两者间巨大的反差遮蔽了苏雪林在其他批评文章中的诸多洞见和业绩，成为她批评生涯的一个“硬伤”和“污点”。苏雪林的突然“变脸”让很多人百思不得其解，为寻找答案花费了不少研究者的笔墨。笔者认为，“反鲁”是她以人格为起点的新人文主义道德化批评的逻辑结果。以道德的名义做出不道德的批评，打着理性的旗帜进行非理性的人身攻击，这样的悖论恰恰出现在苏雪林这位优秀的文学批评家身上，其思想与心理动因值得探究。

在对这一事件的寻解过程中，材料判断的失当常常会造成研究的盲点，所以对其始末的回放很有必要。已有材料显示，在鲁迅生前，二人的正式会面只有一次[①]，即 1928 年 7 月 7 日由北新书局老板李小峰牵头组织的酒席上。

---

① 在 1928 年 3 月 14 日致章廷谦的信中，鲁迅提道：“该女士（指苏雪林）我大约见过一回，该即将出‘结婚纪念册’者欤？”［载《鲁迅全集》（第 12 卷），人民文学出版社 2005 年版，第 109 页。］但鲁迅也只是说“大约”，苏雪林没提过此事，即使见面也未必是正式会面。

鲁迅、苏雪林，还有同席的郁达夫都从不同角度记录了这一次聚会。鲁迅的日记向来简单，只记录事实，不发表任何议论："午得小峰束招饮于悦宾楼，同席矛尘、钦文、苏梅、达夫、映霞、玉堂及其夫人并女及侄、小峰及其夫人并侄等。"[①] 郁达夫则在日记中对苏雪林做了一番褒扬："中午北新书局宴客，有杭州来之许钦文、川岛等及鲁迅、林语堂夫妇。席间遇绿漪女士，新自法国回来，是一本小品文的著者，文思清新，大有冰心女士小品文的风趣。"[②]

苏雪林的回忆却没有这么愉快，她在晚年的自传中提道：

> 我在上海也曾晤及鲁迅。那是北新书局老板李小峰在一家酒楼办了一席，请凡在他书店出过书的人。北新是当时印行五四后新文艺唯一的书局。因我曾在书店出了三本书，故亦在被邀之列。林语堂、郁达夫、章依萍都在座。鲁迅对我神情傲慢，我也仅对他点了一下头，并未说一句话。鲁迅之所以恨我缘故，我知道。他在北京闹女师大风潮，被教育部长革去他那并不区区佥事之职，南下到广州及厦门大学转了一遭，因我曾在《现代评论》发表过文章，又与留英袁昌英等友好。鲁迅因陈源写给徐志摩一封信，恨陈源连带恨《现代评论》，恨《现代评论》连带恨曾在《现代评论》上写文的我，遂有那天的局面出现。[③]

很多研究者在面对这段材料的时候，自然而然地把鲁迅的傲慢当成苏雪

---

① 　鲁迅：《鲁迅全集》（第16卷），人民文学出版社2005年版，第87页。

② 　郁达夫：《郁达夫全集》（第5卷），浙江大学出版社2007年版，第250页。

③ 　苏雪林：《苏雪林自传》，江苏文艺出版社1996年版，第74页。

林日后“反鲁”的最初动因，认为鲁迅也许没恶意，但苏雪林却在心里埋下了怨恨的种子，因为她的自尊心受到了伤害。如果上述材料属实，那这样的推论自然不无道理。不过，对于这段间隔 70 余年的回忆，其细节的真伪值得推敲。其一，苏雪林说鲁迅对她神情傲慢，她也只是点了一下头。鲁迅的反应当属正常，他日常的性格本就一贯冷峻。所以，说他傲慢不无可能，但绝对谈不上恨苏雪林。更何况，以鲁迅的性格，对头次见面的女性作家过于热情反倒是不正常的表现。那苏雪林是否真按她自己说只是冷淡回应呢？这又是未必。在北京鲁迅博物馆中存有一本作者亲笔签赠的《绿天》，扉页上写着：“鲁迅先生教正学生苏雪林谨赠，7.4.1928。”以两人之前的关系无私下邮书的可能，在鲁迅日记中也未曾提及。从扉页上 7 月 4 日题赠时间推断，应该是苏雪林预先知道鲁迅将会赴 7 月 8 日之宴，所以提前准备好的。既有赠书之事，怎么可能只是点了一下头，何况赠书的语气以学生自居，如此恭敬。其二，苏雪林认为，鲁迅之恨她是因为她在《现代评论》上发文章的缘故。翻看史料，她的确于 1928 年在《现代评论》上分三次连载了一篇关于楚辞研究的论文以及一篇题为《文以载道的问题》的文章，但时间均在此次宴会之后。① 因此何来“恨《现代评论》连带恨曾在《现代评论》上写文的我”之说？苏雪林之所以有此回忆，除可能因年代久远细节模糊外，更主要的原因恐怕是想借此渲染鲁迅的心胸狭隘，和突出自己一贯反鲁的形象。

其实这一时期的苏雪林非但没有“反鲁”的迹象，而且在文学风格上深受鲁迅的影响。她 1925 年在《语丝》上发表的《在海船上》和《归途》明显是鲁迅一派的杂文风格；1927 年创作的《我们的秋天》中最后一篇《颓的梧

---

① 参见《现代评论》第 8 卷，第 206、207、208 期合刊，1928 年 12 月 22 日，岳麓书社影印1999 年版。

桐》则极似鲁迅《野草集》中的《秋夜》。而在发表于 1929 年的《烦闷的时候》里则直接坦陈："不知为什么缘故，这几年来写信给朋友，报告近况时，总有这样一句话：'我近来只是烦闷，烦闷恰似大毒蛇缠住我的灵魂。'这句话的出典好像是在鲁迅先生《呐喊》的序文里，我很爱引用。"[1]丝毫不像刚从"鲁迅先生"那里受了"傲慢"的冷脸的样子。

真正的转变应该是在 20 世纪 30 年代，这一时期的苏雪林跟陈西滢、凌叔华、袁昌英等新月派圈子里的人物走得很近，想必听了不少关于对鲁迅有异议的种种传闻和评价；更重要的是她受到梁实秋文学观念的影响确立了自己的新人文主义立场。《文学有否阶级性的讨论》一文虽未点名道姓直接针对鲁迅，但其文的立场则是旗帜鲜明地站在鲁迅对立面。一些人之所以觉得苏雪林对鲁迅的发难显得突兀，是因为 1934 年 11 月她刚发表了一篇题为《〈阿Q正传〉及鲁迅创作的艺术》的评论文章，用大量篇幅归纳鲁迅小说的思想和艺术，认为仅凭《呐喊》与《彷徨》就足以"使他在将来中国文学史占到永久的地位了"[2]。但仅仅两年之后就翻脸不认人了。其实这并不奇怪，例如，即便是鲁迅的论敌陈西滢，在私下也认为中国现代一流作家只有鲁迅勉强可算，此外则推沈从文了。[3]应该说，在新月派的圈子里，对鲁迅的艺术和人品是分开来评价的。也就是说，此时的苏雪林虽然对鲁迅的小说依然推崇，但

---

① 苏雪林：《烦闷的时候》，原载《真善美》"女作家专号"1929 年 2 月 2 日，载沈晖编《苏雪林选集》，安徽文艺出版社 1989 年版，第 225 页。

② 苏雪林：《〈阿Q正传〉及鲁迅创作的艺术》，原载《国闻周报》1934 年 11 月 5 日，载沈晖编《苏雪林文集》（第三卷），安徽文艺出版社 1996 年版，第 274 页。

③ 王娜在《苏雪林一九三四年日记研究》（《长江学术》2009 年第 1 期）中引用苏雪林的日记："上午到文学院上课。陈通伯先生将沈从文来信还我，并言余所作沈论，誉茅盾、叶绍钧为第一流作家，实为失当，难怪沈之不服。余转询陈之意见，中国现代第一流作家究为何人？陈答只有鲁迅勉强可说，此外则推沈从文矣。"

对他思想与人格的不满已经滋生。在这一问题上，很多人忽略了她在几乎同时期发表的《周作人先生研究》中的一段话：

> 他与乃兄鲁迅在过去时代同称为"思想界的权威"。现在因为他的革命性被他的隐逸性所遮掩，情形已比鲁迅冷落了。但他不愿做前面挑着一筐子马克思，后面担着一口袋尼采的"伟大说谎者"，而宁愿做一个坐在寒斋里吃苦茶的寂寞"隐士"，他态度的诚实，究竟比较可爱。①

很明显，她认为周作人究竟诚实可爱是因为其隐逸不张扬，为人诚实，那言外之意就是鲁迅有哗众取宠之嫌，什么时髦便宣扬什么，毕竟尼采和马克思都是容易受青年所热捧的人物，而且前面挑筐、后面挑担的比喻着实无法让人往褒义的层面想。从认同梁实秋新人文主义的人性论，到暗示鲁迅为人的投机、功利，苏雪林在观念与倾向上对鲁迅的不满可以确定。那为什么一直隐忍不发直到鲁迅去世？这很好理解，连她素所尊重的陈西滢和梁实秋都没能在鲁迅面前占到上风，何况她这一晚辈？但种子已经埋下，只等一个契机而已。

1936 年 10 月 19 日，鲁迅在上海的寓所里逝世，文坛震动，左翼思想界正积极为之筹划一个盛大的葬礼，此时的苏雪林却已经秘密炮制了两颗炸弹。一颗是写给蔡元培的信，痛斥鲁迅的"病态心理""不良人格"，认为假以时日"将成党国大患"，甚至直呼鲁迅为"玷辱士林之衣冠败类，二十四史儒林

---

① 苏雪林：《周作人先生研究》，原载《青年界》1934 年第 6 卷第 5 号，载沈晖编《苏雪林文集》（第三卷），安徽文艺出版社 1996 年版，第 236 页。

传所无之奸恶小人"。据她自述，因不知道蔡地址，托人转呈被婉拒，后以《与蔡孑民先生论鲁迅书》为名发表于《奔涛》杂志。① 另一枚炸弹则是致胡适的信，名为讨论当前文化动态，实为希望借《独立评论》一角发表自己的"反鲁"大作，认为鲁迅"简直连'人'的资格还够不着"，后以《与胡适之先生论当前文化动态书》为名同样发表在《奔涛》。②

这"鞭尸之作"一出，引起左翼人士公愤，纷纷撰文对她进行反驳甚至声讨，"上海、南京、北平那些大都市的报纸不必说，各省凡有报纸的都在骂我"③。除此之外，在 1936 年到 1937 年间，她还陆续发表了《理水与出关》《富贵神仙》《论偶像》《论污蔑》《论是非》《过去文坛病态的检讨》《对〈武汉日报〉副刊的建议》等文章，要么直接、要么间接地针对鲁迅，此类文章都可算作上述两封信的注解和补充。20 世纪 50 年代赴台以后，苏雪林的"反鲁"有加剧之势，也附着了更多政治投机的色彩。

对于苏雪林的突然"变脸"，研究者有过各种探讨：如"弑父"说，厉梅在《苏雪林的两种姿态》中认为，在苏雪林的潜意识中，把鲁迅作为自己的"精神之父"，当她试图向"父亲秩序"靠拢被拒，内心的失衡导致了外在行为的极端。④ 寇志明（John Eugene von Kowallis）则认为苏雪林的"反鲁"只是一种手段，她所担忧的是因鲁迅的巨大影响力，导致越来越多的青年站在政

---

① 苏雪林：《与蔡孑民先生论鲁迅书》，原载《奔涛》1937 年第 1 卷第 2 期，载苏雪林《我论鲁迅》，传记文学出版社 1979 年版，第 50—56 页。

② 苏雪林：《与胡适之先生论当前文化动态书》，原载《奔涛》半月刊第 1 卷第 1 期，载苏雪林《我论鲁迅》，传记文学出版社 1979 年版，第 57—64 页。

③ 苏雪林：《苏雪林自传》，江苏文艺出版社 1996 年版，第 89 页。

④ 参见厉梅《苏雪林的两种姿态》，《书屋》2005 年第 6 期。

府对立面。她的观点"代表了国民党右翼分子并与政府政策有直接的联系"①。
倪湛舸则不主张过分强调政治立场上的左右之争，而是引入性别批评这一视
角，认为苏雪林"反鲁"的根本原因在于"其基于女性立场的国族文学观与
男性视角的国族文学构建之间存在着冲突"②。

　　一个事件的突然发生往往是多种合力共同发生作用的结果，恐怕连当事
人也无法真正解释清楚是哪一种动因在起决定作用。笔者则坚持从社会学、
美学的角度出发，认为苏雪林的"反鲁"是其新人文主义的道德化批评的逻
辑结果。

　　20世纪30年代的苏雪林成为泛新月派中的一员，与新人文主义理论的
天然亲和，让她接受了梁实秋的人性论。正如梁氏主张，文学表现人性，必
然牵涉到人生，自然无法不牵涉道德价值的判断。在苏雪林那里，文学价值
与道德判断成为一个不可分割的整体。文学与道德有关，但进行文学批评时
并非时时要展开道德评判。苏雪林批评活动的内在逻辑是，只要批评对象
（包括作家和作品）不引起她的道德反感，她就更着重于从艺术特点上认定其
文学价值；一旦她认定了对方道德上的偏差，其批评的尺规就会越过艺术的
边界成为道德的审判。

　　当然苏雪林自己并不如此看，她认为自己对作家道德与艺术水准的评判
是双管齐下但并行不悖的：

　　　　艺术优良，人品也还高尚，虽属左倾人士如闻一多、叶绍钧、郑

---

① 〔美〕寇志明（John Eugene von Kowallis）：《苏雪林论鲁迅之"谜"》，《鲁迅研究月刊》2011
　年第4期。
② 倪湛舸：《新文学、国族构建与性别差异——苏雪林〈二三十年代作家与作品〉研究》，《中国
　现代文学研究丛刊》2011年第6期。

振铎、田汉等在我笔下，仍多恕辞；人品不高，艺术又恶劣者如郭沫若、郁达夫等则抨击甚为严厉。鲁迅文笔固不坏，品格之低连一个起码作人的资格都够不上……评论一个人或其作品，必须站在客观立场上，善则善，恶则恶，万不可以恶掩善，亦不可以善饰恶，对于鲁迅，我的态度自问相当公平。[1]

"自问相当公平"的苏雪林却没意识到所谓知难行易，你对作家人品做出判断的根据从何而来，是从作品中提炼的素材，还是源于作家现实生活？如果是前者，那你怎么能确定文学表现与个人道德定要画上等号？如果是后者，那你是亲眼所见，还是道听途说，未能证实的传言能作为判断的根据吗？不妨再往前推，你所判断的是对方的公德，还是私域，你有权评论对方的私域吗？既然站在道德的制高点评判对方，那你自己也必须具备同样的道德纯洁性，你对此是否有过检验和自省？其实这些问题都是在苏雪林的"反鲁"文章中必须面对的。

在《与蔡子民先生论鲁迅书》一文中，她对鲁迅"病态心理"和"矛盾人格"的判断根据，皆来自主观臆想或道听途说。女师大风潮是非曲直在谁，很难说清，各自立场不同，用对错做二元判断过于简单。苏雪林并非当事人，也非见证者，只因她和陈西滢私交之好，就坚持认为鲁迅对"正人君子"的抨击是"挟免官之恨，心理失其常态"。攻击鲁迅个人版税年达万元，"其人表面敝衣破履，充分平民化，腰缠则久已累累"，则是公私不分，拿人私隐当公德评判的靶子。而以道听之流言指认内山书店乃侦探机关，暗示鲁迅与日

---

① 苏雪林：《中国二三十年代作家》，台湾纯文学出版社 1986 年版，第 6 页。这段话虽然写于 20 世纪 70 年代，但作为苏雪林对自己新文学批评立场的一个总结，还是能反映她 20 世纪 30 年代的批评特点。

本帝国主义势力勾结，更属居心叵测，有构陷之嫌。至于"吾人诚不能不呼之为玷辱士林之衣冠败类，二十四史儒林传所无之奸恶小人"纯是发泄之言，早把自己批评家的风度抛到了十万八千里外，连她的老师胡适也指责"此是旧文字的恶腔调，我们应该深戒"①。

　　这一期间并非没有其他质疑鲁迅的声音，同为新月派圈子里的人物叶公超写了篇名为《鲁迅》的文章，他认为鲁迅以其力量，或幽默讽刺的文字满足了青年人在绝望与空虚中的情绪，抓住了时代。但这种影响只是暂时的安慰，转瞬又会让我们陷入新的空虚与绝望。鲁迅的讽刺作品当然是好的，但缺乏遏制的力量，因为他本身是个具有浪漫气质的人，"一个浪漫气质的文人被逼到讽刺的路上去实在是很不幸的一件事"②。这样的质疑很新鲜，而且完全是从文本出发，专论其思想和艺术，不涉及个人人格之类的道德判断。

　　正如胡适所告诫的，人既已死，尽可以撇开一切小节不谈，专论其思想究竟有些什么，究竟经过几度变迁，究竟他的信仰是什么，否定的是什么，有些什么是有价值的，有些什么是无价值的。而苏雪林的"反鲁"则是一场以贬损鲁迅人格为核心的道德批判，她把鲁迅与"现代评论派"思想上的纷争，解读为私人恩怨的意气之争（当然不能完全排除这种因素），把鲁迅的版税、生活习惯等个人隐私当成是其人格缺陷的证据，把鲁迅与日本朋友的私人交往影射成鲁迅托庇于日本帝国主义势力。在此基础上把因国民政府腐败所造成的民众情绪，以及在世界潮流影响下整个社会"左"转的趋势，都认为是鲁迅人格和文章所酿成的苦酒。

---

① 胡适：《胡适之先生答书》，原载《奔涛》1937 年第 1 卷第 3 期，载苏雪林《我论鲁迅》，传记文学出版社 1979 年版，第 67 页。
② 叶公超：《鲁迅》，原载北京《晨报》1937 年 1 月 25 日，载陈漱渝主编《鲁迅论争集》（下卷），中国社会科学文献出版社 1998 年版，第 1672—1676 页。

高扬道德理性的文学批评者，在批评中常常无法规避这样的惯性思维，即将文学上的批评与对于个人道德的评判纠缠在一起，以致给人留下如此印象：这不是在进行科学的、专业的批评，而是在进行颇为专断的道德评判，甚至无理的人身攻击。一旦这种批评脱离了理性的缰绳，就容易流于苏雪林似的"私设公堂"，把批评变成漫骂，甚至指控。

苏雪林的"反鲁"之作，被认为是迄今为止对鲁迅最为激烈、最不具有学理性的攻击，很多鲁迅研究专家甚至认为不值一驳，但鲁迅研究界的权威王富仁却令人意外地为之做出辩护：

> 苏雪林对鲁迅的攻击直接而激烈，同时也显示着她的一种真诚。显而易见，她的这些观点也正是不少同类知识分子的观点，不过她更真诚些，更不顾及自己宽容中庸的道德外表，因而她把同类知识分子的看法公开发表了出来，为鲁迅研究提供了很多需要解决的有价值的问题，从另一个角度讲对鲁迅研究的发展是有促进作用的。时至今日，她提出的问题还是鲁迅研究者所需要回答的问题，这就是一个证明。①

王富仁自然说的不是她观点的正确，而是指其态度的真诚。一个被人称为"泼妇骂街"式的"反鲁斗士"，为什么还被认为真诚？其实王富仁的直觉是准确的，阅读苏雪林的这几篇文章可以发现，她的口不择言和恣意漫骂，恰恰是她发自内心之语。她认为，鲁迅在青年中的影响极大，其人格和文章对整个社会的"左"转产生了影响，由此甚至危害着国民政府的统治。相比

---

① 王富仁：《中国鲁迅研究的历史与现状》，浙江人民出版社 1999 年版，第 76 页。

之下，胡适等自由知识分子总是表现出一种“我总不会着急”的乐观态度。[①]
后来的事实倒是证明，女人的感觉往往是更敏锐的。当然，我不是认为苏雪
林把鲁迅当成社会“左”转的根源是对的，而是说她敏锐地察觉到了社会的
“左”转趋势以及这种趋势的不可逆转，只不过她武断和夸张地把造成这种趋
势的原因归结到一个文人和几篇小说、几本杂文上。

　　其实这样极端化的思维方式并非她一人。梁实秋的老师白璧德不就把西
方社会几百年来走错路的原因归结于卢梭头上？虽然他对培根征服自然的物
质功利主义和卢梭放纵情感的浪漫主义是同时开弓，予以批判，但依然把后
者当成自己终身的敌人。只不过白璧德对卢梭的批评还是尽可能地限定在思
想文化的领域，苏雪林的批评则充斥着大量的人身攻击和政治影射，但二者
在逻辑上的夸张却是一致的。不可否认的是，他们都真诚地坚持自己的观点。
苏雪林也许没有直接受过白璧德的影响，但她在鲁迅问题上所呈现的白璧德
思维，真是比梁实秋这位嫡系传人还得其“真传”。

　　在 20 世纪 60 年代，胡适曾经写过一封信给苏雪林，劝她在评人论文的
时候要保持平和的态度，不要轻易动“正义的火气”。这五个字恰恰道出了苏
雪林文学批评的问题所在。那到底意指什么呢？胡适解释说：“‘正义的火气’
就是自己认定我自己的主张是绝对的是，而一切与我不同的见解都是错的。
一切专断、武断、不容忍、摧残异己，往往都是从‘正义的火气’出发的。”[②]
也就是说，所谓“正义”，并不是说大家公认她的观点客观正确，而是她站在

---

① 　针对苏雪林关于社会“左转”的担忧，胡适在回信中说：“青年思想左倾并不足忧虑。青年不
　　左倾，谁当左倾？”“不知为什么，我总不会着急。”引自《与胡适之先生论当前文化动态书》，
　　原载《奔涛》半月刊第一卷第三期，载苏雪林《我论鲁迅》，传记文学出版社 1979 年版，第
　　65—66 页。
② 　耿云志、欧阳哲生编：《胡适书信集》(下)，北京大学出版社 1996 年版，第 1701 页。

自己的立场认为自己绝对客观正确，而且在此立场之外的都是对立面，面对对立面的批评可以不顾态度，不择手段。

苏雪林是一个相当矛盾的人，一方面口口声声宣称文学应该像一个无所不有、无所不包的大花园，对左翼文学家们非此即彼的批评态度极为反感；另一方面，当自己面对鲁迅、郁达夫、郭沫若、张资平等作家时，也立显非此即彼的两极思维，把对方贬得一文不值，连批评的语言也是她自己所深恶痛绝的"骂街"式文字。而且在这种自认为"正义"的前提下，自己可以无所不用其极地进行批评甚至批判，但一旦当别人反批评时，她就无法承受。因为在她看来，"非正义"的怎能批评"正义"的。周作人曾经在给孙伏园的信里谈到这样一种人："我最厌恶那些自以为毫无过失，洁白如鸽子，以攻击别人为天职的人们，我宁可与有过失的人为伍，只要他们能够自知过失，因为我也并不是全无过失的人。"[①] 苏雪林当然不会认为自己完全无过失，但在道德层面却常常自觉"洁白如鸽子"，否则，怎么总是"己所不欲，却施于人"？

如上所说，苏雪林对创造社诸君一律予以恶评，尤其是郁达夫，在她眼中就是一个"色情狂"作家，从人品到艺术都全面否定。曾经在日记中，那个给予她不俗评价的郁达夫，见到苏雪林的批评文章以后非常生气，在《所谓自传也者》中作出不点名的反击：

> 况且最近，更有一位女作家，曾向中央哭诉，说像某某那样颓废、下流、恶劣的作家，应该禁绝他的全书，流亡三千里外，永不准再作小说，方能免掉洪水猛兽的横行中国，方能实行新生活以图自

---

① 周作人：《一封反对新文化的信》，载周作人著，黄开发编《知堂书信》，华夏出版社 1994 年版，第 18 页。

强。照此说来，则东北四省的沦亡，贪官污吏的辈出，天灾人祸的交来，似乎都是区区的几篇无聊的小说之所致。①

　　面对激烈的批评，郁达夫的回应已经算是相当克制的。而且的确看出了苏雪林的问题：她把文学的作用过于夸大化，正如把青年 "左" 倾的责任全部算到鲁迅的头上，把青年 "颓废" 的责任则记于郁达夫名下。但苏雪林看到此文以后，认为郁达夫 "对余大施报复，语甚下流粗恶，令人欲呕，虽无理会之价值，然心中究不好过"②。可玩味之处在于，明明是她自己先对人以恶劣的批评，而别人的回应虽不能说善意，至少没有 "下流粗恶"，她却 "心中究不好过"。这种只许州官放火，不许百姓点灯的思维正源自她 "正义的火气"，以 "正义" 的名义所作的批评即使过火也是不容许反驳的。这里出现一个非常有意思的悖论，以理性为旗帜的批评家，却不时进行非理性的批评；以道德自我标榜，却以非道德的形式对人进行审判。

　　朱寿桐对新人文主义者的一段评价放在这里解释苏雪林这种行为的动因或许有几分道理：

　　　　一般而言，特别是在整个世界都趋向于红尘滚滚的 "感情奋张" 情状下，倡言理性会显得特别的死板、冷清且不合时宜，或许至多只能博得三两个同样寂寞到无聊程度的学者嘲骂式的回应。有时候，寂寞到无聊的理性倡导者既然无法赢得些许喝彩或积极的回应，便很自然地转向对于嘲骂式的回应的寻求，于是他们不恤采用比较激烈的甚

---

① 郁达夫：《所谓自传也者》，原载《人间世》1934 年第 16 期，载《郁达夫全集》（第四卷），浙江大学出版社 2007 年版，第 255 页。

② 转引自王娜《苏雪林一九三四年日记研究》，《长江学术》2009 年第 1 期。

至是偏至的批评，试图刺激其某种可能的嘲骂与回应，这时他们甚至会忘记自己所倡导的内容，以同样激烈或偏执的情绪甩开了理性。几乎没有一个倡导理性的思想家会始终以理性的态度对待非理性的理论及其倡导者，然而这并不意味着他们对理性的背叛，只能理解为他们对理性状态的极度焦虑，以及对理性倡扬的不遗余力甚至歇斯底里。①

从新人文主义立场出发，苏雪林对当时文坛的种种流弊提出了不少发人深省的看法，也贡献了一批优秀的新文学批评，成为她整个文学活动中最具价值的部分。同时，她的批评理念中过于浓重的道德评判的倾向，导致在对一些作家的判断上出现偏差，甚至粗暴，从而影响了她在文学批评这个领域的声誉和发展。

---

① 朱寿桐：《新人文主义的中国影迹》，中国社会科学出版社 2009 年版，第 142 页。

第五章

林语堂：建构中国式文论话语的
文化批评家

除散文家、小说家之外，林语堂作为文学批评家的身份逐渐得到学界的重视。他是新文学中最早倡导幽默文体和人生观者，也曾因不满梅光迪、吴宓、梁实秋等对新人文主义的鼓吹，主张浪漫主义，介绍表现主义的理论著作；在 20 世纪 30 年代力主性灵文学，倡导语录体，推广小品文，试图与中国传统文论接轨。林语堂不去给文学批评定标准，也不注重具体的作家作品批评实践，其批评可以划入文化批评的范畴。

一、古典的浪漫主义者

从文学思潮角度观照林语堂的研究成果已有不少，大体上说来呈现以下几种倾向：其一，林语堂经由表现主义抵达自己的文学思想内核。典型者如周可的《表现主义与林语堂的文学观念》，文章认为，林语堂文学思想的理论框架和基本概念来自克罗齐—斯平加恩（J.E.Spingam，梁实秋译为斯宾冈，文章中译为斯宾加恩，除直接引文外，本文统一使用斯平加恩）的表现主义，但他一开始即是在"误读"意义上接受或者使用这些美学观念的，最终在一种浪漫主义化的主导精神下，奠定了"既符合自己的思想特点又接近自己美学趣味"的理论基石。[①] 其二，林语堂隶属于广义的浪漫主义美学体系。如俞兆平认为，在中国特殊的思想语境中，浪漫主义呈现为四种形态，一是尼采

① 参见周可《表现主义与林语堂的文学观念》，《中国现代文学研究丛刊》1996 年第 2 期。

式的哲学浪漫主义，以鲁迅为代表；二是卢梭式的美学浪漫主义，以沈从文
为代表；三是高尔基式的政治学浪漫主义，以 1930 年后的郭沫若为代表；四
是克罗齐式的心理学浪漫主义，以林语堂为代表。作者指出此说也源于林语
堂本人对浪漫主义的宏观性理解，即"把我们通常所论的文学浪漫主义扩展
至'人性'的范畴"①。其三，林语堂与他所论争的对手学衡派、梁实秋等一
样，是个新人文主义者。此说的提出者为朱寿桐。学界历来把林语堂当作新
人文主义的对立面来谈，但朱寿桐认为，他从一开始就无法摆脱自己的新人
文主义"出身"，尽管此后他一直在有意"淡化甚至否认这样的联系"，最终
的结果不过是陷入白璧德的"意念沼泽"。②

　　上述成果代表了林语堂文学思想研究的高水准，尽管他们立场不一，但
细究下来，却不无相通之处。首先，都承认白璧德的新人文主义是反激林语
堂走向克罗齐—斯平加恩的表现主义的起点；其次，林语堂对表现主义的接
受是有选择性的，或者说他在向国内介绍表现派文论时并没有呈现其最本质
性的观点；再次，随着时间的推移，林语堂用表现派、浪漫主义等术语表达
自己文学观念的频率越来越低，取而代之的是"性灵""笔调"等更具中国特
色的概念。在此基础上，进一步思考我们可以发现，林语堂从一开始就没有
整体化地引进某一西方文学思潮的意图，他对表现派文论的介绍和翻译很大
程度上出于对白璧德及其信徒的反感。他真正的目的在于，通过浪漫主义、
表现主义等概念对中国传统文学发展脉络的切入，寻找中国特有的文论资源，
以一种看似激进、实则稳健，看似浪漫、实则古典的姿态建构中国式的批评
话语，可以说是一个古典的浪漫主义者。

---

① 俞兆平：《论林语堂浪漫美学思想》，《天津社会科学》2010 年第 1 期。
② 朱寿桐：《林语堂之于白璧德主义的意念沼泽现象》，《闽台文化交流》2008 年第 1 期。

　　林语堂 1919 年赴美国哈佛大学求学，在课堂上聆听过新人文主义代表人物白璧德的主张。与梁实秋带着挑战的心态选修白璧德课程从而被新人文主义折服不同，林语堂从始至终就不认同和接受白璧德的主张，反而更亲近白氏所反对的克罗齐和斯平加恩的表现主义。不过这只是因性情而产生的情感倾向，他对文学思潮并无太大的兴趣，否则就不会在 1922 年获文学硕士学位后立马转赴德国莱比锡大学攻读语言学博士。1923 年回国后，在很长一段时间里也并无介绍表现主义的文字发表。1928 年开始译介斯平加恩的《新的文评》，实是不满白璧德在中国的弟子梅光迪、吴宓，尤其是梁实秋等回国后对新人文主义的鼓吹。他一再强调对自己的这位美国老师并无不敬之意，至少其人格为己所佩服，"他并不会周游七十二国，碰碰官运（自然这只是为了要'行道'，目的非在做官），游说于当日吴佩孚段祺瑞之门，以求一逞，也不曾干那种'时其亡也，而往拜之'的玩意（当日的阳货即一年前奉系中之杨宇霆，'孙馨帅'幕中之丁文江，怎样可以稍事疏忽）"[①]。但行文的字里行间却透露出对新人文主义的极度反感，林语堂多次把梁实秋等嘲讽为"哈佛生"，说"可怜一百五十年前已死的浪漫主义的始祖卢梭，既遭白璧德教授由棺材里拖出来在哈佛讲堂上鞭尸示众，指为现代文学思想颓丧的罪魁，不久又要来到远东，受第三次的刑戮了"[②]。

　　林语堂既以表现主义为反对新人文主义的理论武器，为什么在表述中又常常把表现主义和浪漫主义混用，甚至后者使用的频率更高。如果仔细区分我们可以发现，他在谈克罗齐、斯平加恩时习惯用表现主义或表现派，在指

[①]　林语堂：《〈新的文评〉序言》，载沈永宝编《林语堂批评文集》，珠海出版社 1998 年版，第 21 页。

[②]　林语堂：《〈新的文评〉序言》，载沈永宝编《林语堂批评文集》，珠海出版社 1998 年版，第 27、28 页。

称王充、刘勰、袁枚等中国批评家时则惯用浪漫派。林语堂认为，虽然中国
传统文学喜在古文笔法、文理法度等层面下功夫，但"修辞不是文学，修辞
学不是文评"，"中国只有评文美恶的意见，而没有美学，只有批评，而没有
关于批评的理论，所以许多美学的问题，是谈不到的"。①也就是说，表现主
义作为西方一个专门的文学思潮，中国是没有的，中国有些主张性灵或表现
的文评家只是与西方表现派相近，但不能用专有的思潮概念去界定之。既然
如此，那为什么又称王充、刘勰、袁枚等为浪漫派？在白璧德及梁实秋们看
来，文学思潮的演变可以看成是古典主义与浪漫主义两大思潮的消长，换言
之，从古至今只有两种主潮，就是"古典的"和"浪漫的"，"'古典的'与
'浪漫的'两个名词不过是标明文学里最根本的两种质地"②。按照这个说法，
表现主义应该是归入广义的浪漫主义思潮中。林语堂是接受这个说法的，他
说"古典主义及浪漫主义乃人性之正反两面"③，正是受新人文主义的影响，这
也就是为什么朱寿桐认为林语堂始终无法摆脱白璧德的"意念沼泽"的原因。
当然，林语堂与新人文主义者的区别在于，后者认为古典与浪漫并不对等，
一个健康的文学时代应该是以古典为主导，浪漫不过是古典主导下和谐文学
秩序中的一种质素，现代以来西方文学的混乱正是源于这种等级关系的颠倒；
而林语堂则认为浪漫才是文学最重要的质素，中国传统文学的问题就在于过
于重视秩序章法，浪漫的重要性常常得不到认可。所以说，表现主义作为西
方一个专门的美学思潮，中国传统文学中自然是没有的；浪漫主义作为文学

---

① 林语堂：《〈新的文评〉序言》，载沈永宝编《林语堂批评文集》，珠海出版社 1998 年版，第
27、28 页。

② 梁实秋：《文艺批评论·结论》，载《梁实秋文集》编辑委员会编《梁实秋文集》（第 1 卷），鹭
江出版社 2002 年版，第 297 页。

③ 林语堂：《说浪漫》，载沈永宝编《林语堂批评文集》，珠海出版社 1998 年版，第 114 页。

最根本的质素之一，在中国传统文学中是一直存在的。

这恰恰说明林语堂这一时期对文学思潮的讨论兴趣是在与梁实秋等人对峙的语境中生发出来的。一方面，斯平加恩是白璧德的论敌，要反驳白璧德弟子在中国的理论传播，用斯平加恩的表现主义最为直接和有效。另一方面，如前所述，他接受新人文主义关于所有的文学演变实则为古典主义与浪漫主义两大思潮的消长，但他站在的是浪漫主义这一面，所以常使用浪漫主义或浪漫派指称他所倾向的中国文评家。其实林语堂很多理论的前提都是来自白璧德，但所持的论点却截然相反。比如他承认白璧德所认为的，西方浪漫主义的源头是卢梭，只不过跟白璧德、梁实秋把西方近代以来文学的堕落归咎于卢梭不同的是，林语堂认为"卢骚的《忏悔录》，所言者是卢骚一己的事，所表者是卢骚一己的意，将床笫之事、衷曲之私，尽情暴露于天下，使古典主义忸怩作态之社会，读来如青天霹雳，而掀起浪漫文学之大潮流"①。而且他认为，自浪漫主义推翻古典文学以来，"文人创作立言，自有一共通之点，与前期大不相同者，就是文学趋近于抒情的、个人的；各抒己见，不复以古人为绳墨典型"②。很明显，他是完全以与梁实秋对峙的立场出现的。

二、与新人文主义者的对峙

如前所述，林语堂并无引入西方表现主义思潮或浪漫主义思潮的兴趣，他真正的目的是以此为媒介对梁实秋的大力推介白璧德进行反拨，因此对于林语堂这一时期的文学主张，以梁实秋为观照更能得出一些有意思的结论。

① 林语堂：《论文》，载沈永宝编《林语堂批评文集》，珠海出版社 1998 年版，第 43 页。
② 林语堂：《论文》，载沈永宝编《林语堂批评文集》，珠海出版社 1998 年版，第 43 页。

对照二人的相关论述，很难想象林语堂的某些理论阐述没有参照物。

　　梁实秋提倡古典主义，林语堂则提倡浪漫主义。梁实秋推崇古典主义，是因为古典的即是常态的，古典主义文学中的人性是永久不变的，情感和想象受理性节制，文学形式有一定的限制，甚至有一定的规定性。林语堂则认为文学是个性的，个性不能强同，那千古不易的典型和规则就无从谈起。梁实秋强调文学类型的清晰和文学体裁的规定性，对诗中有画、散文诗等模糊文类的做法不以为然，认为正是浪漫主义的兴起，导致文学型类的混乱。[①] 林语堂则认为，既然文学由个性所致，欲把千变万化的个性纳入规范，自然是徒劳，那文学的分门别类就没有意义，"我们要明白文学是没有一定体裁，有多少作品，就有多少体裁"。他把批评家们对体裁的分类当成"自欺欺人的玩意"[②]。两人都同意以浪漫主义和古典主义的标准去观照中国传统文学的发展，儒家是偏于古典主义，而道家偏于浪漫主义，林语堂认为中国文学的价值就在于庄生、阮籍、苏黄、袁中郎、屠赤水、王思任、李笠翁、袁子才等浪漫一脉，而梁实秋则认为恰恰是这些人导致中国文学浪漫的崩坏，山水诗、隐逸诗等都是不愿正视现实人生的结果。

　　梁实秋认为文人应有行，林语堂则认为文章与为人可以分而论之。斯平加恩曾举譬，说读一个作家的作品，就好像吃一个厨子做的菜，我们只会关心菜是否可口，不会追问厨子的人品、性格，"是否爱说脏话，是否偷过女人，等等"。梁实秋认为这个譬喻有偷换概念之嫌，"因为烹调的艺术和文学的艺术并不在一个水准上"。烹调只是求其可口，并没有进一步的更高的意

---

① 参见梁实秋《现代中国文学之浪漫的趋势》，载《梁实秋文集》编辑委员会编《梁实秋文集》（第1卷），鹭江出版社2002年版，第44页。

② 林语堂：《〈新的文评〉序言》，载沈永宝编《林语堂批评文集》，珠海出版社1998年版，第26页。

境；而文学除了形式之美，"我们还要体味其中的情感、想象、意境；我们还要接受其中的煽动、暗示、启发；我们还要了解其中的理想、理论、宗旨"①。梁实秋甚至认为，不管你是不是文人，你首先是人，是人就应该遵循基本的道德规范，就应该有行。林语堂倒不是说文人应该无行，而是强调要文与人分而论之。同样沿用斯平加恩关于厨子的例子，"我很看不起阮大铖之为人，但是仍可以喜欢他的《燕子笺》。这等于说比如我的厨子与人通奸，而他做的点心仍然可以很好吃"。一个人品行也许无足取，如若他出版一部小说杰作，照样是要看的。不过林语堂还是做了区分："创作的文学，只以文学之高下为标准，但是理论的文学，却要看其人能不能言顾其行。"②因为理论文章最容易暴露作者的品格。也就是说，林语堂并不否认人应该遵从基本的道德，但不能因为一个人品行不好而否认其创作。至于理论文章容易暴露作家人品的优劣，那恰恰是载道文章的危险。换言之，如果我们不去写载道文章，就不需要特意去强调文人有行。

　　而最具对照意义的论述，是二人关于五四新文学的评价以及由此衍生的文学主张。几乎没有人注意到林语堂和梁实秋对新文学的评价有一个共同的前提："文学本无新旧之分。"但是接下来的表述呈现了二者的分野。林语堂的下一句是："惟有真伪之别。"③梁实秋的表述是："文学本无新旧可分，只有中外可辨。"④所谓文学的新旧之分，其实就是文学的现代性问题，尽管学者对晚近以来中国文学现代性的起点、界限或价值内核聚讼不已，但还是承认这

①　梁实秋：《诗与诗人》，载《梁实秋文集》编辑委员会编《梁实秋文集》（第1卷），鹭江出版社2002年版，第600页。

②　林语堂：《做文与做人》，载沈永宝编《林语堂批评文集》，珠海出版社1998年版，第158页。

③　林语堂：《新旧文学》，载沈永宝编《林语堂批评文集》，珠海出版社1998年版，第31页。

④　梁实秋：《现代中国文学之浪漫的趋势》，载《梁实秋文集》编辑委员会编《梁实秋文集》（第1卷），鹭江出版社2002年版，第35页。

一趋势的存在。林、梁二人的态度则相对复杂。梁实秋的《现代中国文学之浪漫的趋势》是对五四新文学的全面评价，他在文中认为，浪漫主义者有一种"现代的嗜好"，即"无论什么东西，凡是'现代的'就是好的。这种'现代狂'是由于'进步的观念'而生"。[1]五四新文学是极端受外国影响的文学，所谓中国文学的现代化，其实是西方化，这恰恰是浪漫主义的特征，也是梁所反对的。这依然与梁实秋的古典主义文学观有关，他不承认文学的进化趋势，而是认为自古到今的文学存在一个共同的至善至美的中心。[2]新旧的区分已经内置了好坏的潜在逻辑，或者新胜于旧，或者旧强于新。按照梁实秋的说法，那中外可辨的逻辑也不应成立，既然至善至美的标准中外皆认同，那对中国文学的评判即以此标准进行，何必提"中外可辨"？他意识到这个问题，用了一个奇特而自洽的逻辑予以解释："中国文学本不该用西洋文学上的主义来衡量，但是对现今中国文学则可，因为现今中国的新文学就是外国式的文学。以外国文学批评的方法衡量外国式的中国文学，在理论上似乎也是可通的。"[3]梁实秋在这里有一个内在的矛盾，一方面他反对中国文学过于受外国的影响，认为太极端、太浪漫；另一方面又承认一国文学或文化的历史太悠久，必定趋于陈腐。因而他给出了一个折中的方案，还是求助于西洋文学，但"于西洋文学中应采取其切于实际人生的一部分，并排斥其脱离人生之极端浪漫的一部分"。如"唯美派""颓废派""印象派"都应排除在我们的需要之外。换句话说，他所要提倡的是西方的"人本主义"，即包括"由亚里斯多

---

[1] 梁实秋：《现代中国文学之浪漫的趋势》，载《梁实秋文集》编辑委员会编《梁实秋文集》（第1卷），鹭江出版社 2002 年版，第 39 页。

[2] 参见梁实秋《文学批评辩》，载《梁实秋文集》编辑委员会编《梁实秋文集》（第1卷），鹭江出版社 2002 年版，第 125 页。

[3] 梁实秋：《现代中国文学之浪漫的趋势》，载《梁实秋文集》编辑委员会编《梁实秋文集》（第1卷），鹭江出版社 2002 年版，第 54 页。

德所代表的古典主义，经过文艺复兴时代，以至于十七八世纪之新古典主义，十九世纪后半对浪漫运动的反动……"①

　　林语堂的看法则更有意味。他同样不承认文学有新旧之分，"文学本无新旧之分，惟有真伪之别"。他不满当时把新旧文学的分野界定在白话还是文言上，认为这只是工具而已，"凡能尽孟子所谓辞达之义，而能表现优美的情思的，都是文学"②。既然白话不应该成为新文学的标准，那所谓文学的新旧之分自然也成为一个伪概念。在林语堂看来，新旧文人之间的冲突其实是文学的内涵问题，张恨水之《啼笑因缘》虽为白话所写，但依然是忠孝节义的滥调或伤春悲秋的艳词，其实是旧文学；《浮生六记》虽用文言，所记为个人真实情感，不模仿古人，可以视为新文学。换句话说，他的逻辑同梁实秋一样，否认了文学的进化趋势，而认为好的文学与时间无关，与语言的载体无关；但真文学的标准则与梁实秋的古典主义不一样，比如性灵一派是真文学，"在于发挥性灵二字，与现代文学之注重个人观感相同，其文字皆清新可喜，其思想皆超然独特，且类多主张不摹仿古人，所说是自己的话，所表是自己的意，至此散文已是'言志的''抒情的'，所以以现代散文为继性灵派之遗绪，是恰当不过的话"③。但林语堂的矛盾也是显而易见的，一方面，他认为语言只是工具，文学的真伪不表现在用文言还是白话上；另一方面，对文学好坏的评价往往又落脚在语言上。林语堂对白话文学的评价不高，正基于对"五四"以来白话的不满，他始终强调自己反对的不是白话，而且认为文学最好的载

①　梁实秋：《现代文学论》，载《梁实秋文集》编辑委员会编《梁实秋文集》(第1卷)，鹭江出版社2002年版，第398—399页。

②　林语堂：《新旧文学》，载沈永宝编《林语堂批评文集》，珠海出版社1998年版，第31页。

③　林语堂：《新旧文学》，载沈永宝编《林语堂批评文集》，珠海出版社1998年版，第32页。

体就是白话，"今日白话之病，不在白话自身，而在文人之白话不白而已"①。所谓"白话不白"，是指白话已经格律化或者套路化了："近人作白话文，恰似个人作四六，一句老实话，不肯老实说出，忧愁则曰心弦的颤动，欣喜则曰快乐的幸福，受劝则曰接收意见，快点则曰加上速度。"② 所以，他恶白话之文，而爱文言之白。他认为好的白话应以俗话口语为基础，所谓"引车卖浆者流之语"，可以作为白话作家的师父。在另一处，他又说道："吾理想中之白话文，乃是多加入最好京语的色彩之普通话也。"③ 换句话说，他理想中的白话应该是言文一致，但要经过《红楼梦》一类白话经典的淘洗，真正实现雅俗共赏，这也是在新文学以来的小说家中他最认可老舍的原因。这并非人人都能很快掌握，老舍说的是北京官话，自然很容易上手，他本人说的蓝青官话，"去白话境地甚远"。

既然如此，那林语堂何必又提倡近似文言的语录体，引起极大争议？林语堂认为时下的白话表现力还是有限，用于小说、戏剧更为合适，用于论说文则多有不便，在我们还没有创造出理想中的白话时，语录体是最好的过渡。而且语言跟文学一样，能表现自我便为最好，（语录体）"打破藩篱，放入土话，接近今语，此乃真正的解放，名之为白话亦可，名之为文言亦可，名之为语录亦可……"④。既然语录体最适合表达自我，你又何必在意它叫什么呢？

---

① 林语堂：《怎样洗炼白话入文》，载沈永宝编《林语堂批评文集》，珠海出版社 1998 年版，第120 页。

② 林语堂：《论语录体之用》，载沈永宝编《林语堂批评文集》，珠海出版社 1998 年版，第54 页。

③ 林语堂：《怎样洗炼白话入文》，载沈永宝编《林语堂批评文集》，珠海出版社 1998 年版，第248 页。

④ 林语堂：《怎样洗炼白话入文》，载沈永宝编《林语堂批评文集》，珠海出版社 1998 年版，第128 页。

周作人也提过类似的说法："文学上的古文也如此，现在并非一定不准用古文，如有人能用古文很明了地写出他的思想和感情，较诸用白话文字还能表现得更多更好，则也大可不必用白话的。"不过，周作人还算清醒，其后的一句话却对这种做法的可能性并不信任："然而谁敢说他能够这样做呢？"[1] 说到底，林语堂所写所倡还是掺入俗话口语的文言，以实现"文言之白"的效果。梁启超的"文言之白"曾经产生过很大影响，最终还是被白话取代，所以，林语堂虽然一再强调自己既爱白话，也爱语录体，其对白话弊病的总结也确实发人深省，但所谓语录体，终究还是文言写作的范畴，难免落入少数文人的趣味，无法真正实现其影响。

　　林语堂从一开始就没有引入西方表现主义或浪漫主义的真正兴趣，而是以此为武器对梁实秋在中国提倡新人文主义进行反拨，他真正感兴趣的还是中国本土的文论话语。

三、从幽默到性灵

　　1924 年 5 月 23 日和 6 月 9 日，林语堂在《晨报副刊》发表《征译散文并提倡"幽默"》和《幽默杂话》两文，在中国现代文学史上第一次把 Humour 翻译为幽默，也是第一次公开倡导"幽默"文体的写作。就在前一年，他从美、德留学回国，带着对西洋幽默小品的热情，重新审视中国文学，发现中国文风过于"板面孔"，缺乏幽默的气质。在林语堂这里，幽默首先指笔调和文风。他说中国人天性是富有幽默的，只是在文学上不知该如何运用和欣赏，这跟几千年礼教的教化有关，"浅显一点，应说是当归功于那些威仪

---

[1]　周作人：《儿童文学小论　中国新文学的源流》，北京十月文艺出版社 2011 年版，第 64 页。

棣棣道学先生的板面孔"。那这幽默到底是什么？林语堂以纯粹译音译幽默，是因为他理想中的幽默既不是笑话，也不尽同于诙谐、滑稽，还不能单纯地认定为风趣、谐趣或者诙谐风格，正如幽默的意味往往不足为外人道，以音译之，可阐释的空间则更大。林语堂用了一个形象的说法来说明幽默，说幽默自然可以使人"隽然使然而笑，失声呵呵大笑，甚至于'喷饭''捧腹'而笑，而文学——最堪欣赏的幽默，却只能够使人家嘴旁儿轻轻的一弯儿的微笑"。从一个笑的程度就形象地把幽默与诙谐、滑稽等区分开来。而另一方面，幽默也是一种人生观，是"真实的，宽容的，同情的人生观"。拥有幽默的人生观者，看见假冒的会哈哈一笑，但不挖苦和刻薄，因为他同时看见在可怜不完备的社会挣扎过活，"有多少的弱点，多少的偏见，多少的迷蒙，多少的俗欲，因其可笑，觉得其可怜，因其可怜又觉得其可爱……"[1]换言之，幽默就是看破不说破，因宽容和同情，不忍心戳破人间的真相，以一笑了之。

　　林语堂20世纪20年代对幽默的提倡，到底有多大影响，很难评估，他再次举起幽默的旗帜，要到1932年。为什么时隔8年，林语堂又重提幽默？我认为，这与他对性灵文学的接受有关。他在20世纪30年代的《论文》一篇中说："故提倡幽默，必先提倡解脱性灵，盖欲由性灵之解脱，由道理之参透，而求得幽默也。"[2]经由周作人发现公安竟陵的性灵文学观，让林语堂找到了他理想中的中国文论话语，从而使其幽默的文学观与中国文学传统对接，产生了新的意义和可能。因此，梳理林语堂的性灵文学观，至为重要。

　　如上节所述，梁实秋和林语堂都对五四新文学的表现不满，前者认为可以有限性地吸取西洋文学的"人本主义"传统，后者则认为应回到自身的文

---

[1]　林语堂：《幽默杂话》，载沈永宝编《林语堂批评文集》，珠海出版社1998年版，第12页。

[2]　林语堂：《论文》，载沈永宝编《林语堂批评文集》，珠海出版社1998年版，第51页。

化、文学传统来寻找资源，即承接明末公安竟陵的"性灵文学"传统。这种分歧的根本性原因还是在对自身的文化、文学传统的认识上。把儒道作为影响中国文学、文化发展的两大传统思潮是当时学界的共识。在此前提下，梁实秋认为儒家虽为中国思想正统，但没能树立适当的文学观，"儒家根本就没有正经的有过文学思想，并且儒家的论调根本的不合于文学的发展"。而道家以其充满浪漫色彩的思想真正支配了中国文学的发展，这也是为什么中国文学的主要情调是"消极的，出世的，离开人生的，极度浪漫的"。[①] 林语堂则认为，正是汉代儒学渐入陈腐，专习章句，才使中国第一次浪漫运动即魏晋思想有机会出现。之后便是宋代苏黄的"诋谑理学"，明末的袁中郎、屠隆、王思任，清朝的李笠翁、袁子才等反抗"矫揉伪饰之儒者"，皆是中国浪漫思想的流脉。[②] 林语堂表面上在提倡西方的浪漫主义思潮（其实是出于梁实秋等人的反激，且从未系统地介绍过这一思潮），而真正想做并且后来坚持在做的是梳理中国传统的浪漫主义思潮，而此思潮的核心正是"性灵说"。

　　"性灵说"并不是林语堂最早发现并提倡的，周作人在梳理五四新文学的发生时就敏锐地意识到，新文学的诸多主张其实也是"古已有之"，这主要指的是晚明时期的性灵文学。周作人在《中国新文学的源流》中指出：

　　　　他们的主张很简单，可以说和胡适之先生的主张差不多。所不同的，那时是十六世纪，利玛窦还没有来中国，所以缺乏西洋思想。假如从现代胡适之先生的主张里面减去他所受到的西洋的影响，科学、

---

① 梁实秋：《现代文学论》，载《梁实秋文集》编辑委员会编《梁实秋文集》（第 1 卷），鹭江出版社 2002 年版，第 397—398 页。

② 参见林语堂《说浪漫》，载沈永宝编《林语堂批评文集》，珠海出版社 1998 年版，第 114—115 页。

哲学、文学以及思想各方面的，那便是公安派的思想和主张了。[1]

林语堂坦陈自己受了周作人的影响，但他在周的基础上至少做了两个发展，其一是梳理了中国文学史上"性灵"一脉：林语堂认为，在中国，那些"视文学为非规矩方圆起承转合所能了事的人"，如王充、刘勰、袁枚、章学诚等人可以叫作浪漫派或准浪漫派的文评家。[2]而这些人最核心的特征就是推崇性灵，尤其是公安三袁的"独抒性灵，不具格套"。实际上，"性灵"已成为林语堂浪漫主义的核心概念。他说，主张性灵的这一派就是西方歌德以下近代文学普通立场，"性灵派之排斥学古，正也如西方浪漫文学之反对新古典主义；性灵派以个人性灵为立场，也如一切近代文学之个人主义"[3]。那在林语堂这里，性灵到底是什么？说来也简单，他认为："一人有一人之个性，以此个性 Personality 无拘无碍自由自在表之文学，便叫性灵。"[4]在林语堂这里，只要是文学上主张发挥个性的文学都称之为性灵文学，进而言之，"性灵即个性也。大抵主张自抒胸臆，发挥己见，有真喜，有真恶，有奇嗜，有奇忌，悉数出之，即使瑕瑜并见，亦所不顾，即使为世俗所笑，亦所不顾，即使触犯先哲，亦所不顾，惟断断不肯出卖灵魂，顺口接屁，依傍他人，抄袭补凑，有话便说无话便停"[5]。林语堂认为，性灵文学与古典主义是必然相冲突的。性灵这种东西，生我者父母不知道，同床者我妻也不知道，但文学的生命却寄托于此，因而，主张性灵的人必定反对学古，也必定排斥格套，也必定与文

---

[1]　周作人：《中国新文学的源流》，北平人文书店 1934 年版，第 43 页。

[2]　参见林语堂《〈新的文评〉序言》，载沈永宝编《林语堂批评文集》，珠海出版社 1998 年版，第 23 页。

[3]　林语堂：《论文》，载沈永宝编《林语堂批评文集》，珠海出版社 1998 年版，第 42 页。

[4]　林语堂：《记性灵》，载沈永宝编《林语堂批评文集》，珠海出版社 1998 年版，第 184 页。

[5]　林语堂：《记性灵》，载沈永宝编《林语堂批评文集》，珠海出版社 1998 年版，第 185 页。

学纪律论者相冲突。①

其二，他把在中国文学史上所发现的"性灵"文学主张于新文学中推而广之。在林语堂看来，性灵于文学至关重要，不仅是晚近以来散文的命脉，而且足以矫正当下文人空疏泛浮的弊端。他甚至认为"此二字将启现代散文之绪，得之则生，不得则死"②。因而他在为其杂志征稿时，也反复提"性灵"二字：

> 其与非小品文刊物，所不同者，在取较闲适之笔调，语出性灵，无拘无碍而已。若非有感而作，陈言滥调，概弃不录。至于笔调，或平淡，或奇峭，或清新，或放傲，各依性灵天赋，不必勉强。③

具体来说，林语堂理想中的性灵文学以"幽默"为内容，以"语录体"为形式，以周作人的小品文为典范。正如林语堂在梳理中国文学的发展时，把儒道所分别影响的文学潮流称为古典派和浪漫派，他把儒道在中国思想史上所形成的两大势力称为道学派和幽默派。很显然，浪漫派、性灵派和幽默派在林语堂的语言链条中是内在一致的。"幽默到底是一种人生观，一种对人生的批评"，由此而生发出的文学便是性灵的，自然也是浪漫的，"所以真是性灵的文学，入人最深之吟咏诗文，都是归返自然，属于幽默派，超脱派，道家派的"④。而何者最适合为"幽默"的载体呢？自然是"语录体"小品文。

---

① 参见林语堂《论文》，载沈永宝编《林语堂批评文集》，珠海出版社1998年版，第44—45页。

② 林语堂：《论文》，载沈永宝编《林语堂批评文集》，珠海出版社1998年版，第48页。

③ 林语堂：《叙〈人间世〉及小品文笔调》，载沈永宝编《林语堂批评文集》，珠海出版社1998年版，第99页。

④ 林语堂：《论幽默》，载沈永宝编《林语堂批评文集》，珠海出版社1998年版，第60页。

林语堂没有直接反对过白话文，但他的确对当时的白话文学深为不满，以至于有了语录体的提倡。他特意解释道："余非欲打倒白话，特恶今人白话之文，而喜文言之白，故作此文以正之。"[①] 林语堂对文白的区分并非如胡适等白话文学的提倡者，他认为文言用好了可以质朴如白话，白话如果格套化也会沦为陈词滥调，而语录体可以取二者之长，"语录简练可如文言，质朴可如白话，有白话之爽利，无白话之噜哖"[②]。至于什么是语录体，林语堂没做具体解释，从其描述来说，当指公安竟陵一派文体，"周作人先生提倡公安，吾从而和之。盖此种文字，不仅有现成风格足为模范，且能标举性灵，甚有实质，不如白话文学招牌之空泛也"[③]。而在新文学作家中，真正能达令林语堂心悦诚服的，莫过于周作人。正如周作人曾经提过，胡适似公安，俞平伯、废名似竟陵，林语堂直接说，"周作人才是公安、竟陵无异辞"[④]。他反复强调，最具个人笔调的现代作家是周作人，能够传世的也是他。

　　林语堂对幽默、性灵文学和语录体的提倡，既是出于对梁实秋等新人文主义者为文学制定规则的不满，亦是基于他对新文学诸多弊端的发现。用性灵对抗文学的功利性，用幽默增加文学的自由空气，用语录体解放文言，精练白话，的确对整个新文学有纠弊之义，但问题也依然存在。

　　首先，把性灵文学隘化为语言层面的主张。虽然林语堂一再强调性灵说的是精神情感层面，而非修辞章法，但自己的落脚点又往往在语言上。他把白璧德的新人文主义误读为文章做法的纪律论："所以文学解放论者，必与

① 林语堂：《语录体举例》，载沈永宝编《林语堂批评文集》，珠海出版社 1998 年版，第 87 页。
② 林语堂：《论语录体之用》，载沈永宝编《林语堂批评文集》，珠海出版社 1998 年版，第 55 页。
③ 林语堂：《语录体举例》，载沈永宝编《林语堂批评文集》，珠海出版社 1998 年版，第 88 页。
④ 林语堂：《小品文之遗绪》，载沈永宝编《林语堂批评文集》，珠海出版社 1998 年版，第 161 页。

文章纪律论者冲突，中外皆然。后者在中文称之为笔法、句法、段法，在西洋称为文章纪律。这就是现代美国哈佛大学白璧德教授的'人文主义与其反对者争论之焦点。白璧德教授的遗毒已由哈佛生徒而输入中国'。"①我们知道，梁实秋在中国传播新人文主义，主要在文学上要表现永久人性、理性节制情感想象等层面，于各类文体具体该如何写，只是提了一些规律性的意见，并非琐碎到笔法、句法、段法，尤其散文更非如此。林语堂的误读使他自己掉入文章笔法的纠结，甚至深陷语录体不可自拔。虽然当下学者提醒不要把林语堂误解为提倡文言、反对白话的保守主义者，但当时的批评家就已经做如是观，比如胡风就认为："事实上，他的以及《人间世》里面一部分的小品文，在形式上已经承袭了'语录体'，和文言订下了'互惠条约'，在内容上渐渐走进了士大夫的闲居情趣，身边琐事，以至怀古的幽思。"②林语堂说自己未敢做白话短篇小说，是因为所说蓝青官话与真正的白话相去甚远，这同样是把文学创作隘化为纯粹语言的表现，鲁迅同样说蓝青官话，所作《狂人日记》《孔乙己》等并非纯粹的口语或京语白话，但其价值显然远不限于语言层面。

其次，把散文层面的主张泛化为一切文学体裁的要求。在林语堂的文学主张中，我们往往会有一种错觉：性灵是文学的最高要求，小品文是最高级的文学形式。性灵文学主张高扬作者个性，有多少种个性，就有多少种体裁，因为传统的体裁划分没有意义。小品文最强调个人笔调，所以是最高级的文学形式。这不是我个人的看法，李健吾当时就尖锐地指出这个问题，说蒙田和巴尔扎克是两个世界，不能要求蒙田做巴尔扎克，也不能要求巴尔扎

<hr />

① 林语堂：《论文》，载沈永宝编《林语堂批评文集》，珠海出版社 1998 年版，第 44—45 页。
② 胡风：《林语堂论》，载《胡风全集》(２)，湖北人民出版社 1999 年版，第 23—24 页。

克做蒙田，"可是人人不见其全是蒙田，而且即使是蒙田，人类和文学将要陷入怎样一种单调的沉闷！""你看见一个自由主义者，实际他想轻轻颠覆人类笨重吃力然而高贵的努力，不自知地转进另一个极端。"①林语堂并非全无文体意识，在《作文六诀》中，提到作小说是讲述一个好的故事，但同时又乐观地宣传，这只是纯粹的技术层面，并不神秘，而"下笔为文的风度"，他总结为作文六诀，却对作小说写小品都很重要，分别是：（一）要表现自己。（二）感动读者。（三）敬重读者。（四）精神爽快，始可执笔；必要时抽烟助兴。（五）随兴所之。（六）倦则搁笔——此条可由上条推而得知。②

其中的（四）（五）（六）几乎就为个人的写作习惯了，把写作视为劳动者如鲁迅，就不会如此轻松地作文。如果林语堂把这六条限定为写幽默小品的状态，也不会有人过于纠结，他又偏偏认为掌握此六条，作小说写小品都非常简单。难怪在以写小说为建人性小庙的沈从文看来，林语堂有把文学娱乐化的趋势："另外又有一部分作家，又认幽默为人生第一，超脱潇洒的用个玩票白相态度来有所写作，谐趣气氛的无节制，人生在作者笔下，即普遍成为漫画化。"③

再次，在文学的审美主义和功利主义之间时有摇摆。林语堂提倡性灵文学，主张作家表现自我，这自然是文学审美主义的表现。他不认同"为艺术而艺术"和"为人生而艺术"的区分，但凡真文学，都是反映人生，以人生为题材，"要紧是成艺术不成艺术，成文学不成文学"。要说区分，只有真艺术和假艺术之别，就是"为艺术而艺术"和"为饭碗而艺术"之别，而后者

---

① 李健吾：《〈鱼目集〉——卞之琳先生作》，载《李健吾文集·文论卷1》，北岳文艺出版社2016年版，第116—117页。

② 参见林语堂《作文六诀》，载沈永宝编《林语堂批评文集》，珠海出版社1998年版，第66—72页。

③ 沈从文：《短篇小说》，载《沈从文全集》（16），北岳文艺出版社2002年版，第502页。

最终是要口不从心，产生假文学。①但另一方面，林语堂又不时流露出文学功利主义的色彩。在谈到语录体之用时，说语录体在说理、论辩、作书信、开字条方面均胜于白话，还特意提到语录体可用于政界人物的演讲和电报。②在另一篇文章里，则谈到"八奇"："今日中国学生学白话，毕业做事学文言"；"白话文人作文用白话，笔记小札私人函牍用文言"；"报章小品用白话，新闻社论用文言"；"林语堂心好白话与英文，却在拼命看文言"；"学校教书用白话，公文布告用文言"；"白话文人请帖还有'谨詹''治茗''洁樽''届时''命驾'"；"古文愈不通者，愈好主张文言，维持风华"；"文人主张白话，武夫偏好文言"。③林语堂以此来强调文言自有存在之理，所涉均为语录体的社会之用。这自然有一定道理，但与其在文学层面提倡语录体的初衷相较，则逐步滑入了文学功利主义的一侧。

四、那样的旧又这样的新

从以西方的表现派文论对抗梁实秋在国内提倡新人文主义，到以性灵文学观梳理中国文学的浪漫主义流脉，林语堂建构了颇具个人性的人文批评话语。在很长一段时间里，学界并没有把林语堂作为批评家来研究，因其主要贡献在文学批评话语的建构和提倡上，具体的批评实践很少。林语堂少涉批评实践的原因大概如下：

---

① 参见林语堂《做文与做人》，载沈永宝编《林语堂批评文集》，珠海出版社1998年版，第157—158页。

② 参见林语堂《语录体之用》，载沈永宝编《林语堂批评文集》，珠海出版社1998年版，第56页。

③ 林语堂：《与徐君论白话文言》，载沈永宝编《林语堂批评文集》，珠海出版社1998年版，第244页。

一是林语堂眼界颇高，符合他审美趣味的作家并不多，这一点从他对白话文学的评价就能看出来。林语堂对白话文学的评价最后均落脚于白话本身，他真正认可的白话作家仅"老舍、老向、何容"等，尤其老舍，但他的评价标准不是其文学内容或小说形式，而是其作品语言符合他理想中的白话。所以说，他并不否定白话本身，而是认为当时"流行白话的可憎，乃白话作家之罪，尤其是海派作家之罪，非白话之罪"①。在林语堂看来，文学革命之后中国文学出现了两大变化：其一，出现了一种具有个人特点、无拘无束的写作风格，以鲁迅和周作人为代表。其二，则是"汉语的欧化"。这两个变化的概括有些微妙，前者的标准是写作风格，后者的标准则是语言。其实合在一起看就可以发现，其一中所谓的写作风格仍是指语言，就是鲁迅、周作人不拘泥于欧化或是文言词句，而是根据表达需要选择合适的句法或词汇，这才是林语堂理想的文章语言。

二是林语堂关注的文体主要还是散文，而对散文的关注点则是语言，或者用他自己的话说是"笔调"。林语堂受中国传统文学的影响，把散文作为正统文学，因而不大关注作为非正统文学的小说、戏剧，虽然他认为中国传统优秀的散文往往见之于"小说这种用白话写成的非正统文学里"②。林语堂理想中的散文标准非常高，"须具备围炉闲谈的气氛和节奏，有如伟大的小说家笛福、斯威夫特和包斯威尔的文笔。而这种散文只能用一种生命力的而非人工雕琢的语言来完成"。无论中外，林语堂常常认为小说中才具有他认可的散文语言，大概是他认为，因为小说非正统的定位，才使语言具备轻松、随性和有趣的特点。传统的文言是做不到这一点的。首先，优秀的散文要能反映日

---

① 林语堂：《怎样洗炼白话入文》，载沈永宝编《林语堂批评文集》，珠海出版社1998年版，第123—124页。

② 林语堂：《散文》，载沈永宝编《林语堂批评文集》，珠海出版社1998年版，第194页。

常生活，文言做不到；其次，优秀散文要有足够的篇幅来叙述，文言过于简练；优秀的散文不应讲求典雅，古典散文却以典雅为唯一志趣；优秀的散文讲求自然，古典散文却如小脚走路，备受束缚；优秀的散文或许需要一万到三万的词语来全面描写一个人物，中国传统的传记则往往被限制在二百到五百字；优秀的散文结构不需要太过均衡，而骈文则讲求对称；优秀的散文应该是随便的、谈话式的，陈述个人看法的，而中国文学艺术的特点则主张隐藏个人情感。①总而言之，以传统的文言产生不了优秀的散文。其实上述对文言弱点的描述，有些是文言本身的，比如因为与口语相去甚远，确实不能做到完全自然。有些则是受限于时代的物质环境，比如在造纸术、印刷术出现之前，语言的简洁是必然的。有些则不是文言的问题，而是审美标准差异的问题，为什么一万到三万字的人物描写才算优秀的散文？林语堂最终的指向还是语录式文言，在他眼中，"语录简练可如文言，质朴可如白话，有白话之爽利，无白话之啰嗦"②。以此为标准，他能看上的同时代散文家自是凤毛麟角。

　　三是林语堂所主张的批评是文化批评，纯粹的文学批评不是他的追求。林语堂认为当时的中国处于文章昌明、思想饥荒的状况，而现代的特征应为文章衰落而思想勃兴，那所要依靠的正是批评的力量："旧的文化不会自然消灭，新的文化不会自然产生，要使旧的消灭，新的产生，却都非靠我们批评的智力不可。"在林语堂看来，现代精神界的领袖就应该是批评家，批评是促进现代文明的唯一动力。批评如此重要，那什么样的批评才是理想的批评？他说："批评是应用学术上冷静的态度，来批评我们的文学思想、生活行动、

① 参见林语堂《散文》，载沈永宝编《林语堂批评文集》，珠海出版社1998年版，第193—194页。

② 林语堂：《论语录体之用》，载沈永宝编《林语堂批评文集》，珠海出版社1998年版，第55页。

风俗礼教，以及一切社会上的人事。"这当然是难的，批评家如何摆脱成见，探明真理，林语堂借用海涅的一个形象说法，说真正的批评家要以爱情妇的心理去爱真理，这样不会把真理搬回家中居姨太太身份，屈事正室。也就是说，批评家不能使真理被威权压制。① "笠翁、子才二人之人生观，又可以说是现代的人生观，是观察的，体会的，怀疑的，同情的，很少冷猪肉气味，去载道派甚远。这种怀疑的，观察的，体会的，同情的人生观，最是现代思想之特征，甚足动摇人心，推翻圣道。"② 因而，林语堂之提倡性灵和幽默，并非纯粹的文学目的，而是希望借此来重建国人的人生观。他有时候会呈现一种矛盾，当别人指责他在风沙扑面的 20 世纪 30 年代，摆弄 "性灵" "幽默" 这些精致的玩意儿，实则不利于民族的自强自立，他就会自嘲一个摆弄文学的，怎么就跟亡国能扯上关系？而另一方面，他又无意中夸大文学的作用，认为中国政治之腐败，"一半是文学标准之错误"③。所以，文学革命的目标也不在文学本身，而是 "要使人的思想与人生较接近，而达到较诚实较近情的现代人生观而已。政治之虚伪，实发源于文学之虚伪，这就是所谓 '载道派' 之遗赐。原来文学之使命无他，只叫人真切的认识人生而已……"④ 林语堂曾经谈到国人的一种心态，所谓 "卖洋铁罐，西崽口吻"，也就是爱赶时髦，生怕落伍，"于是标新立异，竞角摩登"。把 humour 译为幽默，大家竞相仿效，因为这是用西洋本音译，小品文忘记译为 "凡米利亚爱赛" 则起而诋毁，这种崇洋媚外、耻为华人态度，"何足言批评中西文化，又何足建现代人

① 参见林语堂《论现代批评的职务》，载沈永宝编《林语堂批评文集》，珠海出版社 1998 年版，第 139—145 页。
② 林语堂：《还是讲小品文之遗绪》，载沈永宝编《林语堂批评文集》，珠海出版社 1998 年版，第 168 页。
③ 林语堂：《今文八弊》，载沈永宝编《林语堂批评文集》，珠海出版社 1998 年版，第 174 页。
④ 林语堂：《今文八弊》，载沈永宝编《林语堂批评文集》，珠海出版社 1998 年版，第 175 页。

生观？"① 进而言之，林语堂提倡性灵文学的原因，也是以此重建国人的人生观，"然思想之进步终赖性灵文人有此气魄，抒发胸襟，为之别开生面也，否则陈陈相因，千篇一律，而一国思想陷于抄袭模仿停滞，而终至于死亡"②。

　　当然，林语堂并非没有具体的批评实践。他不满于中国的传记肖像描写往往被限制在二百到五百字，认为"优秀的散文或许需要一万至三万的词语来全面描写一个人物……"③ 或许出此动因，他写了一系列中外作家批评，如《辜鸿铭》《谈劳伦斯》《思孔子》《鲁迅之死》《论孔子的幽默》《毛姆与莫泊桑》《再谈萧伯纳》等，最著名的自然是皇皇 20 万字的《苏东坡传》。林语堂在很多方面与周作人观点一致，用他自己的话说，是"从而和之"。但周作人对苏轼的评价并不高，他说胡适之、明末的公安派虽然都很推崇苏轼，但他认为苏的有名，只是因为对王安石的反动。至于文章，苏轼自己认为不重要的书信题跋写得还好，而大部分作品则是学韩愈，"仍是属于韩愈的系统之下，是载道派的人物"④。当然，文学的趣味本来就见仁见智，周作人也曾经直言他对众所推崇的莎士比亚毫无感觉。相反，林语堂对苏轼的评价则非常高，甚至把他的作品当成性灵文学的范本。前面提到，林语堂把道家思想看作中国浪漫主义思想的流脉，宋代的代表正是苏轼。在这条流脉中，真正能够从人品到文章做到让林语堂完全钦服的非苏轼莫属，这也是他为什么倾尽心力写《苏东坡传》的原因。在林语堂的眼中，苏东坡是一个元气淋漓、富有生机的人，以人品而论，具有一个多才多艺的天才的深厚、广博、诙谐，有高度的智力，有天真烂漫的

---

① 林语堂：《今文八弊》，载沈永宝编《林语堂批评文集》，珠海出版社 1998 年版，第 176—177 页。

② 林语堂：《记性灵》，载沈永宝编《林语堂批评文集》，珠海出版社 1998 年版，第 186 页。

③ 林语堂：《散文》，载沈永宝编《林语堂批评文集》，珠海出版社 1998 年版，第 194 页。

④ 周作人：《儿童文学小论 中国新文学的源流》，北京十月文艺出版社 2011 年版，第 23—24 页。

赤子之心。他一生的经历，根本就是他本性的自然流露。另外一方面，他的作品也完全发乎内心，"流露出他的本性，亦庄亦谐，生动而有力，虽需视情况之所宜而异其趣，然而莫不真笃而诚恳，完全发乎内心"；"从他的笔端，我们能听到人类情感之弦的振动，有喜悦，有愉快，有梦幻的觉醒，有顺从的忍受"。① 林语堂认为杰作是能够超越时间界限的，"杰作之所以成为杰作，就因为历代的读者都认为'好作品'就是那个样子"。那到底这种"好作品"有什么与众不同的质素？"杰作之能使历代人人爱读，而不为短暂的文学风尚所淹没，甚至历久而弥新，必然具有一种我们称之为发自肺腑的'真纯'，就犹如宝石之不怕试验，真金之不怕火炼。"那"真纯"又为何物？林语堂直接采用了苏轼那段著名的关于做文章的描述："大略如行云流水，初无定质，但常行于所当行，常止于不可不止……"② 这一直是林语堂所提倡的文章不需要定规矩定法则，自然表达即可。所以说，在林语堂那里，苏轼的人品、文章都契合了他关于性灵文学的种种论述。换言之，为苏轼做肖像描写，恰恰是为国人树立一个理想的人生观，这与他文化批评的理念依然是契合的。

林语堂特别喜欢周作人评俞平伯《杂拌儿》中的一句话："这风致是属于中国文学的，是那样地旧而又这样地新。"③ 林语堂的文学批评同样如此，从浪漫出发，再到中国的传统文学中寻找资源，建构自己独特的文学话语世界，实际上经历的是一个从浪漫到古典的过程，"所以那样地旧，仍然可以这样地新"④。

---

① 林语堂：《苏东坡传》，张振玉译，湖南文艺出版社 2012 年版，第 1—4 页。
② 林语堂：《苏东坡传》，张振玉译，湖南文艺出版社 2012 年版，第 10—11 页。
③ 周作人：《杂拌儿序》，载《永日集》，北京十月文艺出版社 2011 年版，第 80—81 页。
④ 林语堂：《〈有不为斋丛书〉序》，载沈永宝编《林语堂批评文集》，珠海出版社 1998 年版，第 278 页。

第六章

李健吾：坚固的
印象主义批评家

李健吾是真正的作家型批评家，文学批评于他而言也是一种创作，是注定"误读"他人，也不断被他人"误读"的创作。他是印象主义批评家，但决不轻率，他自觉地把批评当成艺术，赤手空拳地以人性对峙人性，从"独有的印象"到"形成条例"，最终实现灵魂在杰作中的奇遇。

一、误读是批评家的宿命

　　批评是难的。你能否保证自己对批评对象毫无成见，或者说，即便作者与你沾亲带故，抑或是思想上的仇敌，能否摒弃一切杂念尽量客观地进入作品？面对不同气质的作者和不同风格的作品，能够压制个人的喜好，能否不借用各种"主义"之名进行价值的论断？你确定你的真诚能被感知，坦荡不被误解，斟酌已久的用词和语气不被认为是轻率，甚至傲慢？你认为面对一部杰作，用了九分力气去赞美，剩下一分力气去商榷，这是一个批评家的原则或者底线，但恰恰可能是那一分商榷被人误解。更有甚者，你的批评对象觉得你夸也没夸到点上，觉得你每一句的解读都与自己的创作初衷相悖。如果意识到这一切，你还会兴致勃勃地写下那些吃力未必讨好的批评文章？

　　我想，对于批评家李健吾而言，这些心理活动大概都曾遭遇过。其实他自己说得更好：

　　我这样观察这部作品同它的作者，其中我真就没有成见，偏见，或者见不到的地方？换句话，我没有误解我的作家？因为第一，我先天的条件或许和他不同；第二，我后天的环境或许和他不同；第三，这种种交错的影响做成彼此似同而实异的差别。他或许是我思想上的仇敌。我能原谅他，欣赏他吗？我能打开我情感的翳障，接受他情感的存在？我能容纳世俗的见解，抛掉世俗的见解，完全依循自我理性的公道？[①]

　　只是他在说这些话的时候，并没有想到几篇精心准备的批评之作会引起那么多麻烦。李健吾是不折不扣的作家型批评家，从中学开始就进行文学创作，在以批评家名世之前，出版过两部短篇小说集和一部长篇小说，写出被鲁迅誉为"绚烂""可以看见那藏在用口碑织就的华服里面的身体和灵魂"[②]的《终条山的传说》时，仅是一个十八岁的高中生。他写戏剧，也演戏剧，1934年曹禺发表处女作的那一期《文学季刊》上，排在《雷雨》前面的是李健吾的话剧代表作《这不过是春天》。他有深厚的西方文学素养，近三十万字的《福楼拜评传》奠定了他作为优秀外国文学研究专家的地位，其中单篇发表的论文《包法利夫人》引发了林徽因的关注，从而成为"太太的客厅"中的常客。他熟悉西方批评理论，文章中随手引出的古尔蒙（Remy de Gourmont）、圣佩夫（Sainte Beuve）、布娃楼（Boileau）、布雷地耶（Brunetière）、勒麦特（Lwmaitre），尤其是法郎士（France），都是他熟读的批评家。他生活中的性

---

① 李健吾：《〈爱情三部曲〉——巴金先生》，载《李健吾文集·文论卷1》，北岳文艺出版社2016年版，第35页。

② 鲁迅：《〈中国新文学大系〉小说二集序》，载《鲁迅著译编年全集》(18)，人民出版社2009年版，第105页。

格可能不乏执拗，但面对批评对象决不傲慢，缓慢、迂回进入作品的方式，恰恰呈现了批评的谨慎。应该说，李健吾是具备了一个优秀批评家的诸多条件，也确以《咀华集》《咀华二集》的批评实绩使印象主义批评在中国现代文学史上占据了一席之地，但他最精彩的几篇文学批评却遭遇了来自作家自身的抗议，成为批评史上的经典案例。从这个角度而言，不得不说误读是批评家的宿命。

《咀华集》第一篇是《〈爱情三部曲〉——巴金先生作》，1935年11月3日发表在《大公报》文艺副刊时题为《〈雾〉〈雨〉〈电〉——巴金的〈爱情三部曲〉》。该文并非《咀华集》中最早发表的批评，却放在书首，足见李健吾对它的重视。二人在两年前即已相识，且巴金是李健吾的哥哥李卓吾的旧友。李健吾对于这位已经成名的作家兼朋友的作品自然非常慎重，所以在正式进入文本分析之前做了一番关于批评的夫子自道，核心意思就是，批评是两个人性之间的碰撞，但人生太变幻莫测，人性太深奥难知，更多时候批评家只能在作家面前"唯唯固非，否否固非，辗转其间，大有生死两难之慨"。公平地说，随后的分析还是符合作品所呈现的实际情况，对巴金的评价也非常高。李健吾说巴金是一个有信仰的作家，信仰使他充满热情，他笔下的人物如是，他笔下的情感如是，他的叙事也因热情而流畅迅速。小说中人物情绪的连锁是：热情—寂寞—忿恨—破坏—毁灭—建设，人物成长的轨迹则是由迟疑到矛盾，再到行动。革命加恋爱的模式可能流俗，但在信仰的名义下面也合乎逻辑，最终小说中人物是幸福的，巴金也是幸福的。当然，还是指出了巴金小说存在的问题，因为过于热情，有时候会疏于描写；总体来看，《雾》因为描写不够，稍显窳陋；《电》因为中心人物的缺乏，显得紊乱。巴金的反应是强烈的，他首先否认幸福一说，信仰并不必然带来幸福，在这样一个暗夜般的时代，他只是在暗夜里叫号的人，这是不折不扣的悲剧。他也不承认那个情绪链条：没有寂寞，真正的革命者不会感到寂寞；没有毁灭，没有破折号，破坏和建设不可分离，全包含在革命者的热情里。尤其不承认《雾》的窳陋和《电》的紊乱，那是因为"你永远开起你的流线型的汽车，凭着你那头等的驾驶本领，在宽广的人生的旅路上'兜风'，在匆忙的一瞥中你就看见了你所要看见的一切，看不见你所不要看见的一切"①。巴金几乎是用了李健吾的语气来回应李健吾，只不过在字里行间中透露了嘲讽与不满。

　　李健吾与曹禺同样是旧识，先后从清华大学外文系毕业，都曾是清华的戏剧社团的风云人物，20世纪30年代在《文学季刊》的圈子里亦有交往，各自戏剧代表作《这不过是春天》《雷雨》发在同一期杂志上。《〈雷雨〉——曹禺先生作》开篇就赞《雷雨》是内行人的制作，实则李健吾自己也是不折不扣的内行。李健吾敏锐地抓住了《雷雨》中的命运观念，使二十年前的种子在二十年后开花，也指出作者没有把命运悬置在形而上的层面，而是内化为人物错综的社会关系和心理作用，具体来说推动全剧行进的力量更多是靠繁漪、鲁大海的报复观念；他看出该剧中塑造最成功的人物是以繁漪为代表的女性，对繁漪复仇心理一大段层次错落的概括无疑流露出评论者对剧作研读的用心。文章中有两点尤能显出李健吾不愧为戏剧的行家里手：一是指出鲁大海性格的不一致，一是说剧作很像电影。尤其"像电影"一说，其中有赞扬，作者把心力用在情节上且实现了效果，也有提醒，用力也许过分了。曹禺后来就反省《雷雨》太像戏，反而少了些生活的质感。一位学长和戏剧前辈，对刚入文坛的年轻人给予"一出动人的戏，一部具有伟大性质的长剧"

---

① 巴金：《〈爱情三部曲〉作者的自白》，载李健吾《咀华集　咀华二集》，人民文学出版社2007年版，第30页。

如此高的评价①，按说应该过关了。没想到，曹禺在第二年出版的《雷雨》单行本序中就表达了不满：

> 　　我很钦佩，有许多人肯费了时间和精力，使用了说不尽的语言来替我的剧本下注脚；在国内这些次公演之后更时常地有人来论断我是易卜生的信徒，或者臆测剧中某些部分是承袭了 Euripides 的 Hippolytus 或 Racine 的 Phèdre 的灵感。认真讲，这多少对我是个惊讶。我是我自己——一个渺小的自己：我不能窥探这些大师的艰深，犹如黑夜中的甲虫想象不来白昼的明朗。在过去的十几年，固然也读过几本戏，演过几次戏，但尽管我用了力量来思索，我追忆不出哪一点是在故意模拟谁。
>
> 　　……然而如若我绷起脸，冷冷生生地分析自己的作品（固然作者的偏爱总不容他这样做），我会再说，我想不出执笔的时候我是追念着哪些作品而写下《雷雨》，虽然明明晓得能描摹出来这几位大师的道劲和瑰丽，哪怕是一抹，一点或一勾呢，会是我无上的光彩。②

　　曹禺宁愿把自己形容为"黑夜中的甲虫"，宁愿承认自己的渺小，也不愿承认自己对大师们有哪怕"一抹，一点或一勾"的描摹。其实在说曹禺可能受到欧里庇得斯和拉辛的影响，李健吾的用语是非常谨慎的："作者隐隐中有没有受到两出戏的暗示？一个是希腊尤瑞彼得司（Euripides）的 Hippolytus，一个是法国辣辛（Racine）的 Phèdre，二者用的全是同一的故事：后者爱上

---

① 李健吾：《〈雷雨〉——曹禺先生作》，载《李健吾文集·文论卷1》，北岳文艺出版社 2016 年版，第 85 页。

② 曹禺：《〈雷雨〉序》，载《雷雨》，山西师范大学出版总社 2011 年版，第 1—2 页。

了前妻的儿子，我仅说隐隐中……"[1] 作家创作，或明或暗地受经典的影响，非常正常，否则哪有"影响的焦虑"一说，曹禺的反应或因为他太珍爱自己的创作，不想背上任何模仿经典的嫌疑，模仿即意味着不成熟。李健吾在另一篇看似不相关的批评文章中，以顺带提到的口吻回应了曹禺："实际，我要说到《雷雨》的故事和二位先贤采用的故事相似，我还不至于蠢到（我凭读者的聪明）把一部杰作看成另一部杰作的抄袭。故事算不了什么，重要在技巧，在解释，在孕育，在彼此观点的相异。Euripides 挡不住我们欣赏 Racine。而二者同样挡不住第三者问世。Racine 在序里一口承认他故事的来源，但是他相信他要是没有一个更好的写法，至少他有一个不同的写法。"[2] 这与其说是解释，不如说是告诉对方，我依然坚持认为你的故事是来源于 Euripides 或 Euripides，但没事，Racine 都亲口承认他的故事来源于 Euripides，人家照样觉得自己写得与众不同。可以想见，这样的解释并不能让曹禺真正接受。

　　还有一次批评的冲突发生在李健吾和同样关系匪浅的卞之琳之间。1935年，卞之琳出版诗集《鱼目集》，说是批评家的责任也好，说是朋友间的唱和也好，李健吾自要评论一番，于是写了《评〈鱼目集〉一文》。后来编《咀华集》时，李健吾把另一篇《新诗的演变》放在文前，合而为一，以《〈鱼目集〉——卞之琳先生作》为名收录。李健吾对卞之琳评价很高，把他和何其芳、李广田等年轻诗人的作品看作是与传统诗歌，甚至此前的新诗截然不同的创作。此前胡适反对旧诗，却很难摆脱旧诗的影响，一个半路放脚的妇人无论如何都要带点过去的畸形，卞之琳们"不反对旧诗，却轻轻松松甩掉旧

---

① 李健吾：《〈雷雨〉——曹禺先生作》，载《李健吾文集·文论卷1》，北岳文艺出版社2016年版，第83—84页。

② 李健吾：《〈篱下集〉——萧乾先生作》，载《李健吾文集·文论卷1》，北岳文艺出版社2016年版，第72页。

诗。决定诗之为诗，不仅仅是一个形式内容的问题，更是一个感觉和运动的方向的问题"。李健吾肯定他们的创作已经超越了语言层面的努力，在整体上实现了现代的突破："然后从各面来看，光影那样匀衬，却唤起你一个完美的想象的世界，在字句以外，在比喻以内，需要细心地体会，经过迷藏一样的捉摸，然后尽你联想的可能，启发你一种永久的诗的情绪。"① 卞之琳的不满是在于李健吾对自己具体诗句解读得不准确。卞之琳在回应文章开头就说，你说我的《寂寞》有深意，其实我倒没这么想过，而对另一首《圆宝盒》的解读，却"全错"了，然后细致地解读一通自己当初创作时的真实意图。对小说的批评，批评家和作者的创作意图往往都会南辕北辙，更何况对现代诗的理解。如果读者都能轻易地获取现代诗作者的意图，那诗人岂不又要陷入自己创作是否浅白的另一种自我怀疑。卞之琳当然也意识到这一点，在文章最后解释说："总之，随便人家骂我的作品无用，不合时宜，颓废，我都不为自己申辩，惟有一个罪状我断然唾弃，就是——斩钉截铁的'没有内容'。"② 其实，李健吾何曾批评他的创作"没有内容"，无非具体的作品分析没对上他想表达的意思，换言之，批评家夸赞作品有时候也是危险的。李健吾还是比较幽默，在《答〈鱼目集〉作者》中说自己的"误读"何止这些，之前以为"圆宝盒"是指"圆宝—盒"，经作者解释，才知道是"圆—宝盒"，这多少近于揶揄了。

批评家误读作家作品，作家又误读批评家的解读，以李健吾的批评生涯来论，误读真是批评家的宿命。李健吾自然意识到作家与批评家之间永远无

① 李健吾：《〈鱼目集〉——卞之琳先生作》，载《李健吾文集·文论卷1》，北岳文艺出版社2016年版，第72页。

② 卞之琳：《关于〈鱼目集〉》，载李健吾《咀华集 咀华二集》，人民文学出版社2007年版，第89—92页。

法达成真正的共识，无非有些作家按捺不住要发声回应，有些作家则以沉默对之。但作为职业批评家，他始终坚守批评的独立性：批评家不是清客，要去伺候东家的脸色；批评家也不是政客，不会有意歪曲事实；批评家尊重人的自由，尊重文学的个性，不诽谤，不攻讦；他深知自己的限制，面对伟大作家可能心性不投，超出自己的理解，面对同代作家，更可能快马不及；批评家很容易迷失，创作的对象是人生，批评的根据也是人生，人生浩瀚，迷失是必然的，但批评家不是为某一作家作品服务，"一个作家为全人类服务，一个批评家亦然：他们全不巴结"。李健吾把批评家形容为街头的测字先生，可能"十九不灵验"，"但是，有一中焉，他就不算落空。他不计较别人的毁誉，他关切的是不言则已，言必有物"。① 沈从文倒是对李健吾这种近乎堂吉诃德般的精神洞若观火，说幸好还有一个刘西渭（即李健吾），"几乎像凭空掉下，一枝带着感情的笔，常在手中挥来使去"，"凭着这种迷恋于中世纪的游侠者精神，到处玩着刺风磨的举动，虽弄得这个人满头是汗，还不休息"。②

　　以此而论，要做一名合格的批评家，多少要有知其不可为而为之的精神。李健吾明知批评的误读必然存在，依然不屑于空谈批评的原则与方法，而是直面同时代的作家作品，进一步凸显了文学批评的现代精神，强化了批评之于创作的独立性。

---

① 李健吾：《〈咀华二集〉跋》，载《李健吾文集·文论卷1》，北岳文艺出版社 2016 年版，第4—5 页。
② 沈从文：《作家间需要一种运动》，载《沈从文全集》(17)，北岳文艺出版社 2002 年版，第106 页。

二、艺术的批评与批评的艺术

李健吾在《假如我是》一文中说，假如他是一个批评家，他会告诉自己：

第一，我要学着生活或读书；

第二，我要学着在不懂之中领会；

第三，我要学着在限制之中自有。

那假如自己是一个创作家，他也会告诉自己：

第一，我要学着生活或读书；

第二，我要学着在不懂之中领会；

第三，我要学着在限制之中自有。①

李健吾形象地传达出他对批评的看法：文学批评如文学创作一样，是一门艺术。假如说梁实秋是通过强调批评的哲学源头和普适的人性标准来凸显文学批评的独立性，那李健吾则是通过强调批评和创作具有同样的艺术性实现上述目的。虽然梁实秋恰恰最反对的就是认定批评为一门艺术，认为这会使批评丧失标准，从而沦为创作的附属，但二者的努力都是为了提升文学批评在中国的地位。

批评作为一门艺术，首先表现在批评是自我的表达。王国维评论《红楼梦》，自然是因为《红楼梦》是文学经典，是中国文学中难得的悲剧，更重要的，是因为通过评论《红楼梦》可以表达自我对人生、对文学的看法。李健吾问什么是批评，"批评的成就是自我的发现和价值的决定"②。首要的目的就是自我的发现，没有自我何来批评。梁实秋认为世界和人生都在变，但变中

---

① 李健吾：《假如我是》，载《李健吾文集·文论卷1》，北岳文艺出版社2016年版，第8—9页。

② 李健吾：《〈咀华集〉跋》，载《李健吾文集·文论卷1》，北岳文艺出版社2016年版，第1页。

有常，人性不会变，评判人性健康与否的标准不会变；所以文学批评要以不会变的人性为标准，否则没有标准何来判断的公正？李健吾则认为一切皆在变，被研究的对象不断在变，我们的心灵难道不是随时处于变动之中，那我们的批评如何能有一个恒定的标准？所以，我们就应该牢记蒙田的警告："我知道什么？"对自我要有清晰的认知，你无法以随时在变的心灵去寻求固定的标准以抓住随时在变的对象，那只有一种办法，放弃判断的野心，批评只是表达你此刻的印象，"和其他作家一样，他往批评里放进自己，放进他的气质，他的人生观；和其他作家一样，他必须加上些游离的工夫"①。换言之，认为批评是表达自我，一是强调批评必须有我，过分依赖外在标准的批评既会游离于作品之外，也会使自我迷失；二是强调批评只是表达自我，不要试图代表作家和读者，你只是一个批评的个体，你最重要的标准就是自我。李健吾说拿自我作为创作的根据，不是新东西，"但是拿自我做为批评的根据，即使不是一件新东西，却是一种新发展。这种发展的结局，就是批评的独立，犹如王尔德所宣告，批评本身是一种艺术"②。

　　批评作为一门艺术，其次表现在批评有艺术的尊严。如前所说，在李健吾那里，批评的成就是"自我的发现和价值的决定"。在"价值的决定"这一点，与梁实秋不谋而合。两人都对科学入侵批评领域抱有审慎的态度，所以在价值判断这一点上为科学划出禁区，科学无法为文学作品确定价值，这点必须由文学批评来完成。但梁、李之间的区别还是存在的。梁实秋斩钉截铁地认为文学批评应当而且能够对文学创作进行价值判断，只要你的批评标准

①　李健吾：《自我和风格》，载《李健吾文集·文论卷1》，北岳文艺出版社2016年版，第179页。

②　李健吾：《自我和风格》，载《李健吾文集·文论卷1》，北岳文艺出版社2016年版，第179页。

足够合理，且是普遍和固定的，或者说，只要你是用不变的人性进行批评活动。而李健吾只是认为文学批评与事实论断的科学领域不一样，是价值领域的精神活动。但至于能不能做到"价值的决定"，他没有梁实秋显得那么不容置疑。批评是一颗心灵面对另一颗心灵，你即便用尽全部心力去研究一个人的心灵活动，也未必能保持公平，何况公平本来也是一个值得怀疑的概念。那就依照勒麦特的提醒，"不判断，不铺叙，而在了解，在感觉"①。批评是难的，但不意味着批评家就此放弃自己的独立性，或者说打着主观的旗帜放弃自己的立场。批评是自我的表现，是独立的艺术，同样具有任何艺术所具有的尊严，不依附，不自轻，"有它自己的宇宙，有它自己深厚的人性做根据"。没有任何一个批评家可以离开外在的限制，也无法完全摆脱实际的影响，"但是最后决定一切的，却不是某部杰作或者某种利益，而是他自己的存在，一种完整无缺的精神作用，犹如任何创作者，由他更深的人性提炼他的精华，成为一件可以单独生存的艺术品"。虽然没有用之四海皆准的客观标准，但他有自己人性的标准和立论的基础，他有一以贯之的独立精神，即使他无法代表其他人的见解，至少他能代表自己独立的存在，唯有这样的批评家才值得我们敬重，"因为他个人具有人类最高努力的品德"②。换句话说，李健吾这里的价值决定，实际上是个体的价值决定，我所认为的文学作品之于我的价值，这不是科学批评所能给我的，这必须靠批评家的人性探险去获得，去确立。

批评作为一门艺术，还表现在批评非但不附属于创作，反而能促进创作。李健吾认为历来把曹植置于曹丕之上的评价是一种偏见，也许在诗歌创作上

---

① 李健吾：《自我和风格》，载《李健吾文集·文论卷1》，北岳文艺出版社2016年版，第179页。

② 李健吾：《答巴金先生的自白》，载《李健吾文集·文论卷1》，北岳文艺出版社2016年版，第47页。

的才华和贡献，曹丕不如其弟，但批评的才分至少相当，再加上其不遗余力地主张文章乃"经国之大业，不朽之盛事"，"在某一意义上，比曹植不知道要大出若干倍"。在李健吾看来，每个人都有批评的本能，人人在某种意义上都是批评家，当然还不够，正如每一个年轻人都有过写诗的狂热，但并非人人都能成为诗人。批评家要与作家相成相长，他的使命"不是摧毁，不是和人作战，而是建设，而是和自己作战"①。进一步说，批评家虽然不是如设计师一样，先设计蓝图，然后工人按此施工，但他能从已有的作品中"推敲一种理想的完美"，"批评家可以看出别人看不出的东西，道破甚至于作家道不破的真谛，虽说人人不见得和他同意"。所以说，一个杰出的批评家，不能够阻碍一个大作家的产生，但也许可以帮助一个杰作出世。②李健吾虽然一再谦虚地表示文学批评只是自我印象的表达，但骨子里依然保有批评家的自觉与自许。正如他把沈从文定位为艺术家，而不仅仅是一个小说家，其中的区别是沈身上有艺术的自觉，他自己其实也是一个自觉的艺术的批评家：他有批评家的自尊，不以批评依附任何人、任何派或任何主义；也有批评家的自觉，自觉探寻批评的各种可能，自觉要成为催生杰作的批评家。

　　批评是艺术，就意味着从无标准，或不应该有标准吗？李健吾并不这么认为，他只是觉得用一个标准去评定不同时代作家作品的做法很可疑，并非自己是标准的虚无主义者。在《文学批评的标准》一文中，他首先检讨了中外历史上所产生过的批评的标准。从孔子的"文质彬彬"，子贡的"文犹质也，质犹文也，虎豹之鞟，犹羊犬之鞟"，到荀子"言必当理"，扬雄的"文词，表也，德行中信，里也"，和王充的"文人之笔，独已公矣"，中国文学

①　李健吾：《假如我是》，载《李健吾文集·文论卷1》，北岳文艺出版社 2016 年版，第7—8页。
②　参见李健吾《现代中国需要的文学批评家》，载《李健吾文集·文论卷1》，北岳文艺出版社 2016 年版，第 21 页。

批评逐步从评人的范围而入评文的范围，且出现了理、善、真等不同的标准。同样的标准在托尔斯泰那里也有相应的对照点。换句话说，李健吾认为，"中国古代的文学批评标准和西洋近代的比较起来也并不逊色，可惜的是古人说话因文字的关系常常很简单而难懂，然其意义则很深远"。那这些标准如今还适不适用？他认为依然有用，只是标准的内涵因时代的变化要有所调整。另一方面，李健吾也介绍了否定标准的另一类批评家，他们认为，一本书只是某个特殊时间下一个人对于人世印象的记录，那批评也不过是某个特殊时间下一个批评家对一部书的印象的记录，所谓印象的印象而已，谈何标准。其中最著名的自然是法郎士，他说我把握不住书和作者，只能把握自己，"批评只是灵魂在杰作中的奇遇"。李健吾发现他们虽然否定一切标准，"但是他们无形中也提出了一个标准——Moi 自我"①。李健吾并不像很多学者认为的，是中国的法郎士，他不全盘接受印象主义批评的说法。他认为以自我为标准，"好处在客气，坏处，不随意得罪人；坏处在没有标准"。以自我为标准，最终的结果就是没有标准，虽然他们把文学批评地位提高了，"因为批评的目的是纪录批评家自我的印象，批评家的活动不再是审判而是创造，于是文学批评也成为文学中的独立部门了"。

那李健吾的标准究竟是什么？其一是人生经验。人生是复杂的，你不能预设一个评判人生的标准去批评文学里的人生，而是要用人生经验去了解和体会。在这个意义上，过于注重技巧而脱离人生的作品就绝不是好作品，李健吾也很少纯从技巧层面去判断一部作品的价值。其二是杰作。"以过去的杰作为标准比抽象的条件好，因为杰作的创造是根据人生的经验，杰作是含有

---

① 李健吾：《文学批评的标准》，载《李健吾文集·文论卷1》，北岳文艺出版社 2016 年版，第 155—157 页。

不可避免性（Inevitableness）。"① 也就是说，批评的标准是经验的，而不是先验的。其实梁实秋也强调杰作（经典）作为标准，问题就在于，梁实秋认为附着于经典上的标准是固定的、先验的，放之四海而皆准的。而李健吾则认为，以杰作为标准，是因为相对来说更可靠，毕竟杰作之为杰作，已经被证明是根据人生经验而创造出来的，但他依然强调，不能迷信书本，不能毫无保留地认定杰作所呈现的特质。

总体来说，李健吾的标准是经验的。与梁实秋不同，他不注重对文学批评原理性的阐发，所谓人生经验和杰作的标准，都是基于具体的生命体验，都是强调在具体的作品中去探索。这也是为什么相比其他中国现代批评家，他更重视作品批评的原因。

三、人性和人性的对峙

创作是艺术，是因为创作里有作家的自我，作家根据人生经验和人类此前杰作的指示，把对人世的印象转化为文字，说到底，创作是作家人性的投射。批评是艺术，是因为批评里有批评家的自我，批评家根据人生经验和人类此前杰作的提示，把对作家作品的印象转化为文字，说到底，批评是批评家人性的投射。李健吾说："看一篇批评，成为看两个人的或离或合的苦乐。"这两个人，一者是批评家，一者是作家。合当然好，离也是两种人性的辉照，合是和而不同，离是相成相长。所以，批评之所以成为一种独立的艺术，除了上节所说，"不在自己具有术语水准一类的零碎，而在具有一个富丽的人性

---

① 李健吾：《文学批评的标准》，载《李健吾文集·文论卷1》，北岳文艺出版社2016年版，第157—158页。

的存在"。批评家的人性，与作家的人性，不是前者要指导和裁判后者，也不是后者要等待和引导前者，批评者和作家不是堤和水的关系，前者想拦，后者想冲。他们更像是水和水的关系："小，被大水吸没；大，吸没小水；浊，搅浑清水；清，被浊水掺上些渣滓。"当然，最好的状态是两股水势均力敌，可以相冲吸，但不会被吸没。最好的批评，是"一个人性钻进另一个人性，不是挺身挡住另一个人性"①。但钻进不是消失，而是对峙之后的探险，水也许会消失在水里，但真正的批评家，不会让自己的人性迷失在另一个人性里。人性的对峙不是挺身挡住，而是相互凝视，继而冒险，继而发现。

当然很难，人和人不一样，人性和人性自然也不一样，比如废名是隐士，而巴金是战士，隐士则自成境界，战士则自成力量。"人世应当有废名先生那样的隐士，更应当有巴金先生那样的战士。一个把哲理给我们，一个把青春给我们。二者全在人性之中，一方是物极必反的冷，一方是物极必反的热，然而同样合于人性。临到批评这两位作家的时节，我们首先理应自行缴械，把辞句、文法、艺术、文学等等武装解除，然后赤手空拳，照准他们的态度迎了上去。"②解除武装，赤手空拳，以人性对人性，在另一处，他是说"灵魂企图与灵魂接触"③。

因为很难，所以李健吾的批评态度很慎重。越是面对优秀的作品，他越要提前做一番批评的自陈以为铺垫，"我不得不在正文以前唱两句加官，唯其

---

①　李健吾：《〈爱情三部曲〉——巴金先生》，载《李健吾文集·文论卷1》，北岳文艺出版社2016年版，第34—35页。

②　李健吾：《〈爱情三部曲〉——巴金先生》，载《李健吾文集·文论卷1》，北岳文艺出版社2016年版，第36页。

③　李健吾：《叶紫的小说》，载《李健吾文集·文论卷1》，北岳文艺出版社2016年版，第159页。

眼前论列的不仅仅是一个小说家，而且是一个艺术家"[①]。"加官"是中国戏曲里的名词，原指在正式节目演出前外加的单人或多人表演，周作人有时也会"加官"，他是做理论的铺陈，先把问题讲清楚，对作品的解读就顺理成章；梁实秋则很少，往往是单刀直入，充满早已理论在手的自信。李健吾最爱"加官"，在批评巴金之前，强调的是批评之难，因为人生变化太莫测，人性比任何东西都深奥难知；在批评沈从文之前，则细诉批评家不应凭空把作者硬往上扯，也不应把对方揪到自己的淤泥坑，而要以人性的同情去衡量人性。形象点说，他的"加官"是在为把自己人性钻入对方人性而摩拳擦掌。在评论萧乾的《篱下集》时，李健吾则形容自己的"加官"为"门外的徘徊"，他评萧乾而先说沈从文，先说卢梭，先说浪漫主义，先说乔治桑，就是不提萧乾。然而，"所有我这里门外的徘徊，其实正是走进《篱下集》的准备"[②]。我们也可以把之理解为助跑，每走近一部杰作，每打算直面一个人性，他都要做充分的准备。面对越杰出的批评对象，他在门外徘徊的时间越长，他不是一个轻率的批评家，他的助跑是为了使批评更力，挖掘更深。

　　李健吾说："一个批评家，第一先得承认一切人性的存在，接受一切性灵活动的可能，所有人类最可贵的自由，然后才有完成一个批评家的机会。"[③]正因为他对人性的理解更灵活、更包容，所以对不同人性投射下的创作也更包容。他不仅要求自己进入作品的时候赤手空拳，而且把作家作品的外在标签也尽量撕去。他跟京派作家走得更近，但对鲁迅、茅盾、巴金、夏衍、萧

---

① 李健吾：《〈边城〉——沈从文先生作》，载《李健吾文集·文论卷1》，北岳文艺出版社 2016 年版，第 58 页。

② 李健吾：《〈篱下集〉——萧乾先生作》，载《李健吾文集·文论卷1》，北岳文艺出版社 2016 年版，第 70 页。

③ 李健吾：《〈边城〉——沈从文先生作》，载《李健吾文集·文论卷1》，北岳文艺出版社 2016 年版，第 57 页。

军、叶紫的评价都很高。他理解鲁迅放弃小说创作而专注杂文的选择，也能跳出政治的偏见看待鲁迅的翻译；他评价茅盾是天生的小说家，如一名医生，"把人生连脓带血摆在我们的眼前"①；他指出《八月的乡村》不是杰作，写失败了，但文字里的新鲜气息依然吸引人，"因为这里孕育未来和力量"，把萧军们比作"仿佛野生的草木，一丛一丛，在石隙土缝顶出他们充满希望的新芽。我们喜欢它们的鲜嫩"②；叶紫的小说"没有《生死场》行文的情致，没有《一千八百担》语言的生动，不见任何丰盈的姿态"，但其中的"力"和"真"依然会让人牢牢记住这位英年早逝的作家，"我们从他的小说看到的不仅是农人苦人，也许全不是，只是他自己，一个在血泪中凝定的灵魂"。③李健吾虽然也谈"主义"，对沈从文浪漫主义的定位体现了他精准的眼光，但从不依赖"主义"，"一个名词不是一部辞海，也不是一张膏药，可以点定一个复杂的心灵活动的方向"。④他所理解的各种主义，更像是一种气质，所谓"象征主义和古典主义，以及一切其他的主义或者抽象的名词，都不免有一个生理的心理的根据"，"观察一个名词的产生，剥脱到底，我们便明白决定他命运的最基本的一个条件，有时不是别的，而是使用者的气质"。⑤或者说，他不迷信一个主义能决定作家的全部，真正决定作品气息的还是作家的人格和气

---

① 李健吾：《叶紫的小说》，载《李健吾文集·文论卷1》，北岳文艺出版社2016年版，第163—164页。
② 李健吾：《〈八月的乡村〉——萧军先生作》，载《李健吾文集·文论卷1》，北岳文艺出版社2016年版，第96—102页。
③ 李健吾：《叶紫的小说》，载《李健吾文集·文论卷1》，北岳文艺出版社2016年版，第167—169页。
④ 李健吾：《〈篱下集〉——萧乾先生作》，载《李健吾文集·文论卷1》，北岳文艺出版社2016年版，第68页。
⑤ 李健吾：《读〈从滥用名词说起〉——致梁宗岱先生》，载《李健吾文集·文论卷1》，北岳文艺出版社2016年版，第142—143页。

质，所以他在萧乾身上发现了忧郁。按说忧郁是现实主义的专利，"属于正常人生的小说，大半从萌芽说到归宿，从生叙到死，唯其崩溃做成这些现象必然的色相，我怕行动都戴着忧郁的脚镣"。李健吾的意思是，唯其现实主义小说撕开人生的真相，感受到现实人生崩溃的必然，作品自然会沾染忧郁的气息，但他发现浪漫主义者萧乾的作品同样忧郁。忧郁跟忧郁当然不一样，"最好的现实主义要删掉作者的存在，而最好的浪漫主义却要私人的情绪鲸吞一切"，前者的忧郁来自对现实真相的发现和自身的无可奈何，后者的忧郁则更多来源于自身的孤独和自我的诠释，"但是浪漫主义者用他的自我来诠释，他接近自然，因为傲然无伴，只有无言的自然默默容纳他的热情"。[1] 他不是贴标签，也从不以现实主义或浪漫主义来判断一个作家的优劣，所谓主义在他更多代表一种作家的气质和作家面对世界的态度，这同样是用批评家的人性去碰撞作家的人性。

　　创作是作家性灵的活动，作品是作家人性的表现，所有的性灵和人性都值得被尊重，也因此，李健吾对割裂人性的做法，对把性灵与某一种文体或语言挂钩的做法不以为然。这是对周作人、林语堂主张"性灵文学"的反思。他对提倡"性灵文学"者的质疑主要在两方面：其一，不应语言支配作家，而是作家支配语言。林语堂对"五四"以来的白话文不满意，认为其解放程度还不如明末公安、竟陵诸人，所以大力提倡语录式文言，自己的文章也半文不白。李健吾则认为要回到明清的语言，那所谓"发扬性灵"，会成为"销铄性灵"，所谓"广大人性"，会成为"锉斧人性"。真正的作家应该是"善能支配言语，求到合乎自己性格的伟大的效果，而不是言语支配他们，把人性

---

① 李健吾：《〈篱下集〉——萧乾先生作》，载《李健吾文集·文论卷1》，北岳文艺出版社2016年版，第75—76页。

割解成零星的碎块。这些碎块也许属于钻石，可惜只是碎块"。换句话说，提倡性灵而沦为语言层面的调整，无异于割解人性。其二，不应以一类文体的主张覆盖所有文体。林语堂的文学主张实际上是针对散文而言，但他眼中仿佛没有其他的文体，好像一场文学革命就是散文的革命，性灵文学推广了，中国现代文学就繁荣了。李健吾敏锐地抓住了这个问题，说一篇完美的小品文可能胜过一部俗滥的长篇小说，但一部完美的长篇小说是不是要胜过一篇完美的小品文？他不是强调这种比较，而是认为小品文和小说属于两个世界，不能用对小品文的欣赏来否定长篇小说的创作，评价这两种文体的标准肯定要有所差异。蒙田专注于散文，巴尔扎克是小说家，他们属两个世界，"我们不得要求蒙田做巴尔扎克，或者巴尔扎克做蒙田。可是人人不见其全是蒙田，而且即使是蒙田，人类和文学将要陷入怎样一种单调的沉闷！"提倡性灵者原本应主张宽容，结果变成一种固执，希望人人去写半文不白的小品文，就是走入另一个极端了，李健吾的批评可谓一针见血："你看见一个自由主义者，实际他想轻轻颠覆人类笨重吃力然而高贵的努力，不自知地转进另一个极端。胸襟那样广大，却那样窄狭！你佩服他聪明绝顶，然而恨不得给他注射一针'傻气'。"[①] 在对林语堂性灵文学的诸多批评中，李健吾的最能击中要害。

四、灵魂在杰作之间的奇遇

李健吾引用印象主义批评家法郎士这段著名的话："犹如哲学和历史，批评是明敏和好奇的才智之士使用的一种小说，而所有的小说，往正确看，是

---

① 李健吾：《〈鱼目集〉——卞之琳先生作》，载《李健吾文集·文论卷1》，北岳文艺出版社2016年版，第116—117页。

一部自传。好批评家是这样一个人：叙述他的灵魂在杰作之间的奇遇。"特意在注释中说明，通常的译法是"心灵在杰作里面的探险"，"奇遇"要胜于"探险"。① 使用更多的其实"冒险"，比如周作人所引，"好的批评家便是一个记述他的心灵在杰作间之冒险的人"。② 李健吾在另几处也用了"冒险"一词。奇遇与冒险、探险的区别在哪里？我认为后者的自我意识更浓，但不确定性也更重，而奇遇则更从容，也更自得。进一步说，李健吾的文学批评在很大程度上承继了法郎士的观念，体现了印象主义批评的特点，但也不是全盘接收。相比法郎士们对批评标准的拒绝，李健吾提出了人生经验和杰作两大标准，尽管他不想把标准僵化为桎梏。所以，他虽然反对把批评当成判断，但依然强调批评家是一个"科学的分析者"。判断有审判的意味，是把作者当罪人，至少是犯罪嫌疑人，面对作为性灵活动的文学，"谁给我们一种绝对的权威，掌握无上的生死？"但"科学的分析"完全可能，这里科学指的是公正，一个公正的分析者，"是要独具只眼，一直爬到作者和作品的灵魂的深处"。如何成为这样的分析者？他要持续地搜集材料，"永久在证明或者修正自己的解释"；他要公正，"同时一种富有人性的同情，时时泽润他的智慧，不致公正陷于过分的干枯"；他不能满足于对作品的印象，而是要"用自我的存在印证别人一个更深更大的存在"；尤其他不能仅仅是经验，"而且要综合自己所有的观察和体会，来鉴定一部作品和作者隐秘的关系"；他也不能仅凭自我来解读作品，"最可靠的尺度，在比照人类已往所有的杰作，用作者来解释他的

① 李健吾：《自我和风格》，载《李健吾文集·文论卷 1》，北岳文艺出版社 2016 年版，第178 页。

② 周作人：《文艺批评杂话》，载《谈龙集》，北京十月文艺出版社 2011 年版，第 4—6 页。

出产"。①

　　李健吾用了一个形象的说法把自己区别于一般的印象主义批评家："所有批评家的挣扎，犹如任何创造者，使自己的印象由朦胧而明显，由纷零而坚固。"巴金说他好像一个富家子弟，"开了一部流线型的汽车，驶过一条宽广的马路。一路上你得意地左右顾盼，没有一辆汽车比你的华丽，没有一个人有你那驾驶的本领。你很快地就达到了目的地，现在是坐在豪华的客厅里的沙发上，对着几个好友叙述你的见闻了。你居然谈了一个整夜。你说了那么多的话。而且使得你的几个好友都忘记了睡眠。朋友，我佩服你的眼光锐利。但是我却要疑惑你坐在那样迅速的汽车里面究竟看清楚了什么？"②李健吾的批评的确有时候显得流畅有余，深入不足，偶尔也会有逞才气之嫌，但要说他做批评只是流于"兜风"般的印象，则过于刻薄。他不主张批评完全停留在主观的印象之上，不希望批评家成为毫无标准的虚无主义者，所以，批评家除了使自己的印象"由朦胧而明显，由纷零而坚固"，更重要的是从"独有的印象"到"形成条例"，他借用古尔蒙（Remy de Gourmont）的话说："一个忠实的人，用全付力量，把他独有的印象形成条例。"③倒是有一位印象主义的反对者欧阳文辅概括出李健吾文学批评的部分特点，他一方面把李健吾的出现形容为"印象主义的死鬼到了中国"，说他是"腐败理论的宣教师"，另一方面又说他"在批评方法上能用'比较'的说明，能用'综合'的认识，对作

---

① 李健吾：《〈边城〉——沈从文先生作》，载《李健吾文集·文论卷1》，北岳文艺出版社 2016 年版，第 57 页。

② 巴金：《〈爱情三部曲〉作者的自白》，载李健吾《咀华集　咀华二集》，人民文学出版社 2007 年版，第 29—30 页。

③ 李健吾：《答巴金先生的自白》，载《李健吾文集·文论卷1》，北岳文艺出版社 2016 年版，第 47 页。

品而不流于支离割裂的弊病"。① 也就是说，他的批评者也看出了他并非纯粹的印象主义者。后来的研究者也有人指出，李健吾是以印象主义批评为基础，"调和了包括社会历史批评在内的其他一些批评流派在方法上的特点，把它们杂糅融会，为我所用，形成一种实践性很强的批评风格"②。当然，要说他有意识地从包括社会历史批评在内的批评流派的方法中汲取营养，未免太强调李健吾的书生气。更合适的说法应该是，他对印象主义批评方法的纠弊之处，暗合了包括社会历史批评在内的批评流派在方法上的某些优点。换言之，如果说李健吾是印象主义批评家，那他所追求的，是做一个坚固的印象主义批评家。

作为批评家，李健吾的确善于使用比较的方法，尤其是欲评一作家，先论另一作家，我这里更愿意用的表述是，他善于营造互文的批评语境。评萧乾的《篱下集》，他用了三分之一的篇幅在谈沈从文，这种"门外的徘徊"实际上是为了营造一种批评语境：沈从文和萧乾都属于具有浪漫主义气质的作家，理解了大家相对熟悉的沈从文，要理解相对陌生的萧乾，就更容易进入了。虽然他强调天才的特点是禀赋各异，而不是两两相同，但"这止不住一种共同或者近似的气息流贯在若干人的作品中间"。这若干人就包括卢梭、乔治·桑、沈从文，和他将要论及的萧乾。评何其芳的散文集《画梦录》，他先谈的是废名，而且是废名的小说。在文章的开篇，李健吾也谈到这种做法的原因，说有时候提到一个作家，"不由想到另一个作家，另一个作品，或者另一时代和地域"。还特意解释了"不由"是指很快或迅速，但绝不是冲动，是"历来吸收的积累，好像记忆的库存，有日成为想象的粮食"。也就是说，这

---

① 李健吾：《〈咀华二集〉跋》，载《李健吾文集·文论卷1》，北岳文艺出版社 2016 年版，第 3 页。
② 季桂起：《论李健吾的文学批评》，《文学评论》1992 年第 3 期。

种批评的勾连来自他的文学积累，来自他对文学的基本认识，而且只有在这种"不由"的比较中，才能更清晰地烛照出所要批评的对象。那为什么要在废名的语境里批评何其芳，两人都是诗人，都是被大众视为"隐晦"实则充满艺术个性的作家；两人有极相似之处，有些文句甚至难以区分归属，但更多的是不同，比如同为"隐晦"，废名是因为句与句之间的空白，缺乏"桥"的连接，而何其芳的句子则长而繁复，缺少停顿，"唯恐交代暧昧，唯恐空白阻止他的千回百转，唯恐字句的进行不能逼近他的楼阁"。[①]

　　除了营造互文的批评语境，比较有时候是为了深化对批评对象特点的认知。为了突出巴金行文的流畅和流畅所带来的描写的缺失，他把茅盾和巴金放在一起对比："用一个笨拙的比喻，读茅盾先生的文章，我们像上山，沿路有的是瑰丽的奇景，然而脚底下也有的是绊脚的石子；读巴金先生的文章，我们像泛舟，顺流而下，有时连收帆停驶的功夫也不给。"[②] 为了突出茅盾对现实叩问的彻底，他把茅盾和夏衍放在一起比较，两人都是现实主义，茅盾"看见的一直只是地"，"四周是罪恶，他看见罪恶，揭发罪恶。他是质直的，从来不往作品里面安排虚境，用颜色吸引，用字句渲染。他要的是本色"。而"夏衍先生看见地，也看见地上映出来的光和影。看见光，所以他比茅盾先生愉快"。[③] 他甚至还有四手联弹的时候，把四位女作家放在一起比较，简洁中不乏深刻："一位是从旧礼教冲出来的丁玲，绮丽的命运挽着她的热情永远在向前跑；一位是温文尔雅的凌叔华，像传教士一样宝爱她的女儿，像传教

---

① 李健吾：《〈画梦录〉——何其芳先生作》，载《李健吾文集·文论卷1》，北岳文艺出版社 2016 年版，第 132—135 页。

② 李健吾：《〈爱情三部曲〉——巴金先生》，载《李健吾文集·文论卷1》，北岳文艺出版社 2016 年版，第 40 页。

③ 李健吾：《〈清明前后〉》，载《李健吾文集·文论卷1》，北岳文艺出版社 2016 年版，第 310—312 页。

士一样说故事给女儿听；一位是时时刻刻被才情出卖的林徽因，好像一切有历史性的多才多艺的佳人，薄命把她的热情打入冷宫；最后一位最可怜，好像一个嫩芽，有希望长成一棵大树，但是虫咬了根，一直就在挣扎之中过活，我说的是已经证实死了的萧红。"①虽寥寥数语，但觉得每一句评语都能敷衍成一篇美丽的文章。

在比较之外，李健吾也有综合的意识，或者说，不满足于停留在印象本身，能有意识地把独有的印象"形成条例"。用温儒敏的话说，李健吾的高明之处在于"从不把'印象'当结论"②。这也是他试图区别于真正的印象主义批评家的地方，印象只是他进入文学世界的路径，他还是有引导创作走向的野心。当然，他的综合和"条例"依然是李健吾式的，或者说不乏印象色彩的。他概括沈从文小说的三个特点：一是"能把丑恶的材料提炼成功一篇无限的玉石"；二是可爱，"他所有的人物全可爱"，"未曾被近代文明沾染了的"；三是注重"内心现象的描写"。这三个特征都指向一个结论，沈从文是一个热情地崇拜美的作家："细致，然而绝不琐碎；真实，然而绝不教训；风韵，然而绝不弄姿；美丽，然而绝不做作。"③他总结芦焚创作的三个特征：诗意是第一个特征，"他有一颗自觉的心灵，一个不愿与人为伍的艺术的性格，在拼凑，渲染，编织他的景色，做为人物活动的场所"；讽刺是第二个特征，有时显得过于刻意；富有同情心是第三个特征，"然而芦焚先生另一个真实的自我，会不时出来修正他的讽刺的。这就是他的同情"。但是，这三个特征并

---

① 李健吾：《咀华记余——无题》，载《李健吾文集·文论卷1》，北岳文艺出版社 2016 年版，第297 页。

② 温儒敏：《批评作为渡河之筏捕鱼之筌——论李健吾的随笔性批评文体》，《天津社会科学》1994 年第 4 期。

③ 李健吾：《〈边城〉——沈从文先生作》，载《李健吾文集·文论卷1》，北岳文艺出版社 2016 年版，第 59—60 页。

不是平行的，而是逐步深入的："诗是他的衣饰，讽刺是他的皮肉，而人类的同情，这基本的基本，才是他的心。"所以李健吾的结论是，即便他的诗意有时候缺乏自然天成，他的讽刺过于笨拙，但因了人类的同情，可以消解其他的不成熟，而这种同情也是很多作家的共同点："这种永生的人类的同情，把《南行记》《湘行散记》和《里门拾记》挽在一道，证明我们的作家有一个相同的光荣的起点：无论远在云南，鄙在湘西，或者活在破了产的内地。"①

　　总体来说，印象主义还是李健吾批评的底色。灵魂在杰作之间的奇遇，意味着批评家所面对的是一段不确定性的历程，而批评的乐趣也蕴藏于这不确定性中。归根结底，李健吾文学批评的价值不在结论，而在过程，在过程中批评家与作家的人性间碰撞的火花，在过程中不时冒出的真知灼见。李健吾本人极享受这个印象逐步推进的过程，读者读他的批评文章，也极享受这过程之美。"当我们放下《边城》那样一部证明人性皆善的杰作，我们的情思是否坠着沉重的忧郁？我们不由问自己，何以和朝阳一样明亮温煦的书，偏偏染着夕阳西下的感觉？为什么一切良善的歌颂，最后总埋在一阵凄凉的幽噎？为什么一颗赤子之心，渐渐褪向一个孤独者淡淡的灰影？难道天真和忧郁竟然不可分开吗？"②"诗把灵魂给我。诗把一个真我给我。诗把一个世界给我，里面有现实在憧憬，却没有生活的渣滓。这是一种力量，不像一般文人说的那样空灵，而是一种充满人性的力量。人性是铁，诗是钢。它是力量的力量。好像一把菜刀，我全身是铁，就欠一星星钢，一点点诗，做为我生存

---

① 李健吾：《〈里门拾记〉——芦焚先生作》，载《李健吾文集·文论卷1》，北岳文艺出版社 2016 年版，第146—150 页。
② 李健吾：《〈篱下集〉——萧乾先生作》，载《李健吾文集·文论卷1》，北岳文艺出版社 2016 年版，第67—78 页。

的锋颖。"① 这样具有独立审美价值的片段在李健吾的批评中比比皆是。他尽可能地呈现对作品最鲜活、最直观，可能有点纷零的印象，这些印象往往是文章中不可或缺、可以成为单独审美对象，可以脱离作品而存在的部分。虽不能说是文中最有价值的部分，也肯定是文章之所以有价值的原因。理论的阐发会随着时间的推移变为常识，甚至觉得不乏谬误，那这些鲜活的片段作为独立的审美对象，则可以脱离是非曲直的语境，生发出新的价值。

---

① 李健吾：《序华铃诗》，载《李健吾文集·文论卷1》，北岳文艺出版社 2016 年版，第 151 页。

第七章

沈从文：追求纯正理想的
作家型批评家

沈从文从事文学批评，既因其高校教职的需要，亦源于他对文学有强烈的使命感。沈从文把文学当成信仰，反对文学的政治化与商业化，又绝不是纯文学主义者；他相信在长远意义上，文学可以重铸国民人格和民族精神；他是典型的作家型批评家，既强调文学理想，亦关注技巧优劣，是不可忽略的京派批评重镇。

一、以文学为宗教

沈从文在《美与爱》一文的结尾，特意提到蔡元培"美育代宗教"对国家重造的贡献，认为其"主张的健康性"至今犹未消失。整篇文章所呼吁的是"美和爱的新的宗教"，"来煽起更年青一辈做人的热诚激发起生命的抽象搜寻，对人类明日未来向上合理的一切设计，都能产生一种崇高庄严感情。国家民族的重造问题，方不至于成为具文，为空话！"①沈从文多次提过类似的说法，他说"五四"以来把文学当休闲、自命风雅的新文人太多了，"最缺少的也最需要的，倒是能将文学当成一种宗教，自存心作殉教者，不逃避当前社会作人的责任，把他的工作，搁在那个俗气荒唐对未来世界有所憧憬，不怕一切很顽固单纯努力下去的人"②。沈从文以文学为宗教的思想，上承蔡元培

---

① 沈从文：《美与爱》，载《沈从文全集》（17），北岳文艺出版社 2002 年版，第 362 页。
② 沈从文：《新文人与新文学》，载《沈从文全集》（17），北岳文艺出版社 2002 年版，第 87—88 页。

"以美育代宗教"的思想渊源，基于他个人的文学经历和创作理念，形成于
20世纪三四十年代民族危亡的时代环境。

　　蔡元培正式提出"以美育代宗教"是1917年在北京神州学会的讲演，其
思想前提是反对宗教，具体背景则缘于国内的两种主张：一是力主尊孔教为
国教，一是提出引入西方的基督教。其对美育作用的描述则取自康德的美学
观念。在蔡元培看来，宗教在西方已经成为过去时，现存的宗教兴味不过是
一种历史习惯。宗教所兼知识、意志、感情三种作用，知识已经靠科学研究
予以解决，意志则为普遍的伦理道德所解释，感情的作用则完全可以靠美育
来取代。①

　　沈从文的论证思路多少有些不同。他认为从原始人开始，因为知识的缺
乏，人对自然现象怀有一种"敬畏之忱"，这"敬畏之忱"就包含着宗教情
绪。当时的人类是靠符咒、仪式来集中这些宗教情绪，从而产生了人类初期
的文明文化。而随着人类理性的发展，这些宗教符咒、仪式就逐渐失去意义，
神、佛、上帝也变得越来越不重要。可是人身上的宗教情绪并未消除，这就
得依赖艺术和文学来消除或中和游离无所归宿的宗教情绪。随着文学取代宗
教符咒的胜利，人类已不满足于此，更赋予文学载道的使命，即"文学在任
何情形下，都应当成为经典，这种经典内容且必需与当前政治理想和伦理理
想相通"。所谓"社会主义文学""民族主义文学"，都是文学功用的表现。换
言之，"文学目的已由中和人类游离宗教情绪，一个附带的位置，变而成为煽
动或扩大翻新人类宗教情绪的主要工作，它必须是符咒，是经典。文学既许
可人类从它的功用上毫无限制作着一切夸张的梦想，因此一部分人就当真用

---

①　参见蔡元培《以美育代宗教说》，载马燕编《蔡元培讲演集》，河北人民出版社2004年版，第
60—65页。

它来满足种种梦想"。沈从文看到文字在人类进步方面发挥的巨大作用，同时也意识到其局限性，就是说，当某一思潮的文字成为经典，随着时间的推移可能成为传统的束缚。中国文化尤其如此，文字历史太悠久，数量太丰富，"什么都有"，"早已提到"，往往成为保守的借口。沈从文是重视文字的力量的，所以他认为，"中华民族既然是个受文字拘束住了的民族，真正进步的希望就依然还建设在文字上"。因为，符咒可以代替符咒。沈从文总结康梁的变法运动和陈胡的新文学运动，以及抗战前期中华民族的自力更生运动，"无一不见出这个民族对于文字特有的敏感性，以及文字在这个民族中特有的煽动性"。"当前的挣扎求生，和明日的建国，文字所能尽的力，实在占据一个极重要的位置。"所以说，在沈从文看来，既然文学曾经在取代宗教符咒、中和宗教情绪的过程中起过重要作用，既然文学对这个民族依然有着巨大的影响力，那要重造民族的精神品格，自然也可以靠文学，靠作家们重建新的文学经典："凡希望重造一种新的经典，煽起人类对于进步的憧憬，增加求进步的勇气和热情，一定得承认这种经典的理想，是要用确当文字方能奏功的。"①

当然，文学之所以在沈从文这里成为类似于宗教的信仰，基于两个方面，一是他个人的文学经历，二是20世纪三四十年代中华民族所面临的亡国灭种的危机。就他个人的文学经历而言，文学予他的意义不亚于人生的重造。沈从文从湘西孤身跑到北平，一个未受过正式教育的前部队文书，正如祥子转了一圈选中拉车为理想职业，他选择的是以文学为志业。这得多难！旁人多津津乐道的是他遇上郁达夫、徐志摩的幸运，较少谈及的是过程中的艰辛，以及这艰辛所构筑的他对文学的信仰。沈从文年轻的时候常流鼻血，他边流鼻血边写作的形象仿佛成为一个文学朝圣者的隐喻。后来在给"志在

---

① 沈从文：《谈进步》，载《沈从文全集》(16)，北岳文艺出版社 2002 年版，第 479—488 页。

写作者"的信中，说最不愿意听到的就是年轻人投身文学是因为兴趣，"都说有'兴趣'，却很少人说有'信仰'。兴趣原是一种极不固定的东西，随寒暑阴晴而变更的东西"①。兴趣如何支撑一个年轻人一天流三回鼻血，"是因为做文章，两天写了些小说，不歇息，疲倦到无法支持，所以倒了"②。只有信仰才行，所以沈从文对年轻的文学爱好者说："对文学有信仰，需要的是一点宗教情绪。"③信仰什么呢？信仰在相去甚远的古今，面积宽广的世界，只有靠文学才能实现人心与人心的沟通连接，信仰人性的纠纷与人生向上的憧憬，只有靠文学来诠释和启发，"这单纯信仰是每一个作家不可缺少的东西，是每个大作品产生必需的东西。有了它，我们才能够在写作时失败中不气馁，成功后不自骄。有了它，我们才能够'伟大'！好朋友，你们在过去总说对文学有'兴趣'，我意思却要你们有'信仰'"④。在另一篇文章里，沈从文谈到自己为什么要写作，说因为人活在这个世界里有所爱，他视美丽、清洁、智慧及对全人类幸福的幻影，为一种德行，永远对之崇拜和倾心，"这点情绪同宗教情绪完全一样。这点情绪促我来写作，不断的写作，没有厌倦，只因为我将在各个作品各种形式里，表现我对于这个道德的努力。人事能够燃起我感情的太多了，我的写作就是颂扬一切与我同在的人类美丽与智慧"⑤。文学让一个外省青年终于在大都市立足，虽然他始终称自己为"乡下人"；文学也建立了这个外省青年的世界观和人生观，他相信并热爱美好的事物，并相信文学能呈

---

① 沈从文：《给志在写作者》，载《沈从文全集》(17)，北岳文艺出版社2002年版，第411页。

② 沈从文：《致王际真(19300531)》，载《沈从文全集》(18)，北岳文艺出版社2002年版，第72页。

③ 沈从文：《给志在写作者》，载《沈从文全集》(17)，北岳文艺出版社2002年版，第412页。

④ 沈从文：《给志在写作者》，载《沈从文全集》(17)，北岳文艺出版社2002年版，第412—413页。

⑤ 沈从文：《萧乾小说集题记》，载《沈从文全集》(16)，北岳文艺出版社2002年版，第325页。

现这种美好。因此，他视文学为宗教，为终生为之努力的信仰。

另一方面，沈从文屡屡提及文学与宗教、信仰的话题，主要是在抗日战争、民族危亡的大背景下。沈从文热爱文学，笃信文学，但从来都不是一个纯文学主义者。他把文学当成严肃的事业，因此对提倡幽默和性灵的林语堂们不以为意，文学的趣味主义向来是他所厌弃的。他视提倡幽默者为"白相文学态度"，为"玩"文学；《论语》的努力只在给读者以幽默，作者存心扮小丑，读者以游戏心情看之，幽默与恶趣就是一步之遥。迷信"性灵"，尊重"袁中郎"，认为小品文比任何东西都重要，最终要转入"游戏"的态度。①这样的沈从文，在国家民族面临亡国灭种之危时，自然要倡导文学的力量。他从不忌讳提及文学的"善"，一个好的文学作品，在真美以外，必定有引人"向善"的力量。他甚至接续梁启超的观点，把小说提升至无上的地位，认为在过去两千年来哲人经典语录所扮演的角色，要由小说来承担了："小说既以人事为经纬，举凡机智的说教，梦幻的抒情，一切有关人类向上的抽象原则的说明，都无不可以把它综合组织到一个故事发展中。"用"小说"来代替"经典"，用小说引人向上，专家部长委员办不到的事情，几个优秀作家也许能办到。②他相信文学有"道"，作家只要"狠心"一点，"不怕头脑中血管破裂不怕神经失常，在一故事上想来想去，在一堆故事上更养成这个想来想去习惯，故事会慢慢的使头脑形成一种感觉，一种理解，发现一切优秀作品的必然性和共通性，从自己从他人作品中，从今人或古人作品中，从本国人或异族作品中，都若可有会于心，即作品中可以见'道'"。作家要比哲学家更

---

① 参见沈从文《谈谈上海的刊物》，载《沈从文全集》(17)，北岳文艺出版社 2002 年版，第 90—93 页。

② 参见沈从文《短篇小说》，载《沈从文全集》(16)，北岳文艺出版社 2002 年版，第 494—495 页。

机敏和透彻，"一个人生哲学家可能要用十万二十万字反复譬解方能说透的，一个作家却可用三五千字或三五万字把它装在一个故事过程中，且更容易取得普遍效果"。① 他始终相信："一种'抽象'比'具体'还更坚实，一个作品的存在比一个伟人的存在还永久。"② 国家破碎，战火不断，现代伟人政治家或思想家们的进步许诺，最终把人民拖入悲惨境地，现代文学家所要做的，是给人民一点别的东西，诸如"一种观念，一种鼓励，一种刺激，一种对于悲剧之来公平的说明，增加他们深一层认识，由悔悟产生勇气，来勇敢的克服面临一切困难，充满爱与合作精神，重建这个破碎国家"③。

二、文学的近功小利与远功大利

一般说来，京派文学家们普遍反对文学的功利主义，强调作家的自由立场，从自由主义出发，文学的个人化和趣味便被承认。但事实远没有如此简单。沈从文的文学观念直承五四新文学，因此对"五四"以来的"人生文学"颇有好感。"人生文学"主要提倡于北京（当指文学研究会），所以沈从文称之为"京样"的"人生文学"。"人生文学"基于人道主义观念，用现实主义手法表达对社会不公平的抗议，曾一度予人以光明的希望。沈从文说，人生文学的结束一方面源于创造社的冲击，一方面也是人生文学提倡者自身的"趣味主义"导致的。沈从文虽然没有直接点名，但矛头已直指周作人："趣

---

① 沈从文：《一个边疆故事的讨论》，载《沈从文全集》(17)，北岳文艺出版社 2002 年版，第 465—466 页。

② 沈从文：《一个边疆故事的讨论》，载《沈从文全集》(17)，北岳文艺出版社 2002 年版，第 467—468 页。

③ 沈从文：《致周定一先生》，载《沈从文全集》(17)，北岳文艺出版社 2002 年版，第 473 页。

味主义的拥护，几乎成为地方文学见解的正宗，看看名人杂感集数量之多，以及稍前几个作家诙谐讽刺作品的流行，即可明白。讽刺与诙谐，在原则上说来，当初原不悖于人生文学，但这趣味使人生文学不能端重，失去严肃，琐碎小巧，转入泥里，从此这名词也渐渐为人忘掉了。"①联系到沈从文在其他文章中对幽默和性灵文学的极度反感，这里流于诙谐讽刺趣味的作者，当指以周作人为代表的小品文作家。除去"京样"人生文学的堕落，海派作家的趣味也使人厌倦。沈从文笔下的"海派"，是包括创造社、左翼作家和都市作家在内、注重文学的"效率"和"商业性"的一群。他们视文学为"用具"而不是"玩具"，但最终都和"京样"人生文学提倡者一样，堕入"白相文学的态度"。沈从文说："现在应当怎么样使大家不再'玩'文学，所以凡是与'白相文学态度'相反而前的，都值得我们十分注意。文学的功利主义已成为一句拖文学到卑俗里的言语，不过，这功利若指的是可以使我们软弱的变成健康，坏的变好，不美的变美，就让我们从事于文学的人，全在这样同清高相反的情形下努力，学用行商的眼注意这社会，较之在朦胡里唱唱迷人的情歌，功利也仍然还有些功利的好处"②。北京的作家重趣味，上海的作家重商业，沈从文认为，文学的功利主义远比文学的趣味主义和商业主义更有价值，"应当有那么一批人，注重文学的功利主义，却并不混合到商人市侩赚钱蚀本的纠纷里去"③。周作人虽为京派文学的精神领袖，同为京派文人中坚的沈从文却并不完全认同其自由主义的文学主张，认为文学可以有其功利性，关键看这功利性的表现是什么。

　　那沈从文的"功利主义"到底为何？沈从文在给一个作家的回信中说，

---

① 沈从文：《窄而霉闲话》，载《沈从文全集》(17)，北岳文艺出版社 2002 年版，第 37—38 页。
② 沈从文：《窄而霉闲话》，载《沈从文全集》(17)，北岳文艺出版社 2002 年版，第 40 页。
③ 沈从文：《窄而霉闲话》，载《沈从文全集》(17)，北岳文艺出版社 2002 年版，第 41 页。

创作者应忠于其事，忠于自己，才会有真正的成就，"只由于十五年前我们文学运动和'商业''政治'发生了关系，失去了它那点应有的超越近功小利的自由精神，作家与作品，都牵牵绊绊于商场和官场的得失打算中，毁去了'五四'以来读者与作者所建立的正当关系，而得到一个'流行点缀'的印象"①。沈从文反对文学的"商业化"和"政治化"，视之为"近功小利"，反过来说，文学如有"远功大利"，则无可厚非。那这两者又如何区分？他在另一封谈现代诗的信中写道："诗人不只是个'工作员'，还必需是个'思想家'。我们需要的就正是这么一群思想家。这种诗人不是为了'装点政治'而出现，必需是'重造政治'而写诗。"②如果就诗人与政治的关系来论，沈从文的意思是，诗人不能去"装点政治"，但可以"重造政治"。换言之，"装点政治"是"近功小利"，"重造政治"则是"远功大利"。这种判断是符合第一节中我们对沈从文文学思想的分析的。

　　沈从文也正是从文学的远功大利来认识五四新文学。他从来不否认文学与社会重造、国家重造的关系，晚清梁启超、吴稚晖、严复、林纾等的文学试验即是以此为理想。至五四文学革命，胡适、陈独秀等人提出"工具重造""工具重用"两大目标。"工具重造"者，是把文字由艰深空泛转为明白亲切，即由古文改语体文；"工具重用"者，是把文学由应酬庆吊的娱乐功用转为叙述民生苦乐，发掘社会真相，预言社会理想。"工具重造"和"工具重用"同源异流，"各自发展，各有成就：或丰饶了新文学各部门在文体设计文学风格上的纪录，或扩大加强了文学社会性的价值意识。终复异途同归，二

---

① 沈从文：《给一个作家》，载《沈从文全集》(17)，北岳文艺出版社 2002 年版，第 345—346 页。

② 沈从文：《谈现代诗》，载《沈从文全集》(17)，北岳文艺出版社 2002 年版，第 479 页。

而一，'文学与人生不可分'"①。沈从文的概括很有意思，一方面他清醒地意识到五四新文学具有更高意义上的功利性，即是在社会和国家重造的大目标下开启的，另一方面也不知不觉地把创造社的努力从五四文学版图挪开，从而把新文学完全定性为"为人生"。从文学丰富性的角度看，这肯定是认知的误区；但站在沈从文表达上述意见的时间（1943）来看，则有其原因。他试图以清理五四文学遗产的路径来调和文坛的左右两翼：文学当然不能为现实政治所裹挟，也不能沦为风雅文人的趣味。所谓"文艺政策"，不是花笔钱办个刊物，或者请几百个作家会聚一堂，讲演与跳舞，而是要鼓励作家创作经典，重新唤起民族自尊心和自信心，黏合全民族的热情。国家的文艺政策必须超越普通的功利得失，致力于远大的设计，"方可望使国内最优秀作家，一代继续一代，将生命耗费到这个工作理想上，产生大作品。国家也方能希望运用这种作品，把这个民族潜伏的智慧和能力，热情与勇气，一一发掘出来，而向一个未来的理想推进"②。

当然，我们不能就此把沈从文认作是文学的功利主义者，文学的"远功大利"，依然是建立在文学对读者人格熏陶养成的基础之上。他不信奉天才，也不故作神秘，文学就是用文字去表现一角人生，好的作品必须植根于"人事"，必然贴近血肉人生。作家不需要风雅和聪明，甚至可能保有乡下人的顽固，但必须是从一切生活中生活过来的人，用直率而单纯的心与眼，贴近人生，透彻了解人生。文学创作之于沈从文就是建人性小庙，他从不打算在沙基或水面上建造崇楼杰阁，这样目标太宏大，基础却太薄弱，只想建希腊小

① 沈从文：《学鲁迅》，载《沈从文全集》(16)，北岳文艺出版社 2002 年版，第 286 页；沈从文：《"文艺政策"检讨》，载《沈从文全集》(17)，北岳文艺出版社 2002 年版，第 275 页。

② 沈从文：《"文艺政策"检讨》，载《沈从文全集》(17)，北岳文艺出版社 2002 年版，第 282—286 页。

庙：“选山地作基础，用坚硬石头堆砌它。精致，结实，匀称，形体虽小而不纤巧，是我理想的建筑。这神庙供奉的是‘人性’。”①文学对国家民族重造的作用并不是直接干预现实政治获得，而是在作品中建立新的原则和秩序，关于人性的和理想世界的。即便在短期内得不到认可不要紧，好的作家不能只看今天明天，要瞻望五十年，甚至一百年后的读者，“新的文学要它有新意，且容许包含一个人生向上的信仰，或对国家未来的憧憬，必须得从另外一种心理状态来看文学，写作品，即超越商业习惯上的‘成功’，完全如一个老式艺术家制作一件艺术品的虔敬倾心来处理，来安排”②。这样的作品除了可以影响一般民众的道德和人格，也能影响未来的政治家和专家，他们也许“还比任何人更需要受伟大的文学作品所表示的人生优美原则与人性渊博知识所指导，来运用政治作工具，追求并实现文学作品所表现的理想，政治也才会有它更深更远的意义”③。

　　所以说，从文学与外部世界的关系而论，沈从文是一个功利主义者，他对文学（尤其是小说）作用的渲染甚至堪比梁启超。梁启超认为小说可以新道德、新宗教、新政治、新风俗、新学艺、新人心，沈从文则认为新国家的重造，要专门设计一部门，由伟大文学作家负责，以“国民道德的重铸”为责任，也只有文学家能克胜此任。④而就文学的内部世界而言，沈从文则主张非功利，主张作家的创作要远离市场与政治的干预。他有一个容易被误解的观点，即呼吁把文学列为学术一部门。不能认为沈从文是希望通过国家力量

---

① 沈从文：《习作选集代序》，载《沈从文全集》（9），北岳文艺出版社 2002 年版，第 2 页。

② 沈从文：《短篇小说》，载《沈从文全集》（16），北岳文艺出版社 2002 年版，第 502 页。

③ 沈从文：《“文艺政策”检讨》，载《沈从文全集》（17），北岳文艺出版社 2002 年版，第 286—287 页。

④ 参见沈从文《一种新的文学观》，载《沈从文全集》（17），北岳文艺出版社 2002 年版，第 173 页。

给予文学应有的地位，他本意是强调文学应与学术一样持有超功利观，"学术的庄严是求真知，和自由批评与探讨精神的广泛应用，这也就恰恰是伟大文学作品产生必要的条件"。文学成为学术一部，可以"防止作品过度商品化，与作家纯粹清客化"。作家获得尊严和独立性后，可以不为外部因素所干扰，"进而为抱着个崇高理想，浸透人生经验，有计划的来将这个民族哀乐与历史得失加以表现。且在作品中铸造一种博大坚实富于生气的人格，使异世读者还可从作品中取得一点做人的信心和热忱。使文学作品价值，从普通宣传品而变为民族百年立国的经典"①。

　　既然文学追求的是远功大利，追求的是潜移默化的影响，那强调经典的持久性自是题中之义。沈从文说，自"五四"以后，新文学的价值已然被大众认同，新文学作家俨然成为一种特殊阶层，但新文学作品能否成为经典要看如何界定。如果只是强调在某一阶段对读者普遍性的影响，那当下的文学作品都可能成为经典；如果把经典的意义和价值界定为"永远"，则需要重新考量。沈从文给文学作品一个道德的义务，能达到经典持久性标准的，则为道德，反之为不道德。连人道主义的托尔斯泰在某一时都可能被认为不道德，何况其他作品。② 也因此，沈从文在评价作家时，并不以读者一时的欢迎为判断标准，那可能是流行的或短暂的。他说鲁迅的小说没有比同时代的冰心创作给人以更大兴味，因为冰心是为读者而创作。这可能是实情，但并非就此认定鲁迅的价值要低于冰心，为读者而创作在沈从文这里多少带点迎合的意味，我们也就能明白为什么他对叶圣陶的评价如此之高：

---

① 沈从文：《文学运动的重造》，载《沈从文全集》(17)，北岳文艺出版社 2002 年版，第 296—297 页。

② 参见沈从文《文学界联合战线所有的意义》，载《沈从文全集》(17)，北岳文艺出版社 2002 年版，第 109—110 页。

　　读《稻草人》，则可明白作者是在寂寞中怎样做梦，也可以说是当时一个健康的心，所有的健康的人生态度。求美，求完全，这美与完全，却在一种天真的想象里，建筑那希望，离去情欲，离去自私，是那么远，那么远！在一九二二年后创造社浪漫文学势力暴长，"郁达夫式的悲哀"成为一个时髦的感觉后，叶绍钧那种梦，便成一个嘲笑的意义而存在，被年青人所忘却了，然后从创作中取法，在平静美丽的文字中，从事练习，正确的观察一切，健全的体会一切，细腻的润色，美的抒想，使一个故事在组织篇章中，具各样不可少的完全条件，叶绍钧的作品，是比一切作品，还适宜于取法的。他的作品缺少一种眩目的惊人的光芒，却在每一篇作品上，赋予一种温暖的爱，以及一个完全无疵的故事，故给读者的影响，将不是趣味，也不是感动，是认识。认识一个创作应当在何种意义下成立，叶绍钧的作品，在过去，以至于现在，还是比一切其他作品为好。①

　　在沈从文看来，叶圣陶《稻草人》的价值恰恰在于远离当时时髦的创作潮流，写温暖，写美好，写健康，写完全，写可能无法引起轰动的平凡和美丽，但对作者能够有虽不眩目但持续的感动。这种作品在沈从文看来是道德的。

三、"恰当"作为批评的标准

　　除了对文学的基本观念有诸多的发言，沈从文还有数量不小的作家作品

---

① 沈从文：《论中国创作小说》，载《沈从文全集》(16)，北岳文艺出版社 2002 年版，第 202 页。

批评。沈从文对批评的态度比较复杂。从作家的身份看，他有意与批评保持距离，认为不能把批评当成"法律"同"圣经"，尤其是那些以自己所写为"圣经"和"法律"的批评家的话，否则就是上当受骗了。①从批评家的角度出发，他又指出批评的意义应该是庄严的，也强调了批评之难：写来困难，也不讨好；希望公平，却难免流于偏见；不想被私人爱憎和人事拘牵，却难以幸免；本身无永久价值，间接又最具影响。②那他理想的批评家是什么样的？首先，作为作家，他认为好的批评本身应该是一篇好文章。虽然他没有如李健吾一样强调批评应该是一门艺术，但好文章的标准显然也对批评家的写作能力提出了高要求。其次，批评家的态度应该缜密、诚实而谦虚，不要把自己当导师，你只是读者的朋友，"先去了解作品，认识作品，再把自己读过某一本书某一个作品以后的印象或感想，来同读者谈谈的"③。再次，应该把作者、作品放在历史现场考察，"对一个人的作品不武断，不护短，不牵强附会，不以个人爱憎为作品估价"④。最后，批评家要有一定的分析和解释能力，应扼要而具体地指出内容的得失，一切能做得恰如其分，见解既深切透辟，态度又诚实坦白。⑤

　　沈从文对批评的看法，不如梁实秋、李健吾那么有学理化，他并不以职

---

① 参见沈从文《关于"批评"一点讨论》，载《沈从文全集》(17)，北岳文艺出版社 2002 年版，第 398 页。

② 参见沈从文《我对于书评的感想》，载《沈从文全集》(17)，北岳文艺出版社 2002 年版，第 123 页。

③ 沈从文：《关于"批评"一点讨论》，载《沈从文全集》(17)，北岳文艺出版社 2002 年版，第 399 页。

④ 沈从文：《〈现代中国作家评论选〉题记》，载《沈从文全集》(16)，北岳文艺出版社 2002 年版，第 327 页。

⑤ 参见沈从文《我对于书评的感想》，载《沈从文全集》(17)，北岳文艺出版社 2002 年版，第 124 页。

业批评家自命。"再把自己读过某一本书某一个作品以后的印象或感想，来同读者谈谈的"，这样的描述又很容易使人把他的批评认作是印象式批评，他自己在论落华生时，也曾经自指为"印象的复述"①。虽然印象派批评本身也是专业批评，李健吾的文章往往是批评家人性与作家人性在作品中碰撞的结果，但沈从文说自己的批评是"印象的复述"多少还是自谦，在一封给朋友的信中却又不无自信地说自己对中国新诗的评论比他人更公平。②沈从文批评的总体原则是"恰当"。他说一切伟大作品处置文字的惊人处，就正是异常"恰当"处。③在《短篇小说》一文中，又说小说不需要很"美丽"，也不需要很"经济"，故事无所谓"真"或"伪"，最重要的就是"恰当"，作品的成功条件，就完全从这种"恰当"中产生。④有时候，他也会换类似的词，比如"合式"："我们对一幅画，一角风景，一声歌，一个标致美人的眉目口鼻过后所保留印象，大致也是只觉得那'很合式'，却说不出那美的。之琳的诗在我的印象上，便有这种力量……"⑤在"恰当"的大原则下，他的文学批评往往注重以下几个方面。

首先，沈从文关注作家创作态度的庄重与否。他不喜欢创造社作家，因为他们笃信天才，把创作当成灵感的挥洒，这恰恰就是沈从文眼中最不道德处，迷信天才和灵感的结果就是"把自己弄得异常放纵与异常懒惰"⑥。他也不喜欢幽默和性灵文学，这种超脱潇洒，实际上就是用玩票白相态度来写作，

---

① 沈从文：《论落华生》，载《沈从文全集》（16），北岳文艺出版社 2002 年版，第 161 页。

② 参见沈从文《致王际真（19301105）》，载《沈从文全集》（18），北岳文艺出版社 2002 年版，第 114 页。

③ 参见沈从文《一般或特殊》，载《沈从文全集》（17），北岳文艺出版社 2002 年版，第 261 页。

④ 参见沈从文《短篇小说》，载《沈从文全集》（16），北岳文艺出版社 2002 年版，第 471 页。

⑤ 沈从文：《〈群鸦集〉附记》，载《沈从文全集》（16），北岳文艺出版社 2002 年版，第 311 页。

⑥ 沈从文：《致〈文艺〉读者》，载《沈从文全集》（17），北岳文艺出版社 2002 年版，第 201 页。

人生在作者笔下，即普遍成为漫画化。①他始终以"乡下人"自居，这里自有观察人生的视角，更重要的，"乡下人"的朴素与固执恰恰是创作所需要的庄重态度。沈从文甚至认为，作家创作态度的不庄重会导致文体的不庄重，比如冯文炳（废名）《桃园》中："张太太现在算是'带来'了，——带来云者……"鲁迅《孔乙己》中"多乎哉，不多也"，"带来云者"是八股式的反复，"多乎哉，不多也"是利用文言制造诙谐，且难以自制。②这当然是理解角度的问题，鲁迅给孔乙己塑造的"诙谐"形象实际上是为了制造反差效果，凸显一个掉入短衣帮的读书人的尴尬处境，一个同时被长衫帮和短衣帮嘲笑的可怜人。沈从文眼中的"诙谐"，恰恰是我们看到的孔乙己的可悲。撇开这些而论，也说明沈从文有多注重作家创作态度的庄重。

其次，沈从文的批评具备文学史视野。他的批评文章大多脱胎于在高校任教时的课程讲义，一门是中国公学的中国新诗研究，一门是武汉大学的新文学研究。出于教学需要，沈从文自觉地以文学史家的眼光审视作家作品，加上他身处文学发展的潮流之中，眼界的开阔和定位的精准有其必然。他出版《现代中国作品评论选》，在题记中特意提到，该书可以供预备为"现代中国文学"写史的朋友作参考。③他对作家做文学史定位，既能入乎其中，又能出乎其外。所谓入乎其中，是指他能回到文学史现场考察作家作品在当时的影响力，其结果就是汪静之《蕙的风》的影响比陈独秀的政治论文大，冰心小说引发读者的兴味比鲁迅大，焦菊隐作品的"平常风格"反而得到极多的读者。但沈从文并不仅仅考察读者的反应，更注重作家在文学史上持久的

---

① 参见沈从文《短篇小说》，载《沈从文全集》（16），北岳文艺出版社 2002 年版，第 502 页。

② 参见沈从文《论冯文炳》，载《沈从文全集》（16），北岳文艺出版社 2002 年版，第 148 页。

③ 参见沈从文《〈现代中国作品评论选〉题记》，载《沈从文全集》（16），北岳文艺出版社 2002 年版，第 328 页。

影响力，这就是出乎其外。特意区分读者的诗和作者的诗，如果说焦菊隐所作诗是影响读者的诗，那闻一多所作则是影响作者的诗："在体裁方面，《死水》的影响，不是读者，当是作者。由于《死水》风格所暗示，现代国内作者向那风格努力的，已经很多了。在将来，某一时节，诗歌的兴味，有所转向，使读者，以诗为'人生与自然的另一解释'文字，使诗效率在'给读者学成安详的领会人生'，使诗的真价在'由于诗所启示于人的智慧与性灵'，则《死水》当成为一本更不能使人忘记的诗！"①

再次，沈从文注重作者人格在创作中的呈现。他有句名言："照我思索，能理解我；照我思索，可认识人。"如果没有强大的人格介入其作品，如何理解"我"？如何认识"人"？一个作家优秀与否，在于他能不能于限制中运用"巧思"，见出"风格"和"性格"，或者说作者的人格。沈从文的意思是，"作者在任何情形下，都永远具有上帝造物的大胆与自由，却又极端小心，从不滥用那点大胆与自由超过需要。作者在小小作品中，也一例注入崇高的理想，浓厚的感情，安排得恰到好处时，即一块顽石，一把线，一片淡墨，一些竹头木屑的拼合，也见出生命洋溢"②。作品要做到如何崇高？首先作者的理想要崇高；作品要做到感情如何浓厚？首先作者的感情要浓厚；作品的生命洋溢不在材料的高级与多寡，而是在作家理想和感情安排得恰到好处。

最后，沈从文注重作品的人格。这是沈从文式的概念，他在《论施蛰存与罗黑芷》一文中评价小说家罗黑芷道："我们只能从作品上看出一点或许多东西，就是不完全的灵魂的苦与深。或者这苦与深，只能说是'作者'的人格，而并非'作品'的人格。"也就是说，因为作家技巧的缺乏，读者能够从

---

① 沈从文：《论闻一多的〈死水〉》，载《沈从文全集》(16)，北岳文艺出版社 2002 年版，第111页。

② 沈从文：《短篇小说》，载《沈从文全集》(16)，北岳文艺出版社 2002 年版，第504页。

作品中看到灵魂的苦与深，但并不完全，这不完全处，即因作家的技巧所限。换句话说，作品的人格，也就是作家在作品中的技巧呈现。沈从文在文章的最后总结说："但人（指罗黑芷）已于一九二七年死去，所以留下的作品，除了能给人一个机会，从这不纯粹的艺术中发现作者的人格外，作者的作品，在现代中国小说作品中，是容易使人遗忘的，即不然，也将因时代所带来的新趣味压下去。"① 因为艺术的不纯粹，作品最后只剩作者的人格，而无作品的人格；无作品的人格，作品也终将被时代遗忘，作品的人格自是指技巧无疑。沈从文的作家作品批评，用了大量篇幅谈技巧，这在现代批评家中较为少见，也是他作为作家型批评家的突出特点。闻一多的技巧好，"使我们从那手段安排超人力的完全中低首，为那超拔技巧而倾心，为那由于诗人做作手艺熟练而赞叹，《死水》中的每一首诗，是都不缺少那技术的完全高点的"②。冯文炳的技巧好，"文字方面是又最能在节制中见出可以说是悭吝文字的习气的"。"作者是'最能用文字记述言语'的一个人，同一时是无可与比肩并行的。"③ 刘半农的技巧好，"关于叠字与复韵巧妙的措置，关于眩目的观察与节制的描写，这类山歌，技术方面完成的高点，并不在其他古诗以下"④。反例则如郭沫若的不会节制，"我们还有理由加以选择，承认那用笔最少轮廓最真的是艺术。若是每个读者他知道一点文学什么是精粹的技术，什么是艺术上的赘疣，

①　沈从文：《论施蛰存与罗黑芷》，载《沈从文全集》（16），北岳文艺出版社 2002 年版，第 176 页。

②　沈从文：《论闻一多的〈死水〉》，载《沈从文全集》（16），北岳文艺出版社 2002 年版，第 114 页。

③　沈从文：《论冯文炳》，载《沈从文全集》（16），北岳文艺出版社 2002 年版，第 147 页。

④　沈从文：《论刘半农的〈扬鞭集〉》，载《沈从文全集》（16），北岳文艺出版社 2002 年版，第 128—129 页。

他对于郭沫若的《我的幼年》，是会感到一点不满的"①。他甚至认为《阿Q正传》也是一个坏榜样，"用一种不庄重的谐趣，用一种稍稍离开艺术范围不节制的刻画，写成了这个作品"②。

沈从文不是技术主义者，但从不讳言技术对作家的重要，因为这是作家必须掌握的"知识"："这知识稍稍说得不同，便是技巧，调排文字的技巧。"③沈从文把文学比作"精巧的说谎"，这是文学古今一贯的道德，"就是把一组文字，变成有魔术性与传染性的东西，表现作者对于人生由'争斗'求'完美'一种理想"。你要把文学当成一种武器，要想用文学实现表达的理想，首先得承认这种"精巧的说谎"④，其次得学会如何掌握文字的技巧。如何学会"精巧的说谎"，沈从文说别无他法，唯有反复练习，他把自己的作品全称为习作，就是强调练习的重要，即"情绪的体操"："这是一种体操，属于精神或情感那方面的。一种使情感'凝聚成为渊潭，平铺成为湖泊'的体操。一种'扭曲文字试验它的韧性，重摔文字试验它的硬性'的体操。"⑤周作人曾说文学是"精神上的体操"，是指文学如以身体运动去除多余的精力，去掉精神层面多余的情绪，说的是文学的"无用之用"；沈从文谓"情绪的体操"，则指文字的反复操练，说的是训练文学技巧的方法。

当然，技巧与技巧还是不一样，《诗经》与《楚辞》有技巧，骈体文同样有技巧，但前者具有永久性，后者无永久性，"同样是技巧，技巧的价值，是在看它如何使用而决定的"。"技巧"的真正意义应当是"选择"，是"谨慎处

① 沈从文：《论郭沫若》，载《沈从文全集》（16），北岳文艺出版社2002年版，第159页。

② 沈从文：《论中国创作小说》，载《沈从文全集》（16），北岳文艺出版社2002年版，第200页。

③ 沈从文：《一般或特殊》，载《沈从文全集》（17），北岳文艺出版社2002年版，第261页。

④ 参见沈从文《"诚实的自白"与"精巧的说谎"》，载《沈从文全集》（17），北岳文艺出版社2002年版，第390页。

⑤ 沈从文：《情绪的体操》，载《沈从文全集》（17），北岳文艺出版社2002年版，第216页。

置"，是"求妥帖"，是"求恰当"。① 所以说，"恰当"是沈从文文学批评的最高标准。

四、长达半个世纪的批评公案

1930 年 9 月，28 岁的沈从文来到武汉大学教书。不到半年时间，为营救好友胡也频和帮助丁玲四处奔走，因而失去教职。1931 年秋，35 岁的苏雪林任职于武汉大学，非常巧的是，她所开设的一门新文学研究的课程正是此前沈从文所承担的。据苏雪林在自传中描述，当时文学院院长陈源找她接手这门课程，她是不愿意的，原因在于新文学发生不过十几年时间，作品不多，作家都健在，新著作层出不穷，编个著作目录都无从着手，而且作家们的作风不固定，没法下定论。② 然后陈源说沈从文教这门课时留下讲义数篇，可以参考。苏雪林看了以后，觉得并不精彩，既然沈从文都能教，她为什么不可以，于是就答应了。正是在编新文学课程讲义的过程中，苏雪林写出了一系列的作家评论，其中就包括她的批评代表作《沈从文论》。

该文发表之前，两人是否见过面我们无从考证，但有过文字之交是肯定的。据苏雪林 1934 年 8 月 7 日的日记记载："沈从文先生来信，从文要我代《大公报·副刊》写稿，拟弄点小文字应付一下。"③ 当时沈从文正担任《大公报·文艺副刊》编辑，既然向苏雪林约稿，至少说明对她还是抱有好感的。这一年 9 月，《沈从文论》在《文学》杂志发表。沈从文的反应我们从苏雪林 9 月 14 日的日记可以得知："接沈从文来信，对于余在《文学》所发表之

---

① 参见沈从文《论技巧》，载《沈从文全集》（16），北岳文艺出版社 2002 年版，第 471 页。

② 参见苏雪林《苏雪林自传》，江苏文艺出版社 1996 年版，第 87 页。

③ 王娜：《苏雪林民国二十三年日记研究》，硕士学位论文，武汉大学，2008 年，第 21 页。

《沈从文》大表不满。"① 这封信现在无法找到，他究竟不满在哪里，苏雪林也没有提及，她的委屈却在日记里体现无遗："其实余对彼容有不客气之批评，然亦未尝故作毁谤。一个著作家应有接受批评之勇气，从文如此气量，未免太小。然则现代作家大率喜欢阿之词，而恶严正之判断，不独沈氏也。"②

平心而论，苏雪林的委屈完全可以理解。其一，她这篇文章的批评态度是严肃的，"未尝故作毁谤"。此前的日记记载了她阅读沈从文小说的心理反应过程：

> 4月16日："《神巫之爱》已看完，殊不满意。沈氏小说以《神巫之爱》及《龙朱》二篇为最劣，以其浪漫气过重也，次则《阿丽思中国游记》，亦乏精彩，第二部尤劣。"
>
> 4月17日："下午看沈从文小说《石子船》。沈氏小说共有二三十种，余在图书馆仅搜得十种左右，然已十分对其天才表示惊异。余对于从文小说，初甚瞧不起，以为太啰嗦。余乃深悔彼时太缺少赏鉴之眼光矣。"
>
> 4月18日："午餐后看沈从文《蜜柑》，文字果然优美，沈之天才我今日始拜倒。《儒林外史》形容周进之钝，谓看三遍始看出范进文章好处，余亦与周进相类矣，可叹之。"③

显然，苏雪林对沈从文的小说有一个从轻视到激赏的心理变化过程，而通读《沈从文论》可以发现，上述日记所记载的苏雪林的阅读感受基本上可

---

① 王娜：《苏雪林民国二十三年日记研究》，硕士学位论文，武汉大学，2008年，第21页。
② 王娜：《苏雪林民国二十三年日记研究》，硕士学位论文，武汉大学，2008年，第21页。
③ 王娜：《苏雪林民国二十三年日记研究》，硕士学位论文，武汉大学，2008年，第18—19页。

以在该文中找到。应该说，这篇文章是反映了批评家真实阅读感受的。

其二，文章中虽有对沈从文的"不客气之批评"，但总体评价还是正面为主，而贬抑之处也不像她后来批评鲁迅和郁达夫那样缺乏理性。文章谈到，"沈氏作品艺术好处，第一是能创造一种特殊的风格。在鲁迅，茅盾，叶绍钧等系统之外另成一派"。① 把沈从文与鲁迅、茅盾、叶绍钧相提并论在当时要算是一种很高的评价了。对于沈从文的才华，苏雪林的评价也颇高："但是作者的天才究竟是可赞美的。他的永不疲乏的创作力尤其值得人惊异。只要他以后不滥用他过多的想象力，将作品产量节制一点，好好去收集人生经验，细细磨琢他的文笔，还有光明灿烂的黄金时代等着他在前面！"②

此文尤有价值的部分是苏雪林为沈从文作品所归纳出的"理想"："这理想是什么？我看就是想借文字的力量，把野蛮人的血液注射到老态龙钟，颓废腐败的中华民族身体里去，使他兴奋起来，年青起来，好在 20 世纪舞台上与别个民族争生存权利。"③ 在当时来看，苏雪林的这一判断及时、精准，也得到后来研究者的认同，成为沈从文研究中引用率非常高的文献。比如俞兆平说："这点在当时非常难得，似乎只有苏雪林算是真正读懂了沈从文。"因为他认为，"以文字的力量，把新的生命之血注入衰老的机体；以野蛮气质为火炬，引燃民族青春之焰，这就是沈从文的创作动机与作品的功能、意义之所在"④。由钱理群等合著、被认为是中国现代文学领域最权威的高校教材《中国现代文学三十年》也引用了苏雪林这一观点。

---

① 沈晖编：《苏雪林文集》(第三卷)，安徽文艺出版社 1996 年版，第 301—302 页。

② 沈晖编：《苏雪林文集》(第三卷)，安徽文艺出版社 1996 年版，第 305 页。

③ 沈晖编：《苏雪林文集》(第三卷)，安徽文艺出版社 1996 年版，第 300 页。

④ 俞兆平：《浪漫主义在中国的四种范式：鲁迅、沈从文、郭沫若、林语堂》，广西师范大学出版社 2011 年版，第 65 页。

事情还没有结束，苏雪林 1934 年 10 月 2 日的日记记载："上午到文学院上课。陈通伯先生将沈从文来信还我，并言余所作沈论，誉茅盾、叶绍钧为第一流作家，实为失当，难怪沈之不服。余转询陈之意见，中国现代第一流作家究为何人？陈答只有鲁迅勉强可说，此外则推沈从文矣。此种议论真可谓石破天惊，陈先生头脑固清晰，然论文则未免有偏见也。"[①] 从苏雪林日记提供的说法分析，在陈源看来，沈从文的不满源于苏雪林文中"沈从文之所以不能如鲁迅，茅盾，叶绍钧，丁玲等成为第一流作家，便是被这'玩手法'三字决定了的！"[②] 这一判断。就目前文学界的评价来看，沈从文小说创作的成就自然已经超越叶绍钧、丁玲等作家，而和鲁迅一起跻身于第一流作家行列。就当时他在文学界的地位而言，苏雪林的判断也并非完全说不过去。说句题外话，陈源（即陈西滢）的眼光确实不凡，经过近一个世纪的时间淘洗，他把鲁迅、沈从文誉为中国现代第一流作家的判断被证明是精准的。尤其在他与鲁迅已成公开论敌的情形下，依然视鲁迅为中国现代作家第一人，也足见心胸。

而对沈从文来说，如果仅仅是因为自己被评价过低，那对批评家不满的程度适可而止，甚至一笑而过才更符合一个大作家的气度。但此后沈从文的反应让人诧异。

沈从文在一封 1980 年 1 月 9 日致徐盈的信中写道："而这个苏教授，却是个不好招架的典型神经质女人，一切但凭感情出发，作论文更不在例外。骂我时，正把鲁迅捧上了天，而次一年，却用'快邮代电'奇特方式，罗列若干条罪状，讨伐鲁迅。……至于对我，大致经过凌淑华一说，告他我不仅

---

① 王娜：《苏雪林民国二十三年日记研究》，硕士学位论文，武汉大学，2008 年，第 21 页。

② 沈晖编：《苏雪林文集》（第三卷），安徽文艺出版社 1996 年版，第 305 页。

是听到点点苗人传说，事实上生长住处，全县都是苗人。凌还不知道，我本身也算是个苗人！不仅仅在军队混了几天，一家还是军人，事实上混了三代！又介绍些她根本没看过的作品。感化过来了。因此待抗战时，我借住东湖边耿丹家中（似大革命红五军长家，和李书老隔壁），这位感情充沛的立法委员兼批评家，一再要请我，吃了一顿饭，反复解释当时讲义中的胡说如何不得体。我对于她这一切，只能报以微笑。她可料想不到凡是武大中文系的学生，谈及我的作品时，却无不用她的胡说作为'心传秘宝'！而上海香港凡是一折八扣印的沈某某选集，也无不沿用她的胡说作为样本。香港新印的选集，还直接用她那文章作为序言。而苏本人呢，不多久，即荣升国民党立法委员。南京解体时，随同逃至广州，终于又转入当地天主堂成了修女，不久即去法国……现在上海一位邵同学，还同样把她那个讲义中一段引为五四以来时人对我主要正面评论文字。不得已只好告他，这是国民党一个立法委员的判决书。……不问从正面、从反面说，那个文章都无什么用处。内中虽有些赞美我处，反不如把我作品骂得一文不值'极左'批评家的文章有反面作用！"①

　　时隔 46 年之久，沈从文依然无法释怀。他上述一大段话无论从事实层面还是逻辑层面都值得商榷。就事实层面来说，沈从文对苏雪林是国民党立委的指认缺乏依据。第一届中华民国立法委员名单中并没有苏雪林的名字。而苏雪林在自传中倒是提及过她差点成为国民代表大会代表一事。据她自述，民国三十七年（1948）国民代表大会选举在南京举行，武大韦润珊教授劝她和袁昌英报名竞选。苏雪林虽然对这种"烂羊头、灶下养式的国大"不感兴趣，但想到"不过若得选上就去南京玩一趟，放棹莫愁湖，跨驴去栖霞赏红叶"，于是就报了名，由韦润珊觅得校中同事二十余人作保，将选票寄去。后

---

① 　沈从文：《致徐盈》，《沈从文全集》(26)，北岳文艺出版社 2002 年版，第 7—8 页。

来苏雪林因担心自己和袁昌英的保人十之八九重合，担心被查出两人都落选，便写一封快信至南京表示愿意放弃。最后袁昌英当选，苏雪林则落选了。①这一段经历是苏雪林自己讲述的，有无演绎无从知晓，但至少可以确认的是她并没有当选过国民党立法委员。就逻辑层面而言，沈从文强调苏雪林立法委员的身份，认为其《沈从文论》"是国民党一个立法委员的判决书"，无非是想表达，作为有政党背景的批评家对其所作的判断不可靠。但是这里的问题在于，即便苏雪林是立法委员，也并无法由此而推断她的批评毫无价值。

类似的说法在沈从文 1980 年 1 月 27 日致沈虎雏、张之佩，1980 年 4 月上旬复邵华强，1980 年 6 月 17 日复张香还，1982 年 2 月 22 日复凌宇，1982 年 3 月 30 日复张充和，1983 年 2 月上旬致沈岳锟等信中都可以找到。

在《沈从文晚年口述》一书中记录了美国学者金介甫与沈从文的对话，也提到了上述说法：

> 金：苏雪林也是天主教的。
>
> 沈：从前她是国民党的立法委员。
>
> 金：她现在在文学那份杂志上写了一篇批评你的文章。她是教书的，她也比较欣赏你的作品。
>
> 沈：不！她批评我，骂我，原因是这样的，她不认识我。她是在武汉大学教书，她说的地方还是有点对啦！说我的很粗糙的，没有组织，文字浪费是对的。因为我那时并不成熟啊！她是搞学校的出身，不知道我们搞这个工作经过多少困难啊！克服外面的困难，还要克服内面的困难。自己的文字掌握不住，这个仗不容易打，但是她后头陈

---

① 参见苏雪林《苏雪林自传》，江苏文艺出版社 1996 年版，第 121 页。

源是文学院长，武汉大学的。陈源同我很熟呀，告诉她，你好多文章都没看过。陈源那都有，我的作品她再看了，看法就改了，对我满好的。后来抗战的时候，我在武汉大学住在东湖，对我表示特别好感。这个是老姑娘啦，她的脾气有点感情的，所以说好的不宜相信，说坏的也不要太担心，她是感情不是理智的。……①

从上述大段的引文可以看出，沈从文对苏雪林的不满非常之深，尽管这期间郭沫若等左翼作家对他批评的严厉程度和非学术化程度远远超过前者。而耐人寻味的是，即便沈从文亲口否定了苏雪林的评论，金介甫依然在其《沈从文论》一书中认为"苏在论文中的论点既有真知灼见，也有不少误解之处"。②既有"真知灼见"，那自然不是"毫无价值"。

比较苏雪林的《沈从文论》一文和沈从文对此文的反应，我们可以捕捉到沈从文对苏文产生不满的几个可能性。

首先，苏雪林在文章中的姿态可能惹恼了沈从文。沈从文说："这是国民党一个立法委员的判决书。""判决书"一词带有居高临下、不容置疑的意味。客观来说，苏文对沈的评价褒多于贬，但无论褒贬，其发言的姿态却似一前辈作家对青年作家的点拨。比如批评沈氏小说的描写烦冗拖沓："世上如真有'文章病院'的话，王统照的文字应该割去二三十斤的脂肪，沈从文的文字应当抽去十几条使它全身松懈的懒筋。"③针对沈小说的想象力过盛这一点，苏雪林评价道："我常说沈从文是一个新文学界的魔术家。他能从一个空盘里倒出

---

① 沈从文口述，王亚蓉编：《沈从文晚年口述》，陕西师范大学出版社 2003 年版，第 170—171 页。

② 〔美〕金介甫：《沈从文论》，符家钦译，国际文化出版公司 2009 年版，第 229 页。

③ 沈晖编：《苏雪林文集》（第三卷），安徽文艺出版社 1996 年版，第 304 页。

数不清的苹果鸡蛋；能从一方手帕里扯出许多红红绿绿的缎带纸条；能从一把空壶里喷出洒洒不穷的清泉；能从一方包袱下变出一盆焰焰飞腾的大火，不过观众在点头微笑和热烈鼓掌之中，心里总有‘这不过玩手法’的感想。”①即使在文章最后对沈从文作一总体上的肯定，苏雪林的语气也是教导味十足：“只要他以后不滥用他过多的想象力，将作品产量节制一点，好好去收集人生经验，细细琢磨他的文笔，还有光明灿烂的黄金时代等着他在前面！”②虽然1934年时候的沈从文才年仅32岁，但距他发表第一篇文章已经十年，其间出版作品集几十种，《从文自传》《边城》等代表作也相继出版或发表。同时沈从文也是一个自我体认非常高的作家，在《沈从文全集》中有一段他写在“《八骏图》自存本”的题记：“从这个集子所涉及的问题、社会、人事，以及其他方面看来，应当得到比《呐喊》成就高的评语。事实上也如此。这个小书必永生。可是在宣传中过日子的读者可不要这的。”③以鲁迅彼时在文坛的影响来说，沈从文的这种自我评价在外人看来肯定会有自视过高之感。这当然不是因为沈从文狂妄，而是一个视文学为宗教者对自己作品的极度珍视。那面对苏雪林这种耳提面命般的批评语气，沈从文又如何能心平气和。

其次，在沈从文看来，苏雪林既没有阅读他的全部作品，又没有全然了解他的个人经历，做出判断过于轻率。苏雪林在日记当中的确提到她没有找全沈从文的作品：“沈氏小说共有二三十种，余在图书馆仅搜得十种左右。”而谈到沈从文的军队生活小说时，苏雪林觉得，“沈氏在军队中所处地位，似乎比一般士兵优异”，是世俗所讽嘲的“少爷兵”。她认为沈从文没有受过刻苦的训练，没有上过炮火连天惊心动魄的战线，也没有经验过中国普通士兵

① 沈晖编：《苏雪林文集》（第三卷），安徽文艺出版社1996年版，第305页。

② 沈晖编：《苏雪林文集》（第三卷），安徽文艺出版社1996年版，第305页。

③ 沈从文：《题〈八骏图〉自存本》，《沈从文全集》（14），北岳文艺出版社2002年版，第465页。

奸淫杀掠升官发财的痛快，也没有经验过他们饥渴劳顿流离琐尾的惨苦，所以"所写军队生活除了还有点趣味之外，不能叫人深切的感动"。而谈到其苗族生活小说时，又认定沈从文没有到苗族中间生活过，"所有叙述十分之九是靠想象来完成的。许多地方似乎从希腊神话，古代英雄传说，以及澳洲、非洲艳情电影抄袭而来"①。苏雪林的判断的确过于主观，因而沈从文才会跟人抱怨苏雪林的时候反复强调自己苗人的身份，以及家中三代军人的事实。沈从文是一个敏感的人，当他面对身边那些养尊处优的绅士同行们时，"乡下人"的身份让他不乏自卑之感，但同时他又珍视这些早年的人生经历给他的文学创作所带来的素材、灵感和想象力。"湘西世界"一方面成为他所描写的对象，另一方面也成为他面向都市进行现代文明批判的立足点。当苏雪林轻率地否认他湘西生活的真实性，心生不满自是情理之中。

令沈从文更为生气的是，这篇在他个人看来实属轻率武断的"判决书"的批评文章却得到广泛的认同和传播，不仅用作其小说选集的序文，还"许多人写现代文学史，都引用这个材料，左的也引"②。就连研究他的金介甫和"上海一位邵同学"都把之当作对他的正面评价文献。这正是令人困惑之处，一方面是大家众口一词地认为这篇文章有其价值，另一方面却是沈从文的坚辞不受，甚至不无极端地说："不问从正面、从反面说，那个文章都无什么用处。内中虽有些赞美我处，反不如把我作品骂得一文不值'极左'批评家的文章有反面作用！"换句话说，上述几点分析并无法完全解释沈从文为什么对苏雪林的批评如此反感，到底是文章中的哪一点真正触怒了他？

沈从文认为《沈从文论》是"一个立法委员的判决书"。我们是否可以

---

① 沈晖编：《苏雪林文集》（第三卷），安徽文艺出版社 1996 年版，第 293—297 页。
② 沈从文：《沈从文全集》（26），北岳文艺出版社 2002 年版，第 82 页。

理解为，一方面这份"判决书"中居高临下的语气让他颇为不快，另一方面是其中存在"误判"，他无法认同。而后者才是他对苏雪林不能释怀的真正原因所在。这份"判决书"的核心是前文所提关于沈从文作品"理想"的判断，这一判断显示出苏、沈二人在美学立场上的分歧。凌宇曾经问沈从文："您在作品中歌颂下层人民的雄强、犷悍等品质，与当时改造国民性思想有无共通之处？"很明显，凌宇这个问题是针对苏雪林那句"我看就是想借文字的力量，把野蛮人的血液注射到老态龙钟，颓废腐败的中华民族身体里去，使他兴奋起来，年轻起来，好在 20 世纪舞台上与别个民族争生存权利"而问的。沈从文的回答是："毫无什么共通处。我是试图用不同方法学习用笔，并无有什么一定主张。我因为底子差，自以为得踏踏实实的学习三十年，才可望在工作实践中达到成熟程度。"① 凌宇的问和沈从文的答似乎不在一个频道上，凌宇说的是创作主旨，沈从文答的是写作心态，但"毫无"一词还是透露出沈从文对苏雪林的判断完全不买账。

　　苏雪林对中国文化有一个一以贯之的论点，就是中国文化虽然灿烂，但年龄"太老"，"文化像水一样流注过久，便会发生沉淀质。我们血管日益僵硬，骨骼日益石灰化，脏腑工作日益阻滞，五官百骸的动作日益迟缓，到后来就百病丛生了"②。要想恢复文化的活力，恢复民族的青春，必当接受西洋文化，而要接受西洋文化，则应先养成强悍粗犷的气质。另一方面，苏雪林认为文学有其功利性，文学之为物，直接对读者可以发生一种电力，间接则对于社会可以发生巨大的影响。"一个人格的完成与堕落，一个制度的成立与毁坏，一代政治的变迁与改革，一种主义的传播与遏绝，与文学艺术的宣传

---

① 沈从文：《沈从文全集》(16)，北岳文艺出版社 2002 年版，第 522 页。
② 沈晖编：《苏雪林文集》(第三卷)，安徽文艺出版社 1996 年版，第 300 页。

往往有极大的关系。"因而她认为，作家应当表现的是"道义的人生"，或是"圆满的人生"。① 在她看来，沈从文作品恰恰就是呼应了她的两个观点，用文学作品所呈现的"雄强""犷悍"来培养中国人的野蛮气质，也就是，"借文字的力量，把野蛮人的血液注射到老态龙钟，颓废腐败的中华民族身体里去，使他兴奋起来，年青起来，好在 20 世纪舞台上与别个民族争生存权利"。

　　但这只是苏雪林一厢情愿的认定。面对凌宇问《边城》《黔小景》《贵生》等作品是否含有人生莫测的命定论的倾向，沈从文回答道："我没有那么高深寓意。只有一个目的，就是企图从试探中完成一个作品，我最担心的是批评家从我习作中找寻'人生观'或'世界观'。"凌宇又问道："对下层人民的描写，一方面同情他们悲苦但不自觉的命运，一方面发掘他们身上美德的光辉，这样理解对吗？"沈从文回答："从我一堆习作中，似不值得那么认真分析，探讨。因为是习作。写乡村小城市人民，比较有感情，用笔写人写事也较亲切。写都市，我接近面较窄，不易发生好感是事实。"② 沈从文不希望甚至反对批评家为他的作品追认一个"世界观"和"人生观"，更不愿为他的作品添加若干社会意义，即便是正面的道德意义。他虽然也不反对文学的功利，但重视的是"远功大利"，而不是"近功小利"，所以不无自嘲地说："在这个时代怎么样下笔，使自己获得大众，我是分分明明的。怎么样在作品上把自己与他人融解到一个苦闷中，使作品成为推进社会实气力之一种，我也并不胡涂的。小小的谎辩与任何的夸张，所谓无害于事有利于己的方法，我全皆了然，却又完全不用。我仍然以固守残垒表现这顽固的自己，把文章写成，不呼喊也不哀诉。"③ 所谓"不呼喊也不哀诉"，就是从自己最熟悉的人和事出发来写

---

① 　沈晖编：《苏雪林文集》(第三卷)，安徽文艺出版社 1996 年版，第 1—2 页。
② 　沈从文：《沈从文全集》(16)，北岳文艺出版社 2002 年版，第 522—523 页。
③ 　沈从文：《沈从文全集》(16)，北岳文艺出版社 2002 年版，第 180 页。

作，不刻意夸张情绪，也不人为拔高作品的意义。他始终坚持自己不会为迎合读者而创作，甚至说：“说真话，我是不大对读者有何特别兴趣的。”他对自己作品的要求是没有乡愿的“教训”，没有腐儒的“思想”，有的只是一点属于人性的真诚情感。① 在沈从文这里，“呼唤”与“哀诉”就是以夸张的情绪迎合读者，就是追求文学的商业化，以获得短期的效应。

　　既然一方坚称自己不为什么而写作，没有为作品刻意注入预设的理想，生怕沾上一点功利的气息，另一方却认定：“不过他这理想好像还没有成为系统，又没有明目张胆替自己鼓吹，所以有许多读者不大觉得，我现在不妨冒昧地替他拈了出来”②，言辞中不乏助人为乐的得意，两人的冲突可想而知。在沈从文看来，虽然“极左”批评家们从其作品对社会人生没有积极作用的角度全盘否定了他，但这恰恰符合沈从文强调创作不能追求“近功小利”的自我认定；反而苏雪林自以为是地为他总结创作宗旨，令他生厌，所以我们才能理解他那不无极端的说法：“不问从正面、从反面说，那个文章都无什么用处。内中虽有些赞美我处，反不如把我作品骂得一文不值‘极左’批评家的文章有反面作用！”

　　沈从文自己也是批评家，写过不少的批评文字，认为自己的批评文章“若毫无可取处，至少还不缺少‘诚实’”，“每一句话必求其合理且比较接近事实”。③ 但苏雪林何尝不是这样认定自己的，即便把鲁迅说成“玷辱士林之衣冠败类，二十四史儒林传所无之奸恶小人”④，她也说自己“对于鲁迅，我的

---

① 参见沈从文《沈从文全集》(16)，北岳文艺出版社 2002 年版，第 343 页。
② 沈晖编：《苏雪林文集》(第三卷)，安徽文艺出版社 1996 年版，第 300 页。
③ 沈从文：《沈从文全集》(16)，北岳文艺出版社 2002 年版，第 327 页。
④ 苏雪林：《我论鲁迅》，传记文学出版社 1979 年版，第 54 页。

态度自问相当公平"①。所以说，做一个好的批评家是难的，所谓"诚实""公平"等等，皆出自各人的美学立场，一旦批评家与被批评者的立场差异过大，产生冲突自然在所难免。

---

① 苏雪林：《中国二三十年代作家》，台湾纯文学出版社 1986 年版，第 6 页。

第八章

李长之：执着于文化理想的 京派书评家

李长之是一个博杂的批评家，所涉命题之多，批评对象之广，批评标准之备，批评文字数量之大，在中国现代文学批评史上几乎无人能出其右。在此博杂之中，文化理想的追寻是其批评的终极目标；为批评而批评宣告其批评的非功利主义，批评之批评则彰显其批评家的自觉；他注重批评的体系，也坚守感情的内核；人格批评是其追寻文化理想的具体化，书评实践则是其文艺教育理念的实施路径。

一、为批评而批评与批评之批评

被鲁迅称为"天才"，当代学者目为"鬼才"的批评家李长之，25 岁就出版了至今仍被称道的《鲁迅批判》一书，成为鲁迅研究史上无法忽略的重要文献。他以职业批评家自命，老批评家周作人常常自谦不懂文学，李长之却觉批评者的称呼不够过瘾，批评家才合乎身份，并说："对于任何一本名著，我每每有一个愿望，就是，愿意凭自己的理解和鉴别的能力，把它清清楚楚地在我脑子里有其真相，有其权衡。不这样，我就有点不甘心，仿佛有件天大的事，不曾交代明白。"[①] 他也的确是这么做的，数百万字的作品，其中大部分都可以划为批评文字，批评对象涉古今中外，《迎中国的文艺复兴》

① 李长之：《我对于文艺批评的要求和主张》，载《李长之文集》（第三卷），河北教育出版社2006年版，第11页。

《鲁迅批判》《中国画论体系及其批评》《司马迁之人格与风格》等长篇大论自不消说，《从陈桢〈普通生物学〉说到中国一般的科学课本》《读〈新华字典〉》等小书评也足见其批评意识之自觉，批评眼界之开阔。李长之还有大量的关于批评观念、批评原理、批评标准、批评史及批评家研究等方面的论述。他的文字喜抽丝剥茧，亦洋洋洒洒，如《论文艺作品之技巧原理》中，一罗列就是原理八条，既让我们得窥其批评理论全貌，也给我们的研究带来了梳理上的困难。这种困难既源于李长之所论较多较广，也源于他有时为求完备不免流于琐碎，其师朱自清就曾在这一点上给过善意提醒："你批评一个人演关公，就只问他演关公怎么样，不责备他没演张飞。只是一些琐碎之处，可以去掉。"①我们首先要做的，是从李长之的博杂中，抽离出他为批评而批评的非功利精神，和体现其批评自觉的核心观念。

　　人为什么要批评，作家为什么要创作，在李长之这里都是"无所为"的，换言之，就是作家是为创作而创作，批评家是为批评而批评。在 20 世纪 30 年代的中国文坛，有一场发生在梁实秋和朱光潜之间的争论，核心的争议点是文学更接近于伦理学还是美学。梁实秋是新人文主义的信徒，认为美学和伦理学都是哲学的一部分，因为文学关心的是人生，所以跟伦理关系更为密切。朱光潜没有直接否定文学的道德性，认为道德可以成为美的观照对象，美的含义很广，真和善都是美，美学对文学至关重要。②在这场争论中，李长之在意的是美学和文艺批评的关系，他说一个文艺批评家必须具备三方面的理想：艺术理想、人生理想和社会理想，艺术理想解决的是最好的艺术作品是什么样的，人生理想解决的是最对的人生是什么样的，社会理想解决的是

---

① 李长之：《忆老舍》，载《李长之文集》(第二卷)，河北教育出版社 2006 年版，第 384 页。

② 参见李长之《我对于"美学和文艺批评的关系"的看法》，载《李长之文集》(第三卷)，河北教育出版社 2006 年版，第 4 页。

最好的社会是什么样的。① 也就是说，这三个问题都是批评家在面对文艺作品时都必然会遭遇的，所以美学和伦理学对一个批评家来说同等重要。但李长之同样指出，如果二者一定要偏重的话，他宁偏重美，而不偏重善，"我觉得注重善的流弊，无可挽救……真正美者绝不止于是美，而必善。凡伟大作品之技巧成功者无不有其至佳之内容，所以大家倒可以放心"②。那李长之的美学观念是什么？就创作来说，"凡是正当的创作的态度，必是无所为的，所谓无所为，就是只以创作本身为目的，没有其次的目的"。"无所为"的创作态度本质上就是"为艺术而艺术"，李长之认为，一部作品最后充不充实，肯定与作者平时的修养有关，但临到创作时，这些都要抛开，就是为艺术而艺术。③ 这是关于创作，那从接受的角度看，美学给读者带来的鉴赏态度不是去求知识，也不是去占有，而是以"超乎利害"和"忘我"的位置进行审美。《红楼梦》令我们落泪，是因为同情，因为里面的某件事令我们伤心，还是作者写得太像真事了，令我们伤心？李长之说是后者，那"写得太像"就是美学层面的事。④

　　既然读者的鉴赏和接受是"无所为"和超乎利害的，那批评家的批评该持什么态度，就呼之欲出了。所以，李长之在另一篇《批评家为什么要批评？》中就直接提道："批评家的批评，只是为批评。"他说，当自己看完一本

① 参见李长之《我对于"美学和文艺批评的关系"的看法》，载《李长之文集》（第三卷），河北教育出版社 2006 年版，第 5 页。

② 李长之：《我对于"美学和文艺批评的关系"的看法》，载《李长之文集》（第三卷），河北教育出版社 2006 年版，第 10 页。

③ 参见李长之《我对于"美学和文艺批评的关系"的看法》，载《李长之文集》（第三卷），河北教育出版社 2006 年版，第 6 页。

④ 李长之：《我对于"美学和文艺批评的关系"的看法》，载《李长之文集》（第三卷），河北教育出版社 2006 年版，第 7—8 页。

名著，就非要把见到的好处和瑕疵都说出来不可，好的就礼赞、击节、赞赏、讴歌，坏的就痛骂。至于理由，不知其所以然，不得不然，也就是不为什么，他的结论是："为批评而批评，才是真的批评。"至于艺术的用处，批评的用处，这并不冲突，不为什么而创作，不为什么而批评，并不代表这个创作和批评本身的无用，"艺术不为用，并不碍于其有大用。批评也是的"。这个意思接近周作人对文学的种花之喻："花亦未尝不美，未尝于人无益。"李长之最后的结论是："为艺术而艺术，为批评而批评。"①

　　为批评而批评，意味着批评家的人格是独立而不盲从的，李长之关于批评家精神的论述自然也与此密切相关。什么是"伟大的批评家精神"，李长之说，就是求"真"而不惜破坏"假"，求善而不惜疾"恶"如仇，为"美"而热烈地爱护、礼赞，以与一切不完整、不调和、污秽、丑陋、缺陷相奋斗的精神。这看似还是"为"真、善、美，不是纯粹的"为批评而批评"。其实，李长之的内在逻辑是，只有开始批评的时候撇开所有的利害关系，什么都不为，保持意图空白，反而能实现真、善、美的发现，因为此时的批评家处于独立而不盲从的状态。伟大的批评家肯定是有理想的，只是他的理想不能经由功利的批评状态获得。李长之区分了批评家的几个层次。

　　只有一种体系思想，或只为一问题而探求，或只为一时代文艺思潮的反映，或只从创作家的立场去鉴赏，都不能称为批评家，这是一个层次。专为书店作出版消息式书评的"小伙计"，专为朋友捧场，或为检定不同派别作家思想意识的"叭儿狗"，为读者献殷勤而专录全书章次和标题或专抄本文的"录事"，怕得罪作者而专在抑扬上下功夫的"小旦"，专挑错字而只有勘误表

---

① 李长之：《批评家为什么要批评？》，载《李长之文集》（第三卷），河北教育出版社 2006 年版，第 27 页。

作用的"校对"连渺小的批评家也谈不上，这是一个层次。还有一个层次，这些人虽然是批评家，但不伟大，特点有："第一，在程度上，他不热烈，伟大的批评家却是不能平淡的，他礼赞和诅咒，都得达于极致。第二，在根据上，他没有一贯的体系，伟大的批评家确实无不自圆其说，他的根据是整套的。"而伟大的批评家是一个层次，特点就是具有伟大的批评家精神，就是反奴性，为理性争自由，不奉命于谁，不受任何人支配。①

如果说"为批评而批评"凸显的是李长之的非功利批评观，以及由此衍生而来的强调独立人格的"批评精神"，那"批评之批评"，则是我试图来概括他对批评理论的自觉建构，包括批评的目标、批评的标准、批评的方法和批评家的素养等。

批评的目标是什么？用李长之的话说，批评家向作品要求什么？一个字："真"，展开说，"就是对于作品求一个真面目和真价值"。真，首先体现为真相。与自然科学家对事物真相的要求类似，文艺批评家用化学家定性分析的手段检定一个作品的成分，用生物学家研究适应性的手段搜寻作家各方面的环境，唯其如此，他对作品实际的把握才能确定不疑。但是，文艺批评家比自然科学家还要多一步，也就是，真，还体现在真价。在本质上，批评是确定价值的工作，这一点与梁实秋的观点较为接近，两人都为批评划定了一个科学无法判定的价值领域。李长之认为批评家与作家一样同样需要天才，作家所求的天才是创造力，批评家所求的天才是灼见和审美能力，凭了前者，可以迅速由作品的第一印象即抓住其核心，凭了后者则可以马上判断作品的高下。要真相，亦要真价，是批评工作的目标。所以，"仁者见仁，智者见

---

① 参见李长之《论伟大的批评家和文学批评史》，载《李长之文集》（第三卷），河北教育出版社2006年版，第23—25页。

智”的论调，或者说一百个读者眼中有一百个哈姆雷特的说法，在李长之这里并不适用。你可以不敢说自己已经得到了唯一的真，但必须是在你能力范围内所能做到“只有一种周全的正确的真的理解和评价”[①]。

批评的标准是什么？之前说到，李长之认为批评家必须具备艺术理想、人生理想和社会理想，这三个理想实际上就是他心中的批评标准。艺术理想，就是批评家所认为最好的艺术作品应该是什么样的，所有批评对象都可以用这个标准来衡量；人生理想，就是批评家眼中最对的人生是什么样的，用此可来衡量作品中对于人生的见解；社会理想，就是批评家心中最好的社会形态，以此可以来衡量作品中对政治的关涉。他甚至还具体列举了艺术理想的一般标准，如统一、调和、对工具的驾驭、艺术作品的风格、内容形式的合一等。李长之是一个理想型批评家，他既要求作品表现得面面俱到，又在艺术标准上提倡了诸多理想的法则。[②]孰不知道，艺术创作的成功往往在打破规则和界限，换句话说，他有时候会陷入梁实秋式的对标准的固执。

如何对一部作品进行批评，李长之还给出了具体的方法，或者说步骤。第一步是理解，理解作者的本意。李长之有一种批评的乐观和自信，认为作者的本意是必须理解，而且可以理解。如何明白作者的本意，首先，批评家要有哲学的头脑，这是一把钥匙，用来打开作者思想的大门。其次，批评家进行批评时，要涤除个人的偏见、偏好，全身心跳入作者的世界，“他用作者的眼看，用作者的耳听，和作者的悲欢同其悲欢”。再次，必须了解作者所处

---

① 参见李长之《文艺批评家要求什么？》，载《李长之文集》（第三卷），河北教育出版社 2006 年版，第 29—31 页。

② 参见李长之《我对于“美学和文艺批评的关系”的看法》，载《李长之文集》（第三卷），河北教育出版社 2006 年版，第 5—9 页。

的社会、环境，如果说前两者解决的是作品中"说的是什么"的问题，这一点要解决的是"为什么这么说"的问题。李长之特意强调不能把作家的环境隘化为阶级关系，"天性，教育，阶级基础，三者俱备，才是完全的物质环境"。第二步是褒贬，实际上是一种价值判断，具体在内容和技巧两个层面进行。内容层面，要问是健不健全：健全的地方在哪里，不健全的地方又在哪里。"或许有人以为这未免太有道义的意味而加以非难"，李长之意识到这一点，而且有意用"道义"取代"道德"，以降低与新人文主义批评的关联。他做了三条解释，一是文艺作品决不能和道义绝缘，"如果人生是有些不变的共认的标准，而文艺又绝对的必附丽于人生，则作品也罢，批评也罢，不含道义的问题在内是骗人的"。虽然他用的是"道义"而不是"道德"，但还是不可避免地令人想起梁实秋关于文学是反映不变人性的观点。二是拿道义批评文艺，"有时成为错妄时，那错妄不在拿道义，而在拿的不是道义上"。他的意思是，我们对道义的理解可能会存在偏差，比如忠君就不是道义，不能用作批评文艺的标准。三是拿道义的标准来衡量文艺，"乃有时是错在不批评当前的或过去的文艺，而限定文艺的未来"。也就是说，不变的道义是一种理想的标准，我们现在未必能得到。我们以目前的道义标准只能去批评当前和过去的文艺，而不能限定未来的文艺；反过来说，如果因为还没得到理想的道义标准，"暂时的道义，也不敢采取，反而成了卑怯的虚无论者"。在技巧层面的褒贬，李长之认为更重要，文艺作品之所以为艺术，主要在技巧。批评家对于技巧要关涉三事，第一，是一般的最高的技巧，批评家必须有一个标准，以之和所评作品对照，得失自现；第二，作家所特有的技巧，批评家必须指出；第三，正如在批评的第一步理解作品时，批评家必须跳入作者的世界，批评技巧时亦然。批评家要设身处地地设想如果自己来表达那些思想和情绪，该如何来做，以此体验作者的甘苦。①

　　那要完成上述的批评，一个批评家应该具备什么样的素养？虽然李长之同样视批评为创作，但是他理想的文艺批评兼具艺术性和学术性，在他的字里行间，批评是一件比创作还要困难的事情。一个优秀的批评家所需要的学识包括三类，一是基本知识，指语言学和文艺史学，李长之把之生动地形容为文艺批评家的生理学和解剖学；二是专门知识，指文艺美学或者诗学，所谓什么是古典、浪漫，什么是戏剧、小说、诗，这些从根本上研究文艺的知识都涵盖在此范围，好比批评家临诊时的医学；三是辅助知识，以生物学、心理学了解人性和创作过程，以历史学了解人类社会的演进，以哲学探究事物根本，以政治经济学明了社会的剖面，从而了解这个剖面里生长出来的文艺。②这当然是一种理想化状态，以此苛求批评家，恐怕就没人做批评家了。

二、理性的框与感情的型

　　对李长之批评特点的描述，学界有时会呈现截然不同的看法，比如齐成民认为，"（李长之）属于有自己完整的批评知识系统并能中立地、技术化地自觉进行文学批评操作的批评家"③。王青则把李长之归入印象派批评家，当然也强调了其理性、科学的特点："在批评方法上，李长之同样是采用综合的方法，保留印象批评'沉入'作品，深味吟咏的特点，强调批评的理性化、科

---

① 参见李长之《我对于文艺批评的要求和主张》，载《李长之文集》（第三卷），河北教育出版社2006年版，第12—19页。

② 参见李长之《论文艺批评家所需要之学识》，载《李长之文集》（第三卷），河北教育出版社2006年版，第34—36页。

③ 齐成民：《中国现代文学史上的京派批评》，博士学位论文，复旦大学，2003年，第57页。

学性、客观化，这是批评形态从传统到现代转化必不可少的要素。"[①] 一方面是技术化、理性化，另一方面是印象式，此前常常分居在不同批评家身上的特点，共存于李长之一身。不能简单地认定为这是好，或者不好，李长之是一个理想化的批评家，他对作家作品有面面俱到式的观察，设定了较高的理想标准，同时又强调情感的介入，甚至把"感情的型"作为批评的终极标准。所以，在他那些较为完备的批评个案中，往往会搭建一个理性的框，在周全的分析下又无不暗含感情的型。

前面谈到李长之的批评方法，既有理解、褒贬两大步骤，又在其中设置了诸多目标，如理解作家的本意、追问内容的健全与否、衡量技巧的完美与否。批评标准的高要求自然会在批评实践中追求面面俱到式的综合分析，但同时，李长之又专门提出主张感情的批评主义，试图把二者融为一体。他说人们常常认为批评的态度要客观，这怎么会成为问题，只要按照上面所提出的方法去批评，自然会批评得客观。说明李长之也承认他的批评方法是一种理性化、技术化的操作，但他马上又提出，方法尽可以客观，但态度则要融入个人感情：

> 批评的态度，喜欢说得冠冕堂皇的，总以为要客观。我以为这是不必说的，因为假设批评家真用了上述的方法去理解一个作品时，自然会批评得客观。我倒以为该提出似乎和客观相反然而实则相成的态度来，就是感情的好恶。我以为，不用感情，一定不能客观。因为不用感情，就不能见得亲切。在我爱一个人时，我知道他的长处，在我恨一个人时，我知道他的短处，我所漠不关心的人，必也是我所茫无

---

① 王青：《中国现代印象批评研究》，博士学位论文，南京师范大学，2007年，第29页。

所知的人。假设不用革命的情绪，对旧社会加以诅咒，我们决获不了如许的关于旧社会的病态的材料。对新社会亦然，没有热烈的憧憬，是不能有清晰的概念的。感情就是智慧，在批评一种文艺时，没有感情，是决不能够充实、详尽、捉住要害。我明目张胆的主张感情的批评主义。[1]

只要是批评，不管理性地设置多少方法和步骤，也无法避免主观性，或者批评家情感的介入。所以仅仅是谈批评有无主观性和情感性，李长之没有必要专门提出，因为在他说到批评家必须跳入作家的世界，体验其甘苦时，就已经包含了此种意思。他试图提出的是更具本体性的批评概念，即"感情的批评主义"。

李长之认为，技巧的极致就是内容，内容的极致就是情绪，换言之，最优秀的作品最后留给读者的应该是情绪。他并非说，作家应该抛开其他，以情绪来写作，而是认为，感情是创作中最重要的要素，如水之于生命。但是，"感情必须假于艺术的形式而超乎艺术的形式"。最好的文艺作品，都会呈现一种可沟通各方面的感情，这就是"感情的型"。

为了便于理解，李长之用了一种更琐碎的解释方法：当我们面对一篇作品，一、我们先会问这是口说的，还是笔传的？二、是写的，还是印的？三、是用毛笔或钢笔写的，还是石印或铅印的？四、是以文言还是白话为载体？五、代表什么思想？六、作品为什么会呈现这样的情绪？七、当把所有的情绪的对象忘掉，剩下什么样的感情？如果依然还有感情感动我们，这就

---

[1]　李长之：《我对于文艺批评的要求和主张》，载《李长之文集》（第三卷），河北教育出版社2006年版，第20页。

是最优秀的作品。① 我们只记住其中的恋爱，或某一场战争，或封建社会的奴性，都不能算一流作品。这有点类似于西方形式主义的洋葱比喻，如果文学作品是洋葱，每剥一层都是形式，到了最里面，依然是形式，但我们依然会落泪。而在李长之所剥开的那些外皮中，既有内容，也有技巧，反而到最核心，剩下形式，但不是有形的形式，而是感情的型。因此，当李长之进行具体批评时，他会从很多层面去分析作品，甚至不厌其烦地搭出一个理性的框，在这一点上丝毫不像一个印象主义者；但整个批评过程中，能清晰地感受到一条感情的主线，爱憎分明，不惧争议。

最具代表性的自然是《鲁迅批判》。这虽然可以归入当时流行的作家论，实际上却是一本书的规模，洋洋洒洒 8 万字，分为"鲁迅之思想性格与环境""鲁迅之生活及其精神进展上的几个阶段""鲁迅作品之艺术的考察""鲁迅之杂感文""诗人和战士的鲁迅，鲁迅之本质及其批评"五大部分，其中第三部分又细分为"鲁迅创作之一般的考察及鲁迅创作中之最完整的艺术""《阿 Q 正传》之艺术价值的新估""鲁迅作品中的抒情成分""鲁迅在文艺创作上的失败之作"四大点。这是一个理性、严谨和全面的研究框架，全方位地探讨了鲁迅的成长经历、思想性格、精神发展阶段、作品艺术、文体特征、作家气质等论题。正如他指出"进化论"的科学精神从来没远离过鲁迅，在这个理性的框中，也处处可见李长之"求真"的批评精神。比如，他有一个非常著名的判断，说鲁迅够不上一个思想家，只是一个思想的战士。这自然会引发争议，就思想的深度而言，很多所谓的思想家未必比鲁迅更合格。对李长之而言，以他所接受的德国哲学、美学为标准，鲁迅的思想确乎

---

① 参见李长之《我对于文艺批评的要求和主张》，载《李长之文集》（第三卷），河北教育出版社
2006 年版，第 20—21 页。

少了体系性，这也是他认为鲁迅不是一个思想家的重要原因。我认为，关键点不在于去判断鲁迅到底够不够得上思想家，而在于李长之的判断恰恰反映出他是一个追求体系和求真的批评家。因为追求体系，所以他认为思想不够体系化的鲁迅不是思想家；因为求真，所以他敢于指出以思想深刻著称的鲁迅不是思想家。类似的判断还有不少，他从自己的文学标准出发，认为《头发的故事》《一件小事》《端午节》《在酒楼上》《肥皂》《弟兄》是"写得特别坏，坏到不可原谅"的作品，《秋夜》中著名的开头，"墙外有两株树，一株是枣树，还有一株，也是枣树"，"简直堕入恶趣"①。这样的判断同样可以商榷，这也反观了李长之是如何坚持自己的文学标准的。

　　一方面是李长之在理性的框架下对鲁迅面面俱到式的批评，另一方面，整个《鲁迅批判》贯穿了批评者浓郁的情感态度，恰恰是这些看似颇带感情色彩的观点充满了真知灼见。李长之说从鲁迅的作品中可以看出一种"过分的神经质的惊恐"，这是他在困顿的人生经历中留下的创痛；正因此，他常常"同情于在奚落与讽嘲下受了伤害的人物的创痛"。所以，李长之对鲁迅作品的特色做了一个感性的概括："悲哀同愤恨，寂寞同倔强，冷观和热情，织就了他所有的艺术品的特色。"②如果按李长之所说，最好的作家作品都会呈现一个"感情的型"，这就是鲁迅作品"感情的型"。因为抽离出这个"感情的型"，他能看到鲁迅作品中别人无法看到的东西，他在《孔乙己》《阿Q正传》《离婚》冰冷、不动神色的叙事中感到"一种最大的同情，滚热地激荡于其中"。尤其关于对《阿Q正传》的评价，与当时的评论界呈现截然相反的色彩。周作人认为这是一篇讽刺小说，"讽刺小说是理智的文学里的一支，是

---

① 参见李长之《鲁迅批判》，载《李长之文集》（第二卷），河北教育出版社2006年版，第62—71页。

② 李长之：《鲁迅批判》，载《李长之文集》（第二卷），河北教育出版社2006年版，第9页。

古典的写实的作品。他的主旨是'憎'，他的精神是负的"①。阿Q身上的精神胜利法自然也被作为鲁迅进行国民性批判的靶心。周作人是著名批评家，加上与鲁迅特殊的关系，这种观点几乎成为定评。李长之却从鲁迅看似冰冷冷的叙事中，觉出"一种最大的同情，滚热地激荡于其中"，"鲁迅那种冷冷的，漠不关心的笔，从容的笔，却是传达了他那最热烈，最愤慨，最激昂，而同情心到了极点的感情"。他甚至认为，阿Q已经不是鲁迅所诅咒的人物，反而是鲁迅"最关切，最不放心，最为所焦灼，总之，是爱着的人物"②。他在阿Q的可笑上看出了可爱和天真，在阿Q的狼狈上看出了"被损害与侮辱的人物"的身影，在旁观者的残酷、冰冷中看出了鲁迅的无限同情。很难说，李长之的观点就一定站得住脚，他所举出文本的段落对其所论也并非有明显的支撑，但他敢于与权威的观点相左，本身就代表了批评家的真诚和勇气。更为关键的，这种结论的得出与他满带情感进入作家文本的方式有关，与他试图寻找批评对象身上"感情的型"有关。

　　一向注重批评科学精神的李长之有时也会提到批评家的武断，他认为，批评家不需要像科学家的研究一样寻求那么充分的例证，而要像作家一样具备"灵敏"和"透到"的锐利，批评"与其说是一种理智的领悟，毋宁说是一种情感的会心"③。

---

① 周作人：《阿Q正传》，载陈子善、赵国忠编《周作人集外文》（一），上海人民出版社2020年版，第413页。

② 李长之：《鲁迅批判》，载《李长之文集》（第二卷），河北教育出版社2006年版，第47页。

③ 李长之：《我对于"美学和文艺批评的关系"的看法》，载《李长之文集》（第三卷），河北教育出版社2006年版，第442页。

三、文化理想与人格批评

李长之写过一系列关于古代文人的批评文章，专论如《道教徒的李白及其痛苦》《韩愈》《司马迁之人格与风格》《陶渊明传论》等，散论则涉及过孔子、孟子、屈原、汤显祖等。这些文章并非专门的文学批评，所专注者往往是传主的精神人格，使人格批评成为李长之批评中一道独特的风景线。

人格批评的形成基于李长之的文化理想，具体来说，就是他对中国文艺复兴的期待。关于中国的文艺复兴，所论最勤者恐怕是胡适。据研究者统计，胡适一生中以中国的文艺复兴为主要命题的中英文论著和演讲共有五十余篇（次）。[1] 很多时候他会以"再生时期"来取代文艺复兴的用法，认为"文艺复兴"的译法欠当。但不管是文艺复兴，还是再生时期，胡适核心的观点就是以"五四"为中心的几十年演进，就是一场中国的文艺复兴，"试观近三四十年来——尤其是最近的二十年来，我国的一切文物（明）无论是社会制度，政治体系，经济组织，学术思想……皆掀起了极大的变革，所以我相信，将来的历史家就要目这个时代为中国的'再生时期'。因为我国具有几千年的文化，然而，历史演进到了现在，已经表现中华民族的老大衰颓。过去中国的历史上，发生了多次的再生运动，交织起伏，希望促老大的中国返老还童；但是新的刺激奄弱，新的血液贫乏，终于未能成功。可是从历史的观点，我们知道现在中国'再生时期'的到临"[2]。而作为五四新文化运动核心人物的胡适，也常常被目为"中国文艺复兴之父"。这个观点却受到李长之的质疑和反驳。

---

① 参见席云舒《胡适"中国的文艺复兴"思想初探》，《文艺研究》2014 年第 11 期。

② 胡适：《中国再生时期》，载欧阳哲生编《胡适文集》(12)，北京大学出版社 2013 年版，第 99—100 页。

李长之和胡适都认为中国应该有一个文艺复兴的时代，而且认为这个时代正在到来，关键的分歧在于对"五四"的认定。胡适的观点是，这个文艺复兴时期的到来是以"五四"为起点，两者之间是一个持续性的过程。李长之则认为两者是截然不同的时期，"五四"只是一场启蒙运动，理智、清浅，主要是对西方文化的移植，缺乏深度和远景，尤其与中华民族的根本精神相去太远。他还把'五四'的文化运动类比为文学上的写实主义。当然，李长之并没有否定"五四"的贡献："我不否认五四运动是一枝鲜艳美丽的花，但是，这枝花乃是自别家的花园中攀折来，放在自己的花瓶中的。因为没有源头，因为不是由自己的土壤培养出来的，因为不是从大地的深层，从植物的根本上开放出来的，所以很容易枯萎，而不能经久。我们当然看了这种花并不满足。"换句话说，"五四"美则美矣，但其根源在西方，是移植的产物，扎根不深，容易水土不服。而真正的文化运动应该是根深蒂固、源远流长的，"正希望那是在培植已久的土壤中冒出来的，正希望那是在根深叶茂的大树上开放出来的"①。李长之所认同的文化运动是文艺复兴。与五四新文化运动主张打倒孔家店不同，真正的文艺复兴是扎根于本民族的古典时代，中国的古典时代是周秦，文化的结晶则是孔子。如果说李长之眼中的"五四"是理智而清浅的，那他向往的文艺复兴则是伟大而浪漫的，"我预想把'五四'誉为的文艺复兴，却在不久的将来，一旦中国的自然科学、物质建设、社会组织、哲学体系都次第完成之后，是终于要来的，可是那时无疑地是一个伟大的浪漫性质的时代"。关于二者的价值，李长之貌似执中，说浪漫与写实各有长短，而且"不合于现实，就永远没有实现理想的一日"，但马上又说，"太钉

---

① 李长之：《迎中国的文艺复兴》，载《李长之文集》（第一卷），河北教育出版社 2006 年版，第16 页。

于现实，人类就决不能有所进步"。人类的幸福应该是由二者的常在而得，所谓"达者通而得之，愚者执而失之"，而潜台词则是，人类的命运必然是由写实通向浪漫，而中华民族的命运则是超越"五四"，而走向文艺复兴。[1] 李长之甚至直接说："即便把文艺复兴看作是新世界与新人类的觉醒，五四运动也说不上文艺复兴。外国学者每把胡适誉为中国文艺复兴之父，我却不能不说是有点张冠李戴了。"[2]

　　李长之关于文艺复兴的论述当然与抗日战争的特殊背景有关，他的《迎中国的文艺复兴》成文于抗战期间。当中华民族正遭遇外族入侵的存亡关头，夸大"五四"自然不合时宜，毕竟"五四"在总体倾向上还是以批判传统为主。对知识分子而言，首要任务是张扬本民族的文化自信，从民族文化中寻找对抗西方文化的资源。因此，李长之甚至"不合时宜"地把晚清洋务运动时期"中体西用"的观点拿出来探讨。他的意思是，"中体西用"并非不对，而是当时的人并不了解其中的真义，因而主张也并不坚定。中体的"体"到底是什么？李长之简化言之，"中国过去的文化特长是在人生方面，其精神是审美的。《乐记》上每说'人情之所不能免也'，人本主义就是我们一切文化的根本"。李长之的"人本主义"具体何指呢？就是"对于人性的探求与重视"，"审美态度的发挥"，对人生问题的重视，"既生而为活人，人生问题就应该高于一切"。[3] 李长之对"中国本位""全盘西化""中体西用"三个概念进行了辨析："全盘西化"被证实肯定行不通；"中国本位"自然是对的，任

---

[1]　参见李长之《论人类命运之二重性及文艺上两大巨潮之根本的考查》，载《李长之文集》（第三卷），河北教育出版社 2006 年版，第 78 页。

[2]　李长之：《迎中国的文艺复兴》，载《李长之文集》（第一卷），河北教育出版社 2006 年版，第 19 页。

[3]　李长之：《迎中国的文艺复兴》，载《李长之文集》（第一卷），河北教育出版社 2006 年版，第 55 页。

何国家都应该以自己为本位，但容易被反动复古者误用，强调以中国代替一切；但如果强调以中国为本位，并非抹杀中国以外的东西，这岂不与"中体西用"没有区别？所以就这三个概念而言，"自仍以中体西用为最少流弊"，"所以现阶段的文化运动，就是近于中体西用，而又超过中体西用的一种运动。其超过之点即在我们是真发现中国文化之体了，在作彻底全盘地吸收西洋文化之中，终不忘掉自己！"① 换言之，文艺复兴的实现就是走"中体西用"的路径，最终在自己的文化土壤上，融合中西，实现文艺与文化的繁荣。李长之的人格批评正是基于上述的文化理想而展开的。

李长之人格批评的一个特点是着力从批评对象中提炼浪漫元素。这自然与他认为中国的文艺复兴应该具备浪漫的属性有关。李白自不必说，本身就是中国古代浪漫主义文学的高峰。在《道教徒的李白及其痛苦》一文中，李长之特别强调诗人身上的"人间味"，说倘若在屈原的作品里发现的是诗人为理想奋斗，那在陶渊明的作品里则为自由奋斗，在杜甫的作品里表现着为人性奋斗，李商隐则是为爱、为美奋斗，而在李白的诗里，"却也有同样的奋斗的对象了，这就是生命和生活（Leben）"。一般我们会认为杜甫才善于表现人间，李长之对此特意做了区分，说杜甫对人间的反映是客观和被动的，"在李白这里乃是，决不是客观地反映生活，而是他自己便是生活本身，更根本地说，就是生命本身了"②。按说李白对儒释道三家的思想都有所吸收，李长之特意在道教的观念中观照李白，是出于对"本位文化"的强调。他说："道教的兴起，无疑的是有一种'本位文化'的意味在内，所以它处处和佛对抗。"

---

① 李长之：《迎中国的文艺复兴》，载《李长之文集》（第一卷），河北教育出版社 2006 年版，第 57 页。

② 李长之：《道教徒的李白及其痛苦》，载《李长之文集》（第六卷），河北教育出版社 2006 年版，第 7 页。

而之所以道教更合乎中国人的口味，是因为其"肯定生活"，"道教非常现世，非常功利，有浓厚的人间味，有浓厚的原始味。我说李白的本质是生命和生活，所以他之接受道教思想是当然的了"①。作为"文起八代之衰，道济天下之溺"的韩愈，是不折不扣的儒家，跟浪漫关系不大。李长之则用韩愈证明中国人文教育的成功，他认为中国过去人文教育的最大特色是："一方面讲美，一方面讲用。"兼而得之才是其中的成功者。韩愈有个性、有感情，同时也能"洞达实际社会情况，能善为应付"②。显然，这更多是强调韩愈身上个性和感情的一面。

　　在《司马迁之人格与风格》中，同样是处处凸显作者人格与风格的浪漫因素，甚至曾想过把"浪漫的自然主义"加在书名上，因嫌累赘而作罢。本文的特别之处在于，把汉文化的精神源头追溯到楚文化，认为汉朝文化"并不接自周、秦，而是接自楚"，"楚人的文化实在是汉人精神的骨子"。李长之还对比了周文化与楚文化的不同，前者是"数量的、科学的、理智的、秩序的"，后者是"奔放的、飞跃的、轻飘的、流动的"，简而言之，"周文化是古典的，楚文化是很浪漫的"。那以楚文化为骨的汉时代精神，就是"浪漫情调"。③司马迁当然也是浪漫的，李长之说以他的性格，很有可能成为放诞的庄周，或多情的屈原，或任性的陶潜。④但司马迁最终遭遇了李陵案，酿造了人生的悲剧，在李长之看来，这与他受孔子的儒家思想影响有关。孔子对

---

① 李长之：《道教徒的李白及其痛苦》，载《李长之文集》（第六卷），河北教育出版社 2006 年版，第 46 页。

② 李长之：《韩愈》，载《李长之文集》（第六卷），河北教育出版社 2006 年版，第 163 页。

③ 参见李长之《司马迁之人格与风格》，载《李长之文集》（第六卷），河北教育出版社 2006 年版，第 191—195 页。

④ 参见李长之《司马迁之人格与风格》，载《李长之文集》（第六卷），河北教育出版社 2006 年版，第 261 页。

历史人物的臧否标准、节制的古典精神、理智色彩和慎重征信的态度，都在修正或剪裁司马迁的浪漫人格，"由于孔子，司马迁的天才的翅膀被剪裁了，但剪裁得好，仿佛一个绝世美人，又披上一层华丽精美而长短适度的外衣似的"[①]。这里似乎传达出李长之理想的人格类型应该是古典与浪漫相结合，其实不然，很快李长之又自我反思道："孔子果然是一个纯粹古典的人物，单单发挥冷冷的理智的么？"在他看来，孔子是一个向往古典的浪漫主义者，所谓"身为殷人，而向慕周"，"本为浪漫而渴望着古典"。孔子一生挣扎向古典，到生命的最后，终于成功，所谓"七十而从心所欲，不逾矩"，而司马迁则不肯始终屈于古典之下，"因而他像奔流中的浪花一样，虽有峻岸，却永远汹涌着，飞溅着了！"[②]李长之是一个想象力飞溅的批评家，很难说他的这些论断有多少学理的考据，但字里行间透露出对浪漫精神的肯定，对中国文艺复兴开启的渴慕。所以说，是期待中国文艺复兴的文化理想，促使李长之写下了一篇篇人格批评，以期从中国文化传统中找寻以浪漫精神为主的理想人格。

四、文艺教育与书评实践

李长之是中国现代文学史上重要的批评家，这一点自无异议，但也有人称李长之为书评家，统计下来，"影响很大的书评专著有两种：《鲁迅批判》和《批评精神》。散见的书评有二百多篇"[③]。很明显，这里是把文学批评完全

---

① 李长之：《司马迁之人格与风格》，载《李长之文集》（第六卷），河北教育出版社 2006 年版，第 243 页。

② 李长之：《司马迁之人格与风格》，载《李长之文集》（第六卷），河北教育出版社 2006 年版，第 244 页。

③ 伍杰：《〈李长之书评〉总论》，载伍杰、王鸿雁编《李长之书评》（壹），河北教育出版社 2006 年版，第 1 页。

等同于书评，文中对李长之书评特点的归纳，所引用者均为李长之关于批评思想和批评精神的论述。那书评是否真的等同于文学批评？沈从文专门写过一篇《我对于书评的感想》，其中谈道："如果一个书评家，对于近二十年来中国新文学的发展长成有一贯的认识，对于一个作品的价值和内容得失能欣赏且能说明，执笔时不敷衍，不苟且，这样子写成的书评，至少对读者是有意义的。"从这个意义上来说，沈从文所说的书评其实就是文学批评。当然，在一些细微处我们还是能看出书评存在一定的限定，比如，沈从文说应该开办一个专载书评的刊物："这刊物不受任何拘束，完全以善意和热诚来注意一切新作品；批评一切新作品，对一切被习气所疏忽时髦所称颂的作品，都老老实实的来给一个应得的估价。"换句话说，在沈从文这里，书评更多针对的是新出的文学作品的批评。这只是内容上的强调，在本质上，沈从文眼中的书评就是文学批评。

那李长之是如何看待的呢？他曾自觉地坦露写作《论茅盾的三部曲》的心路历程，最开始以为批评一个作家无非是对其众多单个作品的批评的集合，后来发现这样的结果是在不断地重复，"在一个作品里所看出的成败，是往往到看另一个作品时仍得述说"。而另一种可能则是，在这个作品以为非的东西在另一作品中却并非如此。这样慢慢才找到"演进的研究"，对创作的分期这些做法。所以，李长之感叹道："再不要以为批评一个人是像批评的一本书那么轻易了……"[1]这里已经透露出书评并非可以和文学批评画等号。而当他真正主持了一个专载书评的副刊，在《书评副刊》发刊词上，第一句就指出，把书评等同于文学批评，未免太小看文学批评了。虽然他认为书评是文学批

---

[1]　李长之：《论茅盾的三部曲》，载《李长之文集》（第二卷），河北教育出版社 2006 年版，第319—320 页。

评的一部分，理想的书评依然要符合一般的文学批评的条件，但也只是理想而已。在这篇发刊词中，他主要强调的是两点，一是在篇幅上限定为一千至两千字之间，在批评精神上强调不徇私。[①] 与《鲁迅批判》这种专论相比，李长之把书评看作为文学批评的微缩版，短小、便捷，能及时对刚面市的出版物做出反映。而且从他自己的书评实践来说，所批评的对象虽以文学创作为主，所涉也扩及思想理论、学校课本、历史文化等。

　　除了那些大部头的批评论著论文，李长之专注于短小精悍的书评写作有几个原因。第一，被无法遏制的批评欲驱动。前面言及，他对于任何一本名著都有批评的热望，"愿意凭自己的理解和鉴别的能力，把它清清楚楚地在我脑子里有其真相，有其权衡。不这样，我就有点不甘，仿佛有件天大的事，不曾交代明白"[②]。李长之仿佛书痴，有批评欲。如果仅仅只是为了成为一个优秀的批评家，踏踏实实写几篇类似于《鲁迅批判》的经典批评就行，他对"任何一本名著"想予以批评的欲望，催生了"书评"这样一种体例，不是那么完备的批评，但也尽了自己的表达欲。第二，受发表的载体和时效所限。报刊的版面有限，能登载《鲁迅批判》这种长篇大论的刊物毕竟不多；读者对新出的书籍有及时了解的需求，谋篇布局、精心研制之下很容易错失时效。第三，也是最重要的，与李长之文艺教育的理念有关。在李长之看来，对文艺本质规律研究的学问叫文艺体系学，也就是文艺美学，"在文艺体系学之下，其应用即文学批评，文学批评而普及化，就是文艺教育"[③]。换句话说，

---

① 参见李长之《〈书评副刊〉发刊词》，载《李长之文集》（第三卷），河北教育出版社 2006 年版，第 502 页。

② 李长之：《我对于文艺批评的要求和主张》，载《李长之文集》（第三卷），河北教育出版社 2006 年版，第 11 页。

③ 李长之：《释文艺批评》，载《李长之文集》（第三卷），河北教育出版社 2006 年版，第 318 页。

文学批评是文艺美学理论的具体应用，那"文学批评而普及化，就是文艺教育"，又作何理解？李长之发现教育和批评都是一种"唤醒"的工作：教育的根本哲学是承认人的性善，所以要通过教育来唤醒；批评的根本哲学则是先验地认为人具备审美能力，所以要通过批评来唤醒。总之，"著之于书，就是批评，发挥于事业，就是教育"。具体来说，批评就是通过对大作家进行学理上的钻研和技术上的探求，从而使大作家的精神和一般人发生联系。当大作家的真相大白，当大作家的价值被发掘，一般人也就有所汲取。[①]所以，进行文艺教育的前提是建设好的文艺批评，批评不健全，文艺教育就无从谈起。李长之用了一大段感性的话语强调文艺批评与文艺教育的重要性：

> 屈原的真精神有没有被人认识？陶潜的真面目有没有被人发掘？杜甫的伦理价值有没有变成一般人的血与肉？在一般没受教育的人不必说，即在中小学里，试问有多少人不是觉得屈原只是一姓的奴才，而且怯懦？有多少人不是觉得陶潜只是逃避责任的隐者？有多少人不是觉得杜甫不过是一个无能的迂儒？有谁知道屈原是"终刚强兮不可凌"的坚强男儿？有谁知道陶潜是"朝与仁义生，夕死复何求"的道德勇士？有谁知道杜甫是一生要作"致君尧舜上，再使风俗淳"的像诸葛武侯一样的国家栋梁？至于李白一类的天才，大家还不是觉得只是一个有才气的疯子而已吗？谁知道他的洒脱，超旷，以及"为苍生而一起"的抱负？[②]

---

① 参见李长之《文艺批评与文艺教育》，载《李长之文集》（第三卷），河北教育出版社 2006 年版，第 325 页。

② 李长之：《文艺批评与文艺教育》，载《李长之文集》（第三卷），河北教育出版社 2006 年版，第 326 页。

　　批评的工作就是"唤醒"，唤醒一般人对作家人格的认知，唤醒一般人对真价值的认同。进而言之，文艺批评是一种专门之学，文艺教育就是把文艺批评的成果进行普及推广。在我看来，快捷、精悍的书评写作，就是文艺批评的通俗化和普及化，就是一种文艺教育。当他在评郭沫若的研究专著《屈原》时，关注的不是论者的学术贡献，而是试图呈现他眼中的屈原：屈原的根本精神在"与愚妄战"，价值在"不妥协"。屈原当然爱国，但如果用偏狭的功利思想去塑造他，其实是一种缩小，"独独那种不妥协的武士精神，对于美和善之热烈的爱护，悲天悯人的博大深厚的情感，这才是道德的所在！"①重要的不是郭沫若写了什么，而是李长之想把他认知中的屈原真精神、真人格传播给读者。评梁实秋的《歌德之认识》，他自己承认倘任性写起来，感想是多于批评的，而这感想恰恰不是对于歌德本身的感想，他依然想到的是中国文化的问题："中国的诗人，是没有歌德那样的生命力的，是没有歌德那样的实生活的体验的，是没有歌德那样浓烈的感情的。而中国诗人的待遇，不消说更没有歌德那样幸运。"②李长之真正想表达的是，对于我们自己文化中的"歌德"，我们是否重视？文化从来都是累积的，一个民族能否产生"歌德"，跟我们是否重视文化和文学息息相关。李长之说自己不愿意为懒人写书评，"看了书评便不必读原书的提要式的书评，我决不作"。他要在他人的作品前呈现自己的面目，发表主张，书写情感，甚至面对各式各样的作品，力求自己思想的系统一致。③

　　除了影响较大的专论外，李长之那些多不过二三千字，少甚至只五六百

---

① 李长之：《屈原》，载《李长之文集》(第四卷)，河北教育出版社 2006 年版，第 122 页。
② 李长之：《歌德之认识》，载《李长之文集》(第四卷)，河北教育出版社 2006 年版，第 33 页。
③ 参见李长之《我如何作书评》，载《李长之文集》(第三卷)，河北教育出版社 2006 年版，第 423 页。

字的书评有近百篇，论说理的周详和批评的完备自不能与《鲁迅批判》相比。但他始终本着批评家的自觉进行这些书评写作，对批评对象作"同情的了解"和"无忌惮的指责"，自然也散落着不少真知灼见。李长之说老舍的《猫城记》是一篇"还算有兴味的化装讲演"，从人物塑造上看，小蝎和大鹰少了血肉的注入，成了传达作家思想观念的演员。①《猫城记》的写作确实是观念大于技巧，"化装讲演"形象化地概括出新文学中某一类的作品成色。对《憩园》的批评中，李长之指出巴金的理想主义色彩，在以写实主义为主的中国现代小说发展历程中，尤为难得。当然，他也看到了巴金创作的轻易、流畅，"有些滑过的光景"。②在评论萨孟武的《水浒传与中国社会》一文中，他敏锐地看到一条从社会学到文艺批评的可能路径，虽然萨孟武是从文艺的材料中抽调一部分到社会学，"倘若我们顺了这条路线，掉回头去，却就恰恰是从社会学到文艺了"③。萨孟武解读《水浒传》的方法，在当下至少影响了十年砍柴、押沙龙这些并非出身科班但在读者中拥有一定影响力的《水浒》解读者。

---

① 参见李长之《猫城记》，载《李长之文集》(第四卷)，河北教育出版社 2006 年版，第 78 页。

② 参见李长之《憩园》，载《李长之文集》(第四卷)，河北教育出版社 2006 年版，第 225 页。

③ 李长之：《水浒传与中国社会》，载《李长之文集》(第四卷)，河北教育出版社 2006 年版，第 137 页。

结　语

　　每到毕业季，沪上作家毛尖的一篇旧文就会被当成新作在公众号间流转，说学生的毕业论文，"开题那会，都是贝聿铭的设计，到预答辩，基本是基建工程的允诺，最后交上来，让人想唱'茅屋为秋风所破歌'。不过，恶向胆边生准备手起刀落的时候，想象自己也是这么过来，忽悠导师要写鲁迅，结果写了个鲁达"。其实不只毕业论文，我们所谓的学术专著，又有多少能够如愿按最初的蓝图施工，大多都是写着写着便歪了楼。本书最初有一个颇为宏伟的设计，打算在谱系学的视角下，写出中国现代文学批评的点、线、面。经典批评家的个案研究自是题中之义，不同谱系的批评流脉也理出了好几条，再就是以批评史上的几大核心命题为场域，在批评家的答案中反思中国现代文学批评发展的诸种可能。最后发现，即便这样的设计是合理的，以笔者现有的能力和精力都难以实现这幅蓝图。事实上，预设一个本质性的分析架构，先验的目的性会遮蔽个案的丰富性，清晰是清晰了，那也只是一种削足适履下的了然。换句话说，还不如回到一个个批评家本身，每一条线都曾从他们身上穿过，每一个面都是由他们中的几个支撑，把他们每一个个体研究清楚了，很多问题也迎刃而解。所以，谱系的视角只是串起珍珠的一根线，不需要把这根线拉得笔直，甚至珍珠大小不一也无伤大雅，在规律中寻找差异，才是本书的重点。

　　当然，这依然很难，正如批评本身就是一项艰难的工作，何况是对批评的研究。李健吾说文学上打着一个旗帜下的作家，往往在"昙花一现"之后各自开着"永生的奇葩"，甚至曾经"合作的同志"终于不期然地"走向背道而驰的境界"。① 他不是对这种生态表达不满，而是视之为正常的文学史现象。也正因此，在人文谱系视角下观照中国现代批评史上的诸位批评家，要辨析那些似是而非的现象，确属不易，有些问题在本书中也依然解决得不够完美。比如，王国维的"人间"与周作人的"人间"之间的内在关联为何？梁实秋与苏雪林同属新月派（苏雪林为泛新月派一员），同样主张新人文主义（苏雪林没明确宣称，是批评过程中的自我呈现），二者之间的差异在哪儿？林语堂因对梁实秋在国内鼓吹白璧德新人文主义不满，而译介克罗齐和斯平加恩的表现主义，又为何总跳不出白璧德所设置的浪漫主义与古典主义对峙的理论语境？梁实秋与李长之都不避讳科学之于文学的影响，也都认为文学的价值层面是科学不能企及的禁区，那两人对文学价值的衡量又存在怎样的差异？周作人被称为印象派，李健吾被称为印象派，沈从文和李长之有时也被称为印象派，如果批评中有印象的痕迹皆被如此定义，那存不存在不依赖印象进入作家作品的批评家？凡此种种，笔者做过分析的尝试，但未必尽如人意。或者还是如李健吾所说："正是这种奇异的错综变化，形成一部文学史的美丽；也正是这种似同实异、似异实同的复杂现象，临到价值鉴别，成为文学欣赏的艰难和喜悦。"②

与中国现代文学批评史上的多样化相比，当下的文学批评界显得过于统一和单调，王国维评点式的传统批评风格，周作人日常化的批评风格，李健吾美文式的批评风格，在高度学术化的今天已经难见踪迹。中国现代文学批评的人文谱系究竟如何或许没那么重要，重要的是为当下的批评实践呼唤更多的个性与真诚。

---

① 李健吾：《〈画梦录〉——何其芳先生作》，载《李健吾文集·文论卷1》，北岳文艺出版社 2016 年版，第 132 页。

② 李健吾：《〈画梦录〉——何其芳先生作》，载《李健吾文集·文论卷1》，北岳文艺出版社 2016 年版，第 132 页。

参考文献

一、文集

苏雪林：《青鸟集》，商务印书馆 1938 年版。

苏雪林：《蠢鱼集》，商务印书馆 1938 年版。

苏雪林：《我论鲁迅》，传记文学出版社 1979 年版。

郭沫若：《郭沫若全集》，人民文学出版社 1982 年版。

陈独秀：《陈独秀文章选编》，生活·读书·新知三联书店 1984 年版。

苏雪林：《中国二三十年代作家》，台湾纯文学出版社 1986 年版。

陈寅恪：《陈寅恪史学论文选集》，上海古籍出版社 1992 年版。

周作人著，黄开发编：《知堂书信》，华夏出版社 1994 年版。

沈晖编：《苏雪林文集》，安徽文艺出版社 1996 年版。

苏雪林：《苏雪林自传》，江苏文艺出版社 1996 年版。

耿云志、欧阳哲生编：《胡适书信集》，北京大学出版社 1996 年版。

沈永宝编：《林语堂批评文集》，珠海出版社 1998 年版。

陈子善编：《叶公超批评文集》，珠海出版社 1998 年版。

胡风：《胡风全集》，湖北人民出版社 1999 年版。

《梁实秋文集》编辑委员会编：《梁实秋文集》，鹭江出版社 2002 年版。

沈从文：《沈从文全集》，北岳文艺出版社 2002 年版。

沈从文著，王亚蓉编：《沈从文晚年口述》，陕西师范大学出版社 2003 年版。

鲁迅：《鲁迅全集》，人民文学出版社 2005 年版。

李长之：《李长之文集》，河北教育出版社 2006 年版。

伍杰、王鸿雁编：《李长之书评》，河北教育出版社 2006 年版。

郁达夫：《郁达夫全集》，浙江大学出版社 2007 年版。

苏雪林：《苏雪林作品集·短篇文章卷第三册》，台湾成功大学中文系 2007 年版。

李健吾：《咀华集　咀华二集》，人民文学出版社 2007 年版。

周锡山编校：《王国维集》，中国社会科学出版社 2008 年版。

苏雪林：《苏雪林作品集·短篇文章卷（4—5）》，台湾苏雪林文化基金 2010 年版。

周作人著，止庵校订：《夜读抄》，北京十月文艺出版社 2011 年版。

曹禺：《雷雨》，陕西师范大学出版社 2011 年版。

林语堂：《苏东坡传》，湖南文艺出版社 2012 年版。

朱光潜：《我与文学及其他 谈文学》，中华书局 2012 年版。

胡适：《胡适文集》，北京大学出版社 2013 年版。

茅盾：《茅盾全集》，黄山书社 2014 年版。

李健吾：《李健吾文集》，北岳文艺出版社 2016 年版。

梁启超：《梁启超全集》，中国人民大学出版社 2018 年版。

周作人著，陈子善、赵国忠编：《周作人集外文（一）》，上海人民出版社 2020 年版。

二、论著

［日］菊池宽：《文学创作讲座》（第 1 卷），洪秋雨译，光华书局 1931 年版。

［日］本间久雄：《文学概论》，章锡琛译，开明书店 1933 年版。

［美］史华慈：《五四：文化的阐释与评价——西方学者论五四》，山西人民出版社 1989 年版。

［美］郭颖颐：《中国现代思想中的唯科学主义》，雷颐译，江苏人民出版社 1989 年版。

［法］多米尼克·塞克斯坦：《古典主义》，艾晓明译，昆仑出版社 1989 年版。

［美］金介甫：《沈从文传》，湖南文艺出版社 1992 年版。

［美］费正清：《剑桥中华民国史》，中国社会科学出版社 1994 年版。

［英］卜立德：《一个中国人的文学观——周作人的文艺思想》，陈广宏译，复旦大学出版社 2001 年版。

［美］马泰·卡林内斯库：《现代性的五副面孔：现代主义、先锋派、颓废、媚俗艺术、后现代主义》，顾爱彬、李瑞华译，商务印书馆 2002 年版。

［英］阿伦·布洛克:《西方人文主义传统》，董乐山译，生活·读书·新知三联书店 2003 年版。

高力克:《五四的思想世界》，学林出版社 2003 年版。

［美］韩南:《中国近代小说的兴起》，徐侠译，上海教育出版社 2004 年版。

［美］孙隆基:《中国文化的深层结构》，广西师范大学出版社 2004 年版。

［美］海登·怀特:《话语的转义——文化批评文集》，董立河译，大象出版社、北京出版社 2011 年版。

草野:《现代中国女作家》，人文书店 1932 年版。

黄人影:《当代中国女作家论》，光华书局 1933 年版。

王哲甫:《中国新文学运动史》，杰成书局 1933 年版。

王瑶:《中国新文学史稿（上册）》，开明书店 1951 年版。

司马长风:《中国新文学史》，香港昭明出版社 1978 年版。

罗根泽:《中国文学批评史》，上海古籍出版社 1984 年版。

刘小枫:《诗化哲学——德国浪漫美学传统》，山东文艺出版社 1986 年版。

杨义:《中国现代小说史》，人民文学出版社 1986 年版。

刘纳:《论"五四"新文学》，浙江文艺出版社 1987 年版。

柯庆明:《现代中国文学批评论述》，台湾大安出版社 1987 年版。

郭志刚:《中国现代文学史论》，高等教育出版社 1995 年版。

许道明:《中国现代文学批评史》，江苏文艺出版社 1995 年版。

刘锋杰:《中国现代六大批评家》，安徽文艺出版社 1995 年版。

吴中杰:《中国现代文艺思潮史》，复旦大学出版社 1996 年版。

王彬:《中国文学观念研究》，中国文联出版社 1997 年版。

王晓明:《二十世纪中国文学史论》，东方出版中心 1997 年版。

王晓明主编:《批评空间的开拓——二十世纪中国文学研究》，东方出版中心 1998 年版。

钱理群、温儒敏、吴福辉:《中国现代文学三十年》，北京大学出版社 1998 年版。

陈漱渝:《鲁迅论争集》，中国社会科学文献出版社 1998 年版。

南帆:《文学的维度》，上海三联书店 1998 年版。

王富仁:《中国鲁迅研究的历史与现状》，浙江人民出版社 1999 年版。

佛雏：《王国维诗学研究》，北京大学出版社 1999 年版。

李泽厚：《中国思想史论》，安徽文艺出版社 1999 年版。

刘炎生：《中国现代文学论争史》，广东人民出版社 1999 年版。

许纪霖编：《二十世纪中国思想史论》，东方出版社 2000 年版。

庄锡华：《20 世纪的中国文学理论》，上海三联书店 2000 年版。

高恒文：《京派文人：学院派的风采》，上海教育出版社 2000 年版。

李欧梵：《现代性的追求》，生活·读书·新知三联书店 2000 年版。

余虹：《革命·审美·结构》，广西师范大学出版社 2001 年版。

俞兆平：《写实与浪漫——科学主义视野中的"五四"文学思潮》，上海三联书店 2001 年版。

俞兆平：《现代性与五四文学思潮》，厦门大学出版社 2002 年版。

陈平原主编：《中国文学研究现代化进程二编》，北京大学出版社 2002 年版。

黄曼君主编：《中国 20 世纪文学理论批评史》，中国文联出版社 2002 年版。

周海波：《中国现代文学批评史论》，上海人民出版社 2002 年版。

黄键：《京派文学批评研究》，上海三联书店 2002 年版。

杨联芬：《晚清至五四：中国文学现代性的发生》，北京大学出版社 2003 年版。

南帆：《理论的紧张》，上海三联书店 2003 年版。

赵景深：《新文学过眼录》，广西师范大学出版社 2004 年版。

王济民：《晚清民初的科学思潮和文学的科学批评》，中国社会科学出版社 2004 年版。

高旭东：《梁实秋 在古典与浪漫之间》，文津出版社 2004 年版。

陈国球：《文学史书写形态与文化政治》，北京大学出版社 2004 年版。

杨建民：《批评的批评——中国现代作家论研究》，海峡文艺出版社 2004 年版。

杨春时、俞兆平主编：《现代性与 20 世纪中国文学思潮》，广西师范大学出版社 2005 年版。

夏志清：《中国现代小说史》，复旦大学出版社 2005 年版。

夏中义：《王国维：世纪苦魂》，北京大学出版社 2006 年版。

张蕴艳：《李长之学术——心路历程》，北京大学出版社 2006 年版。

曹聚仁：《鲁迅评传》，复旦大学出版社 2006 年版。

俞兆平：《中国现代三大文学思潮》，人民文学出版社 2006 年版。

凌宇：《从边城走向世界（修订本）》，岳麓书社 2006 年版。

庄桂成：《中国文学批评现代转型发生论：1897—1917 年间的中国文学批评生态研究》，中国社会科学出版社 2007 年版。

叶嘉莹：《王国维及其文学批评》，北京大学出版社 2008 年版。

段怀清：《新人文主义思潮——白璧德在中国》，江西高校出版社 2009 年版。

鲁迅著，刘运峰编：《1917—1927 中国新文学大系导言集》，天津人民出版社 2009 年版。

席扬：《文学思潮理论、方法、视野：兼论 20 世纪中国文学思潮若干问题》，上海三联书店 2009 年版。

杨春时：《现代性与中国文学思潮》，生活·读书·新知三联书店 2009 年版。

朱寿桐：《新人文主义的中国影迹》，中国社会科学出版社 2009 年版。

张传敏：《民国时期的大学新文学课程研究》，人民出版社 2010 年版。

曹聚仁：《文坛五十年》（正编 续编），生活·读书·新知三联书店 2010 年版。

房向东：《著名作家的胡言乱语——韩石山的鲁迅论批判》，上海书店出版社 2011 年版。

李劼：《百年风雨》，台湾允晨文化 2011 年版。

俞兆平：《浪漫主义在中国的四种范式：鲁迅、沈从文、郭沫若、林语堂》，广西师范大学出版社 2011 年版。

摩罗、杨帆：《人性的复苏：国民性批判的起源与反思》，复旦大学出版社 2011 年版。

周海波：《文学的秩序世界：中国现代文学批评新论》，人民出版社 2013 年版。

汪成法：《在言志与载道之间——论周作人的文学选择》，南京大学出版社 2013 年版。

程文超：《1903：前夜的涌动》，人民文学出版社 2017 年版。

黄开发：《周作人精神肖像》，辽宁人民出版社 2015 年版。

胡福君、陈晖主编：《中国现代文学编年史（1895—1949）》第一卷（1895—1905），文化艺术出版社 2015 年版。

李振声：《重溯新文学精神之源：中国新文学建构的晚清思想学术因素》，上海人民出版社 2020 年版。

三、论文

［日］伊藤德也：《周作人"人间"用语的使用及其多义性——与日语词汇的关联性考证》，裴亮译，《现代中文学刊》2017 年第 2 期。

唐达晖：《关于〈现代文艺〉与〈志摩遗札〉》，《武汉大学学报（社会科学版）》1983 年第 4 期。

袁良骏：《关于苏雪林攻击鲁迅的一些材料》，《鲁迅研究动态》1983 年第 5 期。

董易：《自己走出来的路子——试谈沈从文小说的艺术特色》，《中国现代文学研究丛刊》1983 年第 2 期。

余凤高：《苏雪林攻击鲁迅的另一则材料》，《鲁迅研究动态》1983 年第 7 期。

沈倬：《苏雪林说的并非实话——关于〈理水和出关〉的〈自跋〉及其它》，《鲁迅研究动态》1986 年第 4 期。

善文：《也谈苏雪林攻击鲁迅的两篇奇文》，《鲁迅研究动态》1986 年第 9 期。

罗钢：《梁实秋与新人文主义》，《文学评论》1988 年第 2 期。

李允经：《为鲁迅一辩》，《鲁迅研究动态》1989 年第 7 期。

安危：《李金发诗艺的美学特征》，《东北师大学报》1990 年第 2 期。

季桂起：《论李健吾的文学批评》，《文学评论》1992 年第 3 期。

刘锋杰：《论京派批评观》，《文学评论》1994 年第 4 期。

温儒敏：《批评作为渡河之筏捕鱼之筌——论李健吾的随笔性批评文体》，《天津社会科学》1994 年第 4 期。

艾光辉：《论沈从文的文学批评》，《中国现代文学研究丛刊》1995 年第 4 期。

臧棣：《现代诗歌批评中的晦涩理论》，《文学评论》1995 年第 6 期。

周可：《表现主义与林语堂的文学观念》，《中国现代文学丛刊》1996 年第 2 期。

李玲：《苏雪林属于"闺秀派"吗？——苏雪林〈棘心〉重评》，《福建论坛（文史哲版）》1996 年第 2 期。

杨静远：《让庐旧事（上）——记女作家袁昌英、苏雪林、凌叔华》，《新文学史料》1997 年第 8 期。

杨静远：《让庐旧事（下）——记女作家袁昌英、苏雪林、凌叔华》，《新文学史料》1997 年第 11 期。

周海波：《论三十年代不同范式的作家论》，《山东社会科学》1997 年第 2 期。

李同德：《沈从文文学批评风格及其成因浅探》，《中山大学学报（社会科学版）》1998 年第 5 期。

殷国明：《西方古典主义与中国现代文学——一种比较性描叙的尝试》，《暨南学报（哲学社会科学）》1999 年第 6 期。

唐亦男：《非常"另类"的苏雪林〈日记卷〉》，《中国文化研究》1999 年第 4 期。

李书、于天池：《李长之及其文学批评》，《新文学史料》2000 年第 2 期。

马森：《论苏雪林教授〈中国二三十年代作家〉》，《文教资料》2000 年第 2 期。

邓利：《论李长之的文学批评》，《中国现代文学研究丛刊》2001 年第 4 期。

郝誉翔：《在秋日的纽约见到夏志清先生》，《联合文学》2002 年第 6 期。

白春超：《现代中国文学中的古典主义》，《河南大学学报（社会科学版）》2003 年第 2 期。

杨健民：《胡风、许杰、苏雪林和穆木天的作家论》，《福建论坛（人文社会科学版）》2003 年第 6 期。

齐成民：《中国现代文学史上的京派批评》，博士学位论文，复旦大学，2003 年。

乔琛：《在理性与情感之间——谈苏雪林 30 年代作家评论》，《淮北煤炭师范学院学报（哲学社会科学版）》2004 年第 2 期。

王本朝：《梁实秋的文学批评与新文学秩序的重建》，《西南大学学报（人文社会科学版）》2006 年第 3 期。

俞兆平：《梁实秋的古典主义文学理论体系》，《厦门大学学报（哲学社会科学版）》2006 年第 4 期。

方维保：《论苏雪林的文学批评及其对新文学学科创立的贡献》，《长江学术》2007 年第 4 期。

方维保：《论苏雪林学术研究的品格》，《华文文学》2007 年第 3 期。

王青：《中国现代印象批评研究》，博士学位论文，南京师范大学，2007 年。

朱寿桐：《林语堂之于白璧德主义的意念沼泽现象》，《闽台文化交流》2008 年第 1 期。

李建中：《古典批评文体的现代复活——以三位京派批评家为例》，《中山大学学报（社会科学版）》2008 年第 1 期。

欧阳文风：《一种准现代感悟诗学——论李健吾的印象主义批评》，《文学评论》2008 年第 3 期。

王娜：《苏雪林一九三四年日记研究》，《长江学术》2009 年第 1 期。

杨晓帆：《重识郑振铎早期文学观中的情感论——对文齐斯德〈文学批评原理〉的译介与误读》，《河北学刊》2010 年第 5 期。

俞兆平：《论林语堂浪漫美学思想》，《天津社会科学》2010 年第 1 期。

吕若涵：《论苏雪林的散文批评》，《海南师范大学学报（社会科学版）》2011 年第 1 期。

王本朝：《传统的潜伏：苏雪林的文笔论和道德观》，《湘潭大学学报（哲学社会科学版）》2011 年第 1 期。

寇志明（John Eugene von Kowallis）：《苏雪林论鲁迅之"谜"》，《鲁迅研究月刊》2011 年第 4 期。

倪湛舸：《新文学、国族构建与性别差异——苏雪林〈二三十年代作家与作品〉研究》，《中国现代文学研究丛刊》2011 年第 6 期。

周海波：《苏雪林文学批评的史识与文心》，《长江学术》2011 年第 2 期。

席云舒：《胡适"中国的文艺复兴"思想初探》，《文艺研究》2014 年第 11 期。

殷国明：《批评何为？ 20 世纪中国的持续追问——关于批评时代的文化变迁与选择》，《文艺争鸣》2016 年第 5 期。

董炳月：《周作人的"日常"》，《新京报》2019 年 5 月 6 日。

杨经建：《周作人的"言志"文学观与中国文学的抒情传统》，《长江学术》2020 年第 2 期。

张先飞：《周作人研究的起点：〈中国新文学的源流〉话语事件的错位对话》，《武汉大学学报（哲学社会科学版）》2021 年第 4 期。

俞兆平：《中国现代文论隐性生成语境的追溯》，《厦大中文学报》2021 年第 1 期。

后 记

大概是 2020 年 7 月的一天，我正带着孩子在医院看病，刘勇老师打来电话，说拟主编一套北京师范大学"中国现当代文学谱系研究丛书"在文化艺术出版社出版，让我撰写其中一本。仅在北京师范大学文学院做了一年访问学者，便能作为其学缘参与丛书，我自是欣然接受。但欣然之下则是对选题的一筹莫展。在厦门大学读博期间，我受导师俞兆平先生的影响，以苏雪林为博士论文选题，成书后自觉可观者不多，其中对苏雪林的新人文主义批评还算说出了点新意。循此思路，我在 2014 年以《从王国维到"京派"：现代中国文学中的"人文批评"研究》为题，申请获批了一个省社科规划课题。发了几篇论文，课题也结项了，总觉得话还没有说完，仍有一些批评家没有涉及，于是决定以此为基础报选题，就有了现下这本《从王国维到京派：中国现代文学批评的"人文"谱系》。

从确定选题到最后成书，历时三年多。这期间，爱人依然在异地工作，两个孩子周末以外的教育、陪伴主要靠我；接手专业负责人，经历了专业综合评价和师范专业认证两个大评估；因资料缺乏和时间紧张，在研的国家社科基金项目一直进展不顺；几度突发性头晕，在很长一段时间里无法伏案工作。上述种种，都导致本书迟迟无法完稿。2022 年暑假，眼见无法再拖延，我果断把孩子安置在暑期班，每天送完他们，就去学校图书馆，混迹于一群考研的学生中间看书、敲字。每有退却的念头，就找些心灵鸡汤激励自己，当时用的最多一句是理查·布洛克的："不要谈什么天分、运气，你需要的是一个截稿日，以及一个不交稿就能打爆你狗头的人，然后你就会被自己的才华吓到。"

感谢访学期间的导师刘勇教授，把呈现北师大学人风采的机会给了我这样一个师大边缘人；感谢我的博士导师俞兆平教授，很难想象，不擅理论的自己竟会去写一本批评理论的书，这自与先生的潜移默化无法分开；感谢师长李建军教授，从研究苏雪林的人文批评，到决定梳理中国现代文学批评的"人文"谱系，正是受他的影响和鼓励；感谢张悦、陶梦真博士的联络，每回略带歉疚的催稿都透出对我忙乱生活的体谅；感谢高建青、韩鹏飞两位教授的激励，有几个寒暑假，在空旷的人文楼，他们见证了我敲下的第一个和最后一个字；感谢本书的责任编辑廖小芳老师，她的专注、敬业和不厌其烦，使本书得以顺利出版。

当然，最重要的支持还是来源于家人。结婚十余年，年逾七旬的父母依然在照顾我的生活，母亲负责衣食起居，父亲负责采买和孩子的接送，有时候早晨醒来，听到客厅碗筷摆放的声音，仿佛时间还停留在自己的中学时代，父母还没老去，自己马上要吃饭上学。感谢刘可以、刘可遇小朋友出现在我的生命中，晚熟的我对"责任"二字向来理解得不深刻，是他们的出现让我觉得人不能只为自己活着。感谢妻子王雪，她从不因这些无法为她换来衣服和包的文字而看轻我的工作，反是每写完一章，就发我一个红包以示鼓励。她热爱她的工作，有时候会因此忽略我和孩子，但我想，这未必不是另一种形式的陪伴和教育。至少于我而言，她对事业的投入是一面镜子，每当从中照出我的懈怠，我就告诉自己：你还可以再努力一点！